Foto: © Miriam Benteler

Boris Hoge-Benteler, geboren 1979 in Marburg, aufgewachsen in Büren (Westf.), studierte Neuere deutsche Literatur, Italienisch und Geschichte in Berlin und Wien und promovierte in Münster über Russland-Konstruktionen in der deutschen Gegenwartsliteratur. Er arbeitet als wissenschaftlicher Bibliothekar in Jena und lebt in Weimar. Mit *Sonnenstadt*, 2022 ebenfalls bei kul-ja! publishing erschienen, feierte er sein Debüt als Romanautor.

BORIS
HOGE-
BENTELER

Liebe DUNKELHEIT

BRIEFROMAN

KUL-JA!
PUBLISHING

kul-ja!
publishing

Alle Personen und Ereignisse in diesem Roman sind
frei erfunden, Ähnlichkeiten jedweder Art rein zufälliger Natur.

Die Deutsche Nationalbibliothek verzeichnet diese Publikation in der Deutschen Nationalbibliografie; detaillierte bibliografische Daten sind im Internet unter http://dnb.d-nb.de abrufbar.

1. Auflage Oktober 2023

Wir machen kule Bücher,
nur echt mit dem Kulibri.

Homepage: http://www.kul-ja.com

Printed in the EU

ISBN: 978-3-949260-13-1

Auf einer Ablage in einem abgedunkelten Raum liegt ein braungelborangefarbener Schimmer. Eine zugezogene Gardine wie ein Bildschirm. Dahinter die Sonne.

ERSTER TEIL

… und niemand, der ein Neugeborenes betastet,
vergißt die regungslosen Schädel toter Pferde.

Federico García Lorca, ›Von der Flucht‹

1.

15. März – 21:03

Es war, liebe Solveig, ungefähr wieder so, wie damals im März, als ich Deine letzte E-Mail las und plötzlich das Licht ausging im Gebäude und auch der Bildschirm schwarz wurde. Ich verließ das Büro und rannte (nein, ich ging, aber zügig, auch nicht panisch, aber mit einem seltsamen Gefühl im Magen) den dunklen Flur entlang, doch alle Büros waren leer. Allein hinten aus der Teeküche drang noch Licht, aber das kam vom Kühlschrank her, dessen Tür weit offen stand und der ungewöhnlich laut vor sich hin brummte. Auch nach Stunden nur dieses Brummen, nur dieses Licht. In der Seitentür entdeckte ich eine Flasche Prosecco, darüber eine angebrochene Wurstpackung, die einen ranzigen Geruch verströmte, ein Nutellaglas, geöffnet und eigentlich schon leer. Und ich fühlte mich wie damals und dachte, ich muss Dir, jetzt gleich und unbedingt, wieder schreiben. Tat es aber nicht. Ließ nur, zeitverschoben und zeitverschachtelt, die Zeit verstreichen.

16. März – 22:34

Im Plattenspieler dreht sich sinnlos eine Scheibe, immer um diesen einen Punkt, und ich weiß nicht recht, wie ich wieder in die Nähe dieses Punktes gelangen konnte, spüre jetzt nur, wie alles sich dreht, immer auf diesen einen Punkt zu.

17. März – 21:13

Ich verließ, es war fürchterlich spät geworden, das Gebäude. Stieg vor Angst in den Bus, wo ich, neben dem Fahrer, der Einzige war, und wählte, leicht schwankend, einen der hinteren Plätze. Das Licht erlosch, der Motor startete mit Gepolter, und die Fahrt (eigentlich nach Hause, aber sicher war ich mir nicht) begann. Schnee setzte ein. Wie wild. Das sah ich an den Scheibenwischern vorne, die sich alle Mühe gaben gegen die Flocken, dicke Flocken, die nur so heranrasten, anfänglich hier und dort noch mit etwas Grün, Gelb oder Rot dazwischen von den Ampeln her, schon bald darauf nur mehr in Schwarzweiß. Was ich sonst noch weiß von der Nacht, mir in den Sinn kommt, vor Augen tritt oder wie auch immer, ist nicht viel. Ein riesiger Parkplatz, an dem wir sehr langsam, fast gespenstisch vorüberfuhren. Ein einzelner schwarzer Wagen dort, auf der Fahrerseite jemand, der, so viel war gerade noch zu sehen, nach vorne starrte. Obschon dort gar nichts zu sehen war. Dann fuhren wir in den Wald, und wir beide, der Busfahrer und ich, sahen nichts mehr, nur die Scheinwerfer des Busses, rasende Schneeflocken, Reflektoren, sonst nichts, nur am Ende, als aber noch gar nichts endete, auch der Wald nicht, eine Bushaltestelle, völlig sinnlos und einzig beleuchtet in einer Helligkeit, heller als alles sonst ringsum, da ringsum ja auch alles dunkel und selbst der Fahrer des Busses inzwischen nicht länger auszumachen war.
Und ganz alleingelassen im Grellweiß der Haltestelle inmitten der großen Dunkelheit und kaum mehr fortzuwischen: das späte Büro und das leere Gebäude, das Brummen des

Kühlschranks von irgendwoher, ranziger Geruch aus dem nahen Papierkorb, vielleicht auch von den Schuhen her, die gar nicht mir gehörten, der Gedanke, zugleich, an eine letzte E-Mail, noch zu lesen oder selbst zu schreiben, und, zu allem Übel, jene zwei Augen hinter dem Schreibtisch, wie auf einen Spiegel geklebt, die mir aus einer Position heraus, welche nichts dergleichen vermuten ließ, jäh und hundsgemein entgegenstierten. Mich zu überwölben. Zu vernichten. Ich senkte den Kopf und wusste im selben Augenblick: Es waren höchstens die Augen, aber nicht die Blicke eines Angestellten oder Vorgesetzten, nein, es waren seine Blicke. Die des bösen Mannes. Unseres Zerstörers.

18. März – 22:46

Es war, sagte ich, wieder so wie damals. Und ich verließ, vergebens, was mir abscheulich war, und ich habe nicht den blassesten Schimmer, wovor ich und wohin, was ich da eigentlich und wie zu benennen, wie es war oder wie es wäre, und Du: warst und bist nicht mehr da.
Jetzt bin ich bei Nele und den Kindern, ein Zimmer steht ja leer, seitdem er fort ist, ich könne bleiben, meinte sie, solange ich wolle, was sollte sie ihrem Bruder auch anderes sagen, und sie sagte auch nichts anderes, sondern nur dies: »Nilas«, sagte sie, aber ohne mich anzusehen, »du kannst bleiben, solange du magst«, und ich fragte mich und frage mich noch, was sie damit meinte.
Liebe Solveig, Du warst und bist nicht mehr da, und erst jetzt möchte ich Dir wieder, aus Neles Dachkammer heraus, und zwar ganz ungehindert, schreiben. So teile ich mich, und vielleicht ist es dafür nicht zu spät, am Ende doch noch auf zwischen Euch: Nele, Dir und Sten.

19. März – 20:37

Liebe Solveig,
seitdem ich nun hier bin, verbringe ich die Nächte oben im Sessel, setze oder lege mich quer und klemme die Beine zwischen mich und Lehne, damit sie stillhalten für eine Weile, lese vielleicht eine SMS, die ich gerade oder vor langem schon erhalten oder auch geschrieben habe, Grün kommt mir dabei in den Sinn, obwohl mir das Display, bevor es erlischt, blau, geradezu himmlischblau entgegenflimmert.
Unten in der Küche springt der Kühlschrank an, nur ein leichtes Blubbern im Hintergrund. Gäbe es eine Wanduhr, würde ich diese ebenfalls hören und vernehmen, wie sie sich, geduldig tickend, Sekunde um Sekunde holte und einverleibte, doch eine Wanduhr findet sich hier nirgends. Schräg über mir hängt, wie eine riesige Windschutzscheibe, das Dachfenster, dahinter nichts als schwarzer, lautloser Raum.
Manchmal aber prasselt es auch gegen das Glas, unaufhörlich, regennächtelang, und mir ist kalt, trotz Wolldecke, und mein Schauen, das furchtsame, findet kein Ende. Tropfen sehe ich nicht. Nur wenn es, oft nur kurz, doch einmal nachlässt und der Mond hervorsticht zwischen den Wolken, sitzen sie an die Scheibe geheftet wie kleine graue Perlen.
Die Äste des Waldes sind noch immer laublos, denke ich dann, Nebel und Moos breiten sich hin wie ein Bild, ja, manchmal gelingt es mir, und ich denke hinweg über die Bäume, und die Flächen werden baumlos, immer weiter, so weit meine Karte eben reicht. Und Deine. Island. Nur in einem Kerzenraum höre ich dann noch ein Flüstern, und ich stelle mir kauernde Menschen vor in einer Scheune um ein oranges Licht und wie sie einer Musik lauschen, die einsetzt, als sie eigentlich schon erloschen ist.

Diese Nacht aber scheint von alledem nichts zu wissen, was sicher auch beruhigen könnte. So dunkel ist es, dass man die Augen besser aufsperrte, weiter und ein kleines Stück weiter noch, es dringt ohnehin nichts ein, nur die Wolldecke ziehe ich noch ein ganzes Stück höher.
Ohnehin ist es, eigentlich, längst zu spät, Angst zu haben, so weit schon hinter jenem Punkt, den ich immerzu kommen sah und fürchtete, und ich kann auch gar nicht ablassen davon und schaue weiter und weiter umher zwischen Dächerschwarz, Tannenschwarz, Neumondschwarz, Erd-, Lippen-, Atemschwarz. Und draußen wie drinnen beim besten Willen erkenne ich keine Konturen. Es deutet sich alles an, und ich will es jetzt auch alles wahrhaben.
Am Ende öffne ich das Fenster und spüre nichts. Allein den Sprühregen im Gesicht, ein Versprechen, dass es lang noch nicht dämmern wird.

20. März – 23:22

Deine Abwesenheit ist dabei so unbegrenzt. Dein Fehlen so entsetzlich. Dass es mich so groß und ausschließlich macht. Wenn Du mir wieder antwortetest. Aber zu danken habe ich Dir, dass Du alles liest. Obwohl. Und auch das Ungeschriebene, das im Kopf: Lange konnte oder wollte ich es nicht glauben und halte mich doch jetzt vor allem fest an diesem Glauben. Ich schaue dabei in den Spiegel als gebliebenes, vorerst letztes Zeichen dieses Einverständnisses.

Unter der Straßenlaterne blieb ich an jenem Abend, der längst zur Nacht geworden war, noch sehr lange stehen, verpasste den letzten Bus, fror entsetzlich. Ich schloss die Augen und dachte mich zähneklappernd nach Hause. Dort

fuhr ich, Deiner Eingebung folgend, den Rechner hoch, um Dir, hörst Du, nicht Sten, sondern Dir zu schreiben. Stundenlang wühlte ich, da ich nicht die rechten Worte fand, in meinem Postfach herum, löschte wahllos E-Mails, verschob sie in alle möglichen Ordner oder leitete sie weiter an andere Postfächer. Auch verschickte ich Nachrichten an mich selbst.
Ich kam also zu Hause an und schlug, während der Rechner hochfuhr, mein Notizbuch auf, fand jedoch nur leere Seiten vor, oder nein, es war gerade umgekehrt: Ich kam nach Hause und schlug mein Notizbuch auf, das bis zur letzten Seite vollgeschrieben war, und begann zu schreiben. Begann auf der letzten Seite, beim letzten Punkt und letzten Buchstaben, die sich gemeinsam mit dem Schwung der schreibenden Hand auflösten und verschwanden. Ich merkte, dass ich rückwärts schrieb und sich mit jeder Bewegung die Zeilen leerten und die Seiten weiß wurden.

Inzwischen, und die Kinder reden nun immer mehr davon, beginnt schon fast der Frühling, und ich höre dabei immer nur jenen Satz: Ganz ruhig, es ist gleich vorbei.

21. März – 22:54

Weshalb alles enden musste, als Ihr, Du und Sten, noch da wart, ich weiß es nicht. Und jetzt auf einmal und ganz plötzlich weiß ich Dir so viel zu schreiben, während mir damals immerzu nur alle Worte fehlten. Ja, setz Dich nur hin, lehn Dich zurück, jetzt schreibe ich Dir, selbst wenn jemand lacht, im Hintergrund, sodass ich, vorerst, noch zögere, aber bereits in diesem Zögern beginne, zu schreiben.

Ein März von der übelsten Sorte. Und ich tue gerade so, als endete der Sommer. Käme unweit der Wiese Wind auf im Schilf. Dem ich lauschte. Im Rücken das Haus.
Auch frage ich mich, ob die Tür, an der ich damals, da sie verschlossen war, vergeblich herumrüttelte, ob diese Tür eigentlich nach drinnen oder nach draußen führte. Ich schaute mich um, überlegte: Es musste doch, verdammt, einen Ersatzschlüssel geben.
Höre immer nur Herzfrequenzen.
Auf Augenhöhe: Ich wechsele die Perspektive und sehe das schwarze Hinterrad mit Erdklumpen, Kuhmist und den geknickten Strohstängeln sich langsam auf meinen Schädel zubewegen. Höre bereits ein dumpfes Knacken. Und das Licht ist fern, also immer noch da.
Ich muss mich zurückhalten. Und ich habe selbst Angst vor dem einen großen Hinlangen. Das aber kommen wird.

2:41

Hinterwandig: Rasseln, ganz hinten ein Rasseln. Der Schatten eines Viehs vorne. Wie es meinen Kopf hin und her wiegt. Ein Aufprall (kein Stein, keine Wand) beendet das. Etwas sickert (kein Blut). Wenn ich mich querlege, herabbeuge zu Dir, ist es so oder nicht mehr. Ich trete weg. Während Du schläfst, in das Weiß meiner Augen. Aber ich spüre es nicht (und Dich).

23. März – 23:12

Morgens auf dem wehrlosen Gang ins Büro warf der Zug in einem Schwall seinen Inhalt auf den Bahnsteig. Üble Gerüche sammelten sich da. Im selben Augenblick lief alles los, die Treppe hinunter zur Hauptstraße, den Bürgersteig

füllend bis zur Bordsteinkante, sodass ich nicht viel tun musste, nur die Geschwindigkeit halten und die Luft anhalten und niemals, niemals stehen bleiben. Prüfte Arme, Beine, meinen Kopf. Merkte es keiner?
In einem Film liefen, nach kurzem Abschied, Bild- und Tonspur auseinander.
Was um Himmels willen hatte da ein Fahrradfahrer bei Regen oder Sonnenschein an der Bushaltestelle zu suchen, was eine Mutter mit Kinderwagen, was eine alte Frau mit Einkaufstüte und Rollator, Kinder mit Schulranzen, Kurzgeschorene mit oder ohne Piercing, Männer mit oder ohne Vollbart, Jeans oder Cordhose und Pullunder, junge oder mittelalte Frauen mit oder ohne Zopf, Tasche, Zigarette, Kaffeebecher, Smartphone, Buch oder Zeitung oder was weiß ich. Es war, glaub mir, abwegig, geradezu absurd. Und bedrohlich. Eine Sekretärin goss, trotz allem, mit einer roten Kanne mit einer grotesk langen und dünnen Tülle die Blumen eines Großraumbüros. Ein Bus- oder Autofahrer am Steuer, ein Säugling, der atmete, was machten die alle hier, und vor allem: Machte das überhaupt irgendeinen Sinn?
Knisternder Bandsalat.
Am Bahnhof wollte ich Blumen kaufen, die gab es jetzt überall so schön, hatte aber keine Ahnung von Blumen und die Verkäuferin ebenso wenig, jedenfalls verstand ich sie nicht, und sie sagte auch nichts, bewegte nur ihren Mund, und ich kaufte die Blumen, deren Namen, aber das war mir egal, ich nicht kannte, ohne zu wissen, wozu und für wen, nahm sie mit nach Hause und stellte sie auf den Küchentisch: Dort stachen sie ab in ihrem Gelb und Orange vom Schiefergrau des Fußbodens, konkurrierten jedoch etwas zu sehr mit dem Weinrot der rechten Küchenwand. Die Nachbarin schenkte mir ihren Bubikopf, und ich wusste nicht, wohin damit. Sie bot mir auch noch ein paar trockene

Plätzchen an sowie einige ranzige Scheiben Mortadella mit Pistazien.
Dann schauten wir, ganz erschlafft, mit hängenden Gliedern und großer Sehnsucht, die ›Augsburger Puppenkiste‹.

24. März – 22:47

Wieder muss ich, Solveig, daran denken, was Du mir zur Antwort gabst. Und worauf Du mir Antwort gabst. An die eine Felsspalte, in der weinend jemand. Und das bin nicht ich. Wenn ich auch fröstelnd hier sitze und Dir erklären möchte, es sei nämlich so: Vor einigen Tagen kam ich aus einem glasgrauen Gebäude, hielt mich fest an der Ampel und dachte, jetzt schreist du oder fällst in dich zusammen, fragte mich, wie es sich wohl anfühlte, zu schreien oder in sich zusammenzufallen, verlor darüber den Moment und gelangte auf die andere Straßenseite.
Drüben bauten sie gerade einen Rummel auf.
Es war zum Fürchten.

25. März – 23:22

Du wolltest immer nach Island.
Und wo ist Sten?

2.

1. April – 3:59

Liebe Solveig,
ganz plötzlich ist es warm geworden. Nachts liege ich unruhig auf einer riesigen Feinsteinfliese in Schieferoptik. Hinzu tritt am Morgen ein orangebrauner Himmel. Auf dem Balkon ist es um diese Zeit noch sehr kühl.
Tagsüber jedoch steigen die Temperaturen, alles, Blätter und Kinder voran, bricht heraus aus Häusern und Knospen, Rollatoren, Fahrräder, Kinderwagen, Besitzer und ihre Hunde fluten den Park. In all dem Zweiggrün und Augenblau windet sich ein fanatisches Drängen.
In der Quellgrotte dachte ich heute an all das nicht vor lauter Gelb: Die Felsen spiegelten sich grell im Wasser, auf den Felsen zitterten Kies- und Wellenmuster, manchmal auch der Schatten eines Fisches.
Später, nach dem letzten Wiegenlied für die beiden, dachte ich mich am Abend noch einmal zurück und saß auf der Bank unter phosphoreszierenden Birken. Über den Kies schob jemand etwas hin, Vögel surrten nervös von Ast zu Ast. Der Abend hatte etwas Beunruhigendes, die anbrechende Nacht etwas Unversöhnliches, Streitlustiges.
Ich gehe, Kieselsteine zählend, nach Hause, wo sie allesamt längst schlafen, und nehme in einer Art panischer Achtsamkeit alles um mich herum einzeln und für sich genommen

wahr. Und selbst an den Buchstaben hangele ich mich die ganze Zeit empor, als könnte in jedem Moment etwas herausbrechen und abstürzen in eine dunklere Leere, die aber vielleicht auch eine weiße wäre.

4. April – 23:46

Ein grüner Himmel, nur mit braunen Sternen. Die Große, sie ist immerhin schon fünf, fast sechs, sieht mich an und gibt mir ein Zeichen, dass ich beginnen soll. Seit einigen Tagen erlaubt sie mir keine Geschichten, jedenfalls keine erfundenen mehr, was mir im Übrigen nur entgegenkommt. Stattdessen will sie nur noch hören aus der Zeit, »als du klein warst«, weshalb ich dann bei allem, was ich erzähle, selbst vorzukommen habe: als mehr oder minder kleines Kind oder Halbwüchsiger, Hauptsache, es ist vergangen und schon sehr lange her, was ihr offenbar weit bedeutsamer erscheint als irgendeine mäßige Pointe.
Also erzähle ich ihr von dem Dorf, in dem ich lebte, durch das ich ging jeden Tag, allein, zu zweit, zu dritt oder zu viert. Nele, sichtlich erschöpft von ihrem Tag und Dingen, von denen ich nur allzu gut weiß, zu denen mir aber nichts weiter einfällt, kein Schlaflied und kein Wachlied, reagiert gereizt, wenn sie mich hört, meint, es sei nun Zeit zu schlafen.
Dann schlafen sie, er in meinem linken, sie in meinem rechten Arm, zwei Körper, gut riechen sie, und ich höre, nicht ganz synchron, ihren Atem, der auf mich übergeht wie ihr Herzschlag, ihre Wärme, bis ich ebenfalls, wohin auch immer, hinübergleite, wie schön, was ich alles wünschte, nehme aber, während ich gleite und sinke, wo hinüber auch immer, nicht mehr ihren Herzschlag wahr, sondern Uhrenticken, nicht mehr Atmen, sondern Schnappen und das

Sinken eines Kopfes zurück ins Kissen, nur abnehmende Wärme, bis alles kalt wird, kalter Rauch oder kaltes Wasser, aber altes, fauliges Wasser, ich greife nach ihren Händen, vorsichtig, damit sie nicht erschrecken, kann sie aber nicht halten, höre ihre Handgelenke knacken, suche nach Gedanken, die ich denken kann, mir fällt aber nichts ein.

8. April – 20:24

Heute las ich, nach langer Zeit und langem Zögern, Stens letzte E-Mail wieder, die letzte, die ich von ihm erhalten habe, Jahre nach seinem Verschwinden. Ich las sie, las sie wieder und wieder und bin noch jetzt ganz aufgebracht und schreibe Dir dies, liebe Solveig, während ich sie gleichzeitig ein weiteres Mal lese, längst ohne hinzuschauen, sie mir vorsage, mich an jedem einzelnen Buchstaben festklammere, ihn festschleife im Hirn, damit mir nichts, rein gar nichts von alledem abhandenkommt, obwohl ich ja weiß beziehungsweise vermute, dass Du die Aufregung zwar verstehen, nicht aber wirst teilen können, wobei ich mich vielleicht auch irre, was ich, ich merke, ich beginne, die Dinge, Personen, Bezüge durcheinanderzuwerfen, gewiss sogar tue, aber lass mich nur, Du wirst Dir Deinen Teil schon zu denken wissen.
Sicher ist schon der Gedanke daran, ihm antworten zu wollen, völlig unsinnig, zumal ich noch nie mit der Kürze und Prägnanz seiner Briefe habe mithalten können, sie überforderten mich geradezu, auch jetzt, zugleich beeindruckten sie mich, machten mich neidisch, und er hat auch wirklich, ich meine das keineswegs ironisch, alles, wirklich alles gesagt, was jemals zu sagen war oder ist zwischen uns, einfach auf den Punkt gebracht eben, eine runde Sache sozusagen, was mich dann aber doch wieder verunsichert,

ja beunruhigt, sie liest sich so schnell aus, endet gleichsam im Leeren, was aber doch nicht sein darf, weshalb ich immer wieder von vorn beginne, sie zu lesen, gleichzeitig jedoch Dir schreibe und nicht ihm, wie einem Phantom.
Er schreibt, ich will Dich nicht länger, welch makabre Redensart, die ich noch, und zwar bitter, bereuen werde, auf die Folter spannen, und Ihr, also er und Du, werdet mir hoffentlich verzeihen: »Lieber Nilas, Du hast schon lange nichts mehr von mir gehört. Jetzt hast Du mich aufgestöbert und versuchst, Kontakt zu mir aufzunehmen. Wenn Du in der Nähe bist, können wir uns treffen. Sten.«

13. April – 21:49

Ich überquere, ohne zu zögern, eine stark befahrene Straße. Es folgen jedoch weder Hupen noch Bremsenquietschen, weder Ausweichmanöver noch Massenkarambolage. Nein, was folgt, ist viel einfacher.
Im Sonnenmorgenbad warte ich auf den Bus mit unsicherer Linienführung: überblühende Sträucher, in den Zeitungsauslagen Fratzen, auf der Bank schräg gegenüber eine Lache aus Erbrochenem, in alles hineinragende weißflauschige Schneeballblüten. Ausgeklinkt fällt mir das Kinn herab, ich sehe nach unten, mich: wo im Sonneneinfall Stoff und Licht und Blick tief und spät und gelb ineinanderrutschen.
Riesige Bogenfenster am Bahngleis. Dahinter, durchkreuzt und in der Ferne, Blumenwiesen. Sehe für lange Zeit nichts als Blumenwiesen.
Erst später, es dämmert bereits, und es liegt schimmernder Dunst über den Wiesen, bemerke ich, dass die Blüten sich heben und senken wie ein Bauch beim Schlafen.
Nachts grabe ich mit bloßen Händen, doch ich finde nur Äste, die ganz bleich sind vor Mond.

16. April – 23:23

Stiefmütterchen, Narzissen, stehende oder wankende Häuser, rhythmisch farbenwechselnde Ampeln oder was auch immer auf einer Parkbank in einer birkenumsäumten Frühlingsnacht. Und die schlimmsten Dinge spare ich hier, noch jedenfalls, lieber aus. Ich denke über Maßnahmen der Selbstverteidigung nach, verstehst und siehst Du, wie fast alles vor allem aus Notwehr geschieht?
Gestern folgte ich dann dem Mond quer durch die Stadt und schaute schließlich ganz nach oben, blickte ersatzweise auf die Beleuchtung eines Krans, was mir aber nicht unlieb war.

Jetzt sitze ich, bisher nur in Gedanken, doch Du wirst schon noch sehen, wieder so gut wie auf gepackten Koffern. Und ich habe die Reise nicht vergessen und ebenso das Davonlaufen nicht verlernt. Doch ich greife, Du merkst es, zu weit voraus, und viel weiter noch müsste ich ausholen.
Ich spüre, ohne dass sich ringsum jemand regte, ein fürchterliches tiefes Heranrumpeln, eine nervöse Angst vor dem Frühling, vor dem Herausquellen überall wie vor Schmerzen, aggressiv und hilflos.

17. April – 23:06

Liebe Solveig,
und ich wollte Dich noch anrufen, hätte es um ein Haar sogar getan.
Stattdessen erzähle ich nun: Der Zug fuhr, während es immer dunkler wurde, sodass Hügel, Wald, Schienen, ebenso Dörfer und Kirchen verschwanden und alles, was ich die Stunden zuvor wahrgenommen hatte, sich verflüchtigte, bis

nichts oder kaum etwas übrig blieb, das heißt, ganz sicher blieb etwas übrig, mir fällt nur nicht mehr ein, was es wohl gewesen sein könnte, und ich habe auch den Punkt vergessen, bis zu dem es noch denkbar gewesen wäre, den Schaffner zu suchen und zu fragen, ob das fortschreitende Verblassen und Dunkeln normal sei, das Verschwinden letztendlich so sein müsse, worauf er mir, bei aller Liebe oder zumindest Freundlichkeit, wahrscheinlich ohnehin nicht geantwortet hätte. Also schwieg ich und kam mir zugleich unendlich kleinlich vor.
Später dann, viel, viel später im Schattengelb der Straßenlaterne, irgendwo in der Stadt, wo kein einziger, wirklich kein einziger Mensch mehr unterwegs, die Bushaltestelle also ganz verlassen und lautlos war, sah ich nicht nur gespiegeltes, sondern auch gebrochenes Licht in einer Pfütze. Eine Laterne warf einen rostigen Streifen. Ich griff nach ihm, bekam ihn zu fassen, zog mich an ihm nach vorn, dachte: Jetzt nur nicht bewegen.

Ja, anstatt Dich anzurufen, erzähle ich den beiden von den vier Frauen unserer Kindheit, einer gelben, einer grünen, einer roten, einer blauen, eine jede ausschließlich ausgestattet mit den Kleidungsstücken, Einrichtungsgegenständen und Lebensmitteln in ihrer jeweiligen Farbe. Zeitgleich durchqueren wir, hinten bewegt sich ein Bus durchs Bild, den Hauptfriedhof. Nele freut sich über den blaublühenden Rasenteppich, und das tue ich auch. Die beiden Kleinen sind, nichts sehend, begeistert, drängen mich zum Weiterreden. Doch während ich gedankenlos und nur im Vorübergehen die zum Teil urkomischen Namen auf den Grabsteinen lese, denke oder, schlimmer, erinnere ich mich, wie sie, die beiden Kinder, dort in den Särgen liegen und wundere mich dabei über die hilflosen Bewegungen meiner Lippen. Spüre ein leichtes, nur ein ganz leichtes Schnappen nach Luft. Von weitem schon schimmern sie hindurch, beim Klang eines fernen Spielmanns, die wehenden Bänder und Fahnen der Kindergräber, durchs Gebüsch, die Windräder, die sich drehen, definitiv und zwangsläufig.

Am Nachmittag stehen Nele und ich dann in unserem leeren Raum, nur dunkle Holzdielen, der rechte Ort, denke ich, es endlich vorzubringen, der rechte Augenblick, so grau und still und zögerlich, wie das Licht dieses Tages durch die Fenster sinkt, sich traurig über die Dielen breitet, um dort liegenzubleiben, ganz laut- und reglos, wie sie dort steht, etwas verloren, doch eigentlich auch nichtsahnend, gar nicht einmal Ausschau haltend nach etwas, auf dem man sitzen könnte, als wäre dies alles hier schnell vorüber, als nähme dieser Nachmittag seinen gewohnten Gang wieder auf nach einer Weile, was er aber sicher nicht tun wird, ich kann es mir nicht vorstellen, so weiß ihre Haut jetzt hervorsticht an den Rändern ihres schwarzen Oberteils, ihr Gesicht mir zugewandt ist, sommersprossenlos, als wären sie fortgerieselt, zu Staub in den schwarzen Rillen zwischen den Dielen, und ihr Blick ganz ohne Ausdruck, da nicht aus Augen, sondern nur aus zwei dunklen Höhlen dringend.
Kisten, die nicht leer sind, versteht sich, können nicht hohl klingen.
Und du, Nele, frage, nein, stoße ich hervor. Nur wenn es einen Grund gibt, sagst du, einen Anlass, wenn es so weit ist, was ich aber nicht begreifen kann, obwohl ich über dich gar nicht reden wollte, sondern über deine Kinder und darüber, wie das nur auszuhalten ist, mit den Erlebnissen, Gedanken, Bildern im Kopf, die eben nicht mit hinabfahren, sondern schön und für alle Zeiten oben bleiben und immer von neuem hervorblühen und niederwelken im Wechsel der Jahreszeiten, und du siehst mich an, als ob

es dich nichts anginge, aber wie kann das sein, es muss dich etwas angehen, durchaus, das sollte es, ebenso wie mich, wie ich trauere, vorgezogen, da Trauer nicht von außen kommt, sondern von innen und immer schon da ist, bevor etwas eintritt, als Erstes, allem vorgängig, was einem überhaupt zu empfinden bleibt. Trauer.

Wie ein Pappkarton mit einer Puppe drin.

Sie verstehe mich nicht, meint sie, und die Angst bringe nichts und sei völlig grundlos, was sie aber gerade nicht ist, hörst du, Schwesterherz, ja wenn du mir nur zuhörtest, wie sollte sie das sein, schau, wie ruhig sie im Nebenzimmer atmen, außerdem rede ich nicht von Angst, wenn es nur Angst wäre, dagegen wäre vielleicht noch etwas auszurichten, doch was, meinst du, ist mit dieser Trauer, die bleibt, dagegen ist kein Kraut gewachsen, und ich weiß, wie ruhig sie in einem der hinteren Zimmer, und auch wenn sie streiten, davon rede ich nicht, denke nur an die Trauer um ihre Körper, selbst wenn sie neben mir liegen in ihren Träumen, aber weshalb Trauer, fragt sie, schau nur, im Nebenzimmer, und gleich kommen sie herüber, und du wirst schon sehen, sie werden es dir zeigen, gewiss, das werden sie, ich weiß, aber, noch einmal, davon rede ich nicht, rede nur von der Trauer, die kaum auszuhalten ist, wenn ich sie sehe, ihnen über die Köpfe streiche, gespensterhafte Handlungen, da sie, im Vollzug, schon nicht mehr da sind, Phantomschmerz, kennst du das nicht, der warmweiche Flaum unter deinen Handflächen, und jetzt versuchst du, mich anzuschauen, aber mir bleiben nur zwei dunkle Höhlen, schauderhaft, und denkst, man muss erst sterben, aber das hat doch mit der Trauer nichts zu tun, sie ist, hörst du, und hast du schon vergessen, ist immer schon da, hier, vorgängig, in diesem Raum, bei dem Licht, auch und gerade, wenn es so still um uns ist, dass ich ihr Atmen höre, diese von allem losgelöste, absolute Trauer.

18. April – 21:13

Dass ich bald fortmuss, sagt sie nicht, aber denke ich.

3.

24. April – 21:23

Wo Du gerade sein magst. Vielleicht wieder auf einer jener nicht endenden Zugfahrten, auf denen Du, nicht wissend, wohin sonst, aus dem Fenster schaust, nichts siehst als Raps- und Obstblüte und, später, als es draußen dunkel ist und drinnen hell, ein Spiegelbild, das Du nicht recht zuzuordnen weißt, was natürlich, keine Sorge, reine Fiktion ist. Gewiss läge dann aber auch Keyserlings ›Am Südhang‹ auf Deinem Schoß.

Und ich wollte immer fragen, wie es Dir geht, wie Deine Reise war, wie Du vorankommst. Dann jene E-Mail, auf die ich nur steif (und wohl auch etwas verlogen) habe antworten können, und ich dachte: Besser wäre es zu schweigen.

Gerade denke ich viel an dunkle Hecken, an denen ich still vorübergehe, immer wieder dieses Wehen: Schneeball, Schlehe, Traubenkirsche. So etwas. Als lohnte es, als träfen wir uns dort, am Haus zwischen See und Meer, noch einmal wieder.

25. April – 0:16

Liebe Solveig,
eine, auf ihre Weise, fantastische Nacht. In Gedanken setzte ich mich vor Stunden schon an die Tastatur, dachte daran, es wäre ein Klavier. Und nicht mehr lang, und ich werde, der Sonne abgewandt und nichts mehr als Schatten werfend, in einem letzten Zug nach Norden und Dir entgegenfahren. Und ich werde sehr gespannt sein auf Dich und auf alles, was, entschuldige, gerade nicht folgte und ganz sicher niemals mehr folgen wird. »Es geht mir gut«, wirst Du, wie sehr ich es hoffe, sagen.

Ich weiß, ich bin empfindlich geworden, Dinge bringen mich, wenn auch selten äußerlich und zumeist nach innen gewendet, aus der Fassung, lösen Fluchtbewegungen in mir aus. Ja, ich sehe mich, sehe Nele und die Kinder auf der Flucht. Und auch Dich, entschuldige, am Verstummen. Sten hält sich dabei, bis es ihn selbst trifft, von allem fern. Vorgänge, die man aushalten muss.
Gerade bin ich dabei, für Deine Kinder, die Du Dir wünschtest, isländische Namen zu erfinden. Fluchtnamen. Ich werde auch ein Schiff, besser noch ein Raumschiff für sie bauen.

26. April – 17:32

Gerade lehne ich, nicht gerade guter Dinge, doch eigentlich auch recht bequem, hier oben am Fenster und spähe, ohne die Geborgenheit eines beschränkten Horizonts, über eine Landschaft, die sich braun unter einem braunen Himmel weitet.
Pass auf, Solveig, ich werde Dir von einer Reise erzählen, wie Du sie noch nicht erlebt hast, Geschichten, von denen sonst nur die Kinder träumen, weil sie mir vertrauen.

Vielleicht weißt Du auch längst mehr als ich, wirst mich, wie schon damals, nach dem Zählen von eins bis zehn, finden, ganz ohne mein Zutun.

»Ein Zugang zu den Dingen, der sich über die alltäglich reproduzierten Wahrnehmungen beharrlich hinwegsetzt.«
Ich wurde heute beim Wasserholen Zeuge einer Beerdigung und musste an eine Inszenierung von ›Lenz‹ beziehungsweise an das zugehörige Plakat denken: Lenz' Kopf zwischen einer Schraubzwinge.
Weißt Du noch, wie wir am Fluss saßen, mehr wussten von diesen Dingen, als wir ahnten, und uns fragten, in welcher Reihenfolge es oder er uns einholen würde? Nein, beim besten Willen, den ich nicht habe, kann ich es nicht benennen, höchstens umschreiben könnte ich es, vielleicht, was allerdings viel, sehr viel Zeit in Anspruch nähme.

27. April – 21:48

Der Briefumschlag, den ich aus dem Kasten hole, ist von den Glasbausteinen im Treppenhaus ganz gelb. Ich lege ihn neben das Kopfkissen, auf das ebenfalls gelbe Spannbetttuch, wo er verschwindet.
Das Gelb kommt vom Raps her, ich weiß es.
Ich träume jetzt oft, dass ich aufwache, oder wache auf, ohne es zu merken. Auch denke ich viel an Briefe, E-Mails, Fotos, Gesagtes, Halbgesagtes und Verschwiegenes.
Ich lasse ein Bad ein, sinke, gelbüberschäumt, immer tiefer, gehe aber nicht unter, merke nur, wie ich ertrinke und, schon Wasserleiche, alles Sprachliche wie Unterwasserblähungen verblubbern lasse.

1:45

Überwinterung, durchmessen, gelber Schlaf: Armgebreitet hängen wir im Raps. Der Himmel stäubt.
Im roten Flussbett gehen wir dem Strom nach. Geben wir, den Abend im Rücken, dem Strom nach.
Bläsermusik, nur noch leise, wie am Ende. Lampions reichen nicht bis zum Wartehäuschen. Die Lichtfarben aber rette ich hinüber. Drüben liegt, fast, dunkelblau das Freibad, wie Treibsand.
Schwarz ist die Nacht erst, dann ist sie grün: Waldmeistergänge, Sirupstiegen. Viel zu spät erst erreiche ich die Nacht, erreiche ich das Ende, wate durch Glas, erstarre, aber dehnbar, aber götterspeiseweich.

28. April – 21:06

Der Geruch nach Liguster erinnert mich daran, wie ich, wartend, hin und her ging an der Kreuzung und gar nichts wahrnahm von den Abgasen und Menschen. Ich ging noch etwas näher an die Hecke heran, sodass ich auch das vielstimmige, alles verdrängende Summen hörte.
Sten kam nicht zum verabredeten Ort, und ich hatte mir und uns alles schon zurechtgelegt. Und trotzdem denke ich jetzt immer wieder an die Dachterrasse über den Lichtern und dem Rauschen der Stadt, die Hocker zwischen den Blumenkübeln notdürftig und recht nah aneinandergerückt, sodass, wenn er flüsterte, ich seinen Atem zwar nicht riechen, jedoch spüren konnte.

29. April – 9:23

Er, unser Böser, hat es mir beigebracht, und es lässt sich nicht fortdenken, im Gegenteil, es lässt sich überall und jederzeit zum Einsatz bringen: Pulsrasen, Hochgluckern schaumiger Säuren, fauliger Gase, weiche Knie, Schummer im Kopf, die Gewissheit, jetzt gleich einfach wegzuknicken. Was aber, zumindest nach außen hin, nicht passiert. Es bahnt sich an, um dann nach innen hin zu geschehen, sich abzulagern, ja, auch zu verwesen. Dann möchte ich Dich rufen, und dann säßest Du da, zwischen uns nur ein Tisch, den ich aber furchtlos duldete.
Und Deinen geschliffenen Lavastein, den trage ich noch immer bei mir.
Und das Paar grüne Gummistiefel mit Resten von Kuhmist, darin einige graublonde Halme Stroh. Dass Du mir nur glaubtest: Auch er ist jetzt wieder da. Vor dem wir fortliefen beim Spielen oder Klettern, obwohl wir oder doch die meisten von uns gar nicht wussten, was es war und wie er aussah, vor dem wir liefen, ja, kein Zweifel: Er ist da wie seit eh und je, schleppt sich durch endlose Räume, bleibt liegen hinter einem Vorhang, knurrt in seiner Ecke, ein tiefes Brummen, heiser und vielstimmig, vielleicht schläft er, womöglich wartet er, wie auch ich warte, aus Vorfreude und aus Angst. Zerstörer.
Ich möchte mich dagegen malen, aber so, dass man mich erst auf den zweiten Blick erkennt, wettergebogen, mit riesigen, nach hinten in den Nachthimmel verdrehten Augen.
Stattdessen höre ich jetzt vom Schreibtisch aus keinen Verkehr, sondern ein Schreien. Ich beuge mich nach vorn und öffne das Fenster, lausche in das aussichtslose Weiß des Himmels. Da war es wieder. Und noch etwas Anderes, Vielfaches, etwas Rauschendes wie ein Flügelschlag, weiß und furcht- und unsichtbar.

30. April – 22:38

Liebe Solveig,
in der Fußgängerzone spielte am Nachmittag jemand auf einer Handpan. Ich blieb lange dort stehen. Derweil ging, ohne dass ich es sah, die Sonne unter.
Jetzt wieder die Nebelmaschine, die zumindest so etwas wie Weite suggeriert. Ich umfasse traurig meinen Kopf, versuche, ihn zu halten.

Je weiter ich mich vorwage, weißt Du, desto seltsamer, ja beängstigender kommt mir alles Äußere vor. Ich merke wohl, wie ich die Lippen bewege zu irgendetwas, doch höre ich weder mich noch sonst jemanden sprechen. Dann scheint mir alles ein einziges unaufhaltsames großes Hinabgleiten, ein ferner, langsamer werdender Puls, der gerade noch sichtbar ist als mickrige Linie auf dem Monitor.
Beim Briefeschreiben streue ich Worte wie fruchtlose Samen in ein Dunkel, als stiege darüber ein grünblauer Himmel auf, und warte, aber nicht ungeduldig, eher ist es ein resigniertes Warten, ohne Weg und ohne Ziel.
Und dann dieses ziellose, kranke Wuchern.
Und schließlich das, was ich, aus Rücksicht, nicht sagen wollte, nämlich, jetzt benenne ich es doch: Deine Antwort, aus jenem Raum heraus, ein Zusammentreffen, für einen Moment, einen Zauberspruch lang.
Es fällt hinab, ich weiß nicht, was, auch nicht, wo es hinfällt, weiß nur, es fällt hinab. Es ist genug, nein, es ist noch nicht genug. Die Nacht ist so lang und weitreichend mit ihrer Dunkelheit.
Ich möchte Dir, verzeih, wieder schreiben und nicht mehr aufhören, Dir wieder zu schreiben. Island, versprochen, es ist nicht mehr lang, ich bin doch schon unterwegs zu Dir.

1. Mai – 23:06

Sie schreit in der Nacht, doch wir wagen nicht, sie zu wecken. Sie hat Angst, dass wir, dass sie, ihre Mutter, ihr Bruder und ja, auch ich, dass wir sterben werden, und so sehr wir sie auch anlügen, sie glaubt uns nicht.

1:43

Sterne sehe ich nur, wenn ich sie mir selbst an den Himmel male.

3. Mai – 5:46

Solveig, Liebe, ich mochte es immer, Dir zumindest halbbetrunken gegenüberzusitzen. In der Nacht sah ich Dich dann und nicht unsere letzten, aber doch unsere späteren Begegnungen und das, was sie verbinden mit uns: als ein einziges großes gleichzeitiges Bild. Und dann wieder, ohne dass wir damit gerechnet hätten, wie denn auch, wir hatten doch allen Grund, zu vertrauen, umrahmt durch zwei noch größere, wässriggerötete Augenringe: den riesigen und wie besessenen Arm, der all das, was ohnehin so heikel und zerbrechlich ist, vom Tisch fegt, sodass alles zusammen- und nur allein ihm, dem Bösen, zum Opfer fällt.

Dabei begann, um auf unsere Geschichte zurückzukommen, alles ganz leicht, mit wenigen Strichen in den Raum gemalt: Nele stand, ich erinnere mich genau, schon am Feldrand bei den Sträuchern, als ich ankam und, noch außer Atem, das Fahrrad ins Gras fallen ließ. Aber wo warst Du in dem Moment? Und Sten? Ich weiß es nicht. Ein Bild, das sich nicht scharfstellen lässt. Die Hänge hinab.

Aus einem Werbespot: Ich habe Kopfschmerzen (und bin vermutlich einfach überspannt). Ich löse rasch eine Brausetablette auf, lege mich etwas hin und fühle mich dann wie neu.

5. Mai – 21:29

Sicher habe ich davon gehört. Auch kenne ich die passenden Bilder dazu. Bevor ich mich einlogge, um E-Mails zu lesen oder fortzusenden, steht zwischen den Werbebannern und diesen nicht selten, nur mit anderem Vorzeichen, zum Verwechseln ähnlich, alles klar, felsenfest und scheinbar unwiderlegbar vor mir. Sollte es mich an etwas hindern? Alle Ängste gehen, das weißt Du inzwischen selbst, immer und ausnahmslos in Erfüllung, ganz gleich, an welchem Ort und zu welchem Zeitpunkt. Halten wir also daran fest.
Dass ich mich abschirme, kaum mehr, gleich einem grimmigen baltischen Baron, jemanden oder etwas vorlasse zu mir und noch weit weniger zu mir vorgelassen werden möchten, stimmt so ja nicht. Und wenn, ist es meine Schuld?
Sieh mich an, mein Zimmer: Sicher weißt Du gar nicht, aus welchem Orange heraus ich Dir das alles schreibe. Und nein, glaube mir, dies ist kein Grund zur Freude.

Ich entdecke auf meinem linken Arm einen nässenden braunen Fleck, vermag ihn nur mit Mühe fortzuwischen, doch einige Stunden später ist er wieder da. Ich spüle meinen Mund aus und putze Zähne und Zunge gegen einen Geschmack, den ich nicht benennen mag. Meine Haare sehen verfilzt aus am Morgen. Das Wasser im Klo färbt sich aprikosenfarben.

Später sah und hörte ich weit über mir einen Schwarm Wildgänse auf ihrem Flug in den Norden. Ich dachte mich hoch zu ihnen, hielt mich fest am Gefieder gegen den Wind, hörte dann aber in himmlischer Höhe, als es längst kein Zurück und kein Herunter mehr gab, eine sicher kluge, hier oben aber kaum mehr hilfreiche Stimme, die mich darauf hinwies, ja, als hätte sie ganz absichtlich bis zu diesem Augenblick gewartet: dass es ausgerechnet diese Gans, auf der ich sitze, nicht gut mit mir meine.

7. Mai – 2:46

Schreie auf in der Nacht, nicht weil ich geträumt habe, sondern da ich, seit schrecklichen endlosen Stunden schon, wach liege, mich herumgewälzt habe und freigestrampelt, auf der Decke mit den Augen zur Decke, schreie auf, bis Nele vor meinem Bett steht, fragt, was los sei, doch ich antworte nicht, reagiere nicht auf Fragen, die sich immer schon von allein beantworten, und sie weiß es ja selbst, wie könnte sie nicht, die Scheinheilige, und, nach einer Weile, sehr richtig, sagt sie mir mit ratlosen Augen und mitten ins Gesicht: dass sie hier sei und ich wohl auch nicht fortmüsse und dass ebenso die Kinder dort seien, im Nebenzimmer, sieh sie dir an, sie atmen ganz ruhig. Aber, antworte, nein, denke ich, meine Blicke sollen es ihr sagen, unmissverständlich, aber genau das tun sie, verdammt noch mal, eben nicht! Da sie gestorben sind, da ihr gestorben, ja, langsam und schrecklich und qualvoll gestorben und nicht mehr da, sondern fort, unendlich weit und unwiederbringlich verwest und zerfallen seid.

8. Mai – 20:54

Liebe Solveig,
immer, wenn ich Dir schreibe, scheint mich etwas oder jemand, den ich aber nicht sehe, jedenfalls nicht optisch oder physisch, beiseitezuschieben. Da ich mich so leicht jedoch nicht abdrängen lasse, gerät, bedingt durch das ewige Hin und Her, alles recht schief und händezittrig.
Es geschah oder geschieht ja nichts grundlos, alles hat letztlich seinen, ich meine, ich habe meinen Grund, den ich wohl auch benennen kann. Und eigentlich tue ich doch die ganze Zeit über nichts anderes, als ihn zu benennen.
An schlechten Tagen fange ich mir dann, wie es im Kinderbuch heißt, die Angst ein wie einen Schnupfen oder Husten. Ohnehin fühle ich mich ihm oft sehr nahe, ohrengespitzt: »Wer so dünn hustet, den knicke ich einfach um wie einen Grashalm.« Stell ihn Dir vor, und Du weißt, von wem ich rede.

Als geschähe nun nichts mehr. Und dabei hege ich, aber das sage ich mit gesenkter, ja mit Flüsterstimme und kaum hörbar, auch und gerade nicht für Dich, hege ich einen ganz simplen und doch irgendwie unerfüllbaren Wunsch: Eigentlich möchte ich ganz ohne Umschweife zu Dir sprechen, duldete dann aber keine Worte mehr in meiner Nähe.

10. Mai – 23:51

Von einem Berg aus über Perlenstränge in einen fleischroten Blumenhimmel gewunden.
Schwedeneisbecher, Swedish Drinks, das Frühjahr vergeht süß und schwer. Sebald habe ich beiseitegelegt. Auch bei Énard wird, an Kränen baumelnd, gestorben, werden Köpfe

vom Rumpf getrennt. Und mein Körper, und letztlich bin ich ja, genau genommen, sonst nichts angesichts des Schreckens, weiß nicht anders zu reagieren als mit Verderbnis.
Und es ging noch weiter an jenem Übertag, an dem man Dich aus dem Zimmer schob: Das Zimmer war, man wartete bereits, nach einer Stunde schon zu räumen, während der Frühling heiß und brutal durchs Fenster langte. Vogelgebrüll wie wild in aller Frühe auf dem verlassenen Parkplatz, die Stirn am Lenkrad, Forsythiengelb, das sich boshaft und übergriffig aus den Hecken vornüberbeugte, um am Ende nicht leer auszugehen. Und das würde es nicht, keine Sorge. Es gibt ohnehin kein Ankommen mehr und kein Dagegen. Meine Wallfahrt. Von Höhe- und Tiefpunkten des Schwindens schreibe ich Dir.

11. Mai – 23:06

Ich versteckte mich, erzähle ich, hinter einer Blütenwand. Sie musste hier und dort etwas durchlässig sein, jedenfalls bewegte sich darin oder dahinter unablässig etwas, hautfarben, wie menschliche Gliedmaßen. Stimmen hörte ich keine.
Es war an einem kühlen Maiabend. Durch den Raps, der ganz rosa war, näherte ich mich der Hecke, vernahm vage etwas, wich zurück, wagte es nicht und kehrte um.
An einem rosaverhangenen Morgen blickte ich über den Rand einer Pusteblumenwiese. Atmete ein süßschweres, leicht ranziges Wehen. Sank, noch immer betrunken, zurück in die Gräser, dachte, weich über dem Grund hängend, über ein uraltes Cat-Stevens-Cover nach.
Sag, wie hört es sich an, wenn jemand gleichzeitig vor Freude und nach Hilfe schreit? Außerdem frage ich mich, während einzelne Finger zweier Hände Schnürsenkel zu-

binden, wie es sich wohl anfühlt oder bemerkbar macht, wenn es – ausgebrannt – fort – nie dagewesen – tatsächlich einmal nicht, also überhaupt nicht mehr weitergeht, da es bereits vorüber ist.

Du rätst nicht, wie viel ich Dir nicht geschrieben habe seither, bekommst nur die zahllosen Einsprengsel zu lesen, die ich hier und dort hervorträume, während ich weit über das Land gehe, mich auch gerne weiterträumen ließe von Dir oder von Nele, die aber nicht von mir träumt, da sie, wenn ich mich recht erinnere, vielleicht weißt Du es besser, fast niemals träumt, was mein Glück ist, da unsere Leben sonst nur noch mehr auseinandergerieten.
Da fällt mir ein Aufkleber oder Anstecker auf einem olivgrünen Rucksack ein, der das Leben auf Arbeiten, Kaufen und Sterben reduzierte, wobei ich das Angsthaben vermisste. Dagegen stelle ich mir dann vor, dies immerhin noch, dass mich jemand zudeckte, immer wieder, ganz gleich, ob mit Licht oder mit Dunkelheit.

Ich möchte sonst über fast gar nichts mehr sprechen. Dass ich es dennoch tue, magst Du als Inkonsequenz deuten, vielleicht ist es aber auch gerade das Gegenteil.
Stell Dir etwa das Orange vor, von dem ich sprach. Erst heute wieder: die Müllabfuhr, ein Betonmischer, Gardinen und Wände, mein Hemd und meine Hose, Dämmerung, Dächer und Ringelblumen. Stell Dir dann vor, Du gehst auf einem staubigen Weg zwischen Wiesen und Getreide, in das der Wind hineinfährt, Pfosten und Stacheldraht, eine morsche Bank, Baumreihen, Himmel, einzelne Wolken – und alles orange wie durch eine Brille. Ich werde sie Dir zeigen. Sie ist austauschbar.
Sehen wir uns bald? (In irgendeinem Innenraum, mit Blick auf grüne Anlagen, Rabatten und Wiesen.)

14. Mai – 22:13

Wiederum schweigend entfernten wir uns voneinander, ohne uns, da alles so schnell ging, noch einmal umzusehen. Und entschuldige, Solveig, dass Du von meiner Fahrt, die mich entfernte von Berlin und von Dir, bislang nichts erfahren hast, ich mich nicht gemeldet habe in den Tagen danach und seitdem.
Es geschah ja auch eigentlich nicht unerwartet, und trotzdem kam es ganz plötzlich.

Die Zeit hier wird mir nun zunehmend eng. Schließlich gibt es immer Dinge und Orte, an denen man nicht vorüberkommt. Ich drehe den Spieß um und sage: Ja, genau dort möchte ich hin. Und warte, was passiert.

Später schlenderten wir eisessend am See entlang und dem Biergarten zu. Du trugst, offensichtlich in Frühlingsstimmung, eine Sonnenbrille sowie ein grünblaues T-Shirt, jenes ausgewaschene und stellenweise etwas löchrige, an das ich mich noch, und zwar sehr deutlich, erinnerte. Du hattest ganz recht, es war sehr warm und ich, wieder einmal, zu dick angezogen. Erst jetzt bemerkte ich, wie schmal Du geworden warst.
Hinter Biergläsern saßen wir uns dann schräg gegenüber. Wenn Du zur Seite sahst, schienen Deine Konturen, als wären sie erst kürzlich, in einem Moment allergrößter Sorgfalt und Zuwendung, ein letztes Mal noch, wenn auch fast zu spät schon, nachgezeichnet worden. Über Stunden: Schattengesichter, Mundbewegungen im grünen Licht der nahen Sträucher und des Sonnenschirms.
Stets wusste ich Dich, solange wir gingen oder irgendwo saßen, in meiner Nähe. Doch wir sprachen nie. Als ich Dich einmal dicht neben mir bemerkte, meinte ich, Dich

etwas sagen zu hören, blieb jedoch, jäh abgelenkt, wieder einige Meter zurück.
Vor einem Schaufenster blieben wir, einander nicht bemerkend oder beachtend, stehen und schauten auf einen Bildschirm, auf dem Gräber gezeigt wurden, verstreut über einen blaublühenden Rasenteppich.
Der Flieder später auf dem Friedhof verströmte einen Duft, dass ich mich abwendete. Kieswege. Als sie mich riefen, las ich gerade, vor mich hin flüsternd, halb abwesend und halb erschrocken, ein Hinweisschild, kam auch später nicht los davon, verblieb in Gedanken im Dschungel von Zweigen, Stängeln, Blüten, fremden Lauten und Gerüchen.

18. Mai – 15:38

Ich versuche jetzt, ein Buch zu lesen, Dir zuliebe, eines über eine winzige nordnordisländische Insel. Vielleicht, was meinst Du, wäre das eine Option, auch für mich. (Obwohl die beiden schon, mit Vehemenz, sagten, dass sie lieber mit mir zum Spielplatz möchten.) Aber genug davon.

0:23

Unter der Dusche fällt mir wieder ein, dass ich sterben muss.
Abends streicht Nele mir wie früher gegen das Toben draußen über den Kopf wie über das Fell einer Katze, sodass ich, nicht weiter nachdenkend, auch schnurre wie ein Kater.

23. Mai – 22:07

Hatten wir uns nicht tatsächlich vorgenommen, vor meiner Abfahrt, die nun unmittelbar bevorsteht, noch einmal zu telefonieren? Wenn es nicht so rasen und sich zugleich überlappen würde, nicht entweder so taub oder so dunkel wäre, aber nein, so schlimm ist es nicht, nur unwirklich, dass ich mich und alles betrachten muss, aber aus keiner gesunden Distanz heraus, sondern durch Spiegel, die Angst, selten auch lachen machen.

25. Mai – 13:21

Der Koffer steht vor dem Bett, auf dem ich sitze, auf dem Schoß liegt ein Buch, das ich durchblättere wie ein Fotoalbum, vielleicht auch ein Album, das ich durchblättere wie ein Buch, ich weiß es nicht, kann mich nicht entscheiden.
Irgendwo, wo habe ich ihn nur hingelegt, befindet sich ein Zettel mit den Dingen, die ich mitnehmen werde. Ich habe ihn selbst geschrieben und werde ihn wohl ein weiteres Mal schreiben müssen. Viel ist es nicht, was ich brauche.
Nele und die Kinder werden mich besuchen, so jedenfalls unsere bislang eher stille und, wie so vieles, nie ganz ausgesprochene Abmachung. Ist sie erleichtert? Schwer zu sagen.
Draußen auf der Straße ertönt gerade irgendein kehliges männliches Gegröle. Alternativ dazu: im Kopf verendet, blütenbestäubt, Niemandsbucht. Totgeburt.
Bücher stehen übrigens kaum auf meiner Liste.

21:34

Wann und wie es anfing oder zum Ausbruch kam, wobei dies Wort eigentlich nicht zutreffend ist, da schließlich nichts ausbrach, sondern nur heranschwappte, wie es immer schon, mal mehr, mal weniger, herangeschwappt war, scheint mir zu ergründen vielleicht nicht unmöglich, aber doch zu kompliziert und daher müßig. Es wäre auch zu langatmig, damit zu beginnen.

1:11

Ich bin Hilda Putzteufel aus dem Pixi, schlafe auf meinem Stuhl ein. Allerdings nicht vom Putzen. Vom Lärm eines alles verschlingenden Geräts träume ich oder werde ich wach. In ihm ist es nicht warm und staubig, sondern dunkel und bitterkalt.

ZWEITER TEIL

… gegen Abend befiel ihn eine sonderbare Angst,
er hätte der Sonne nachlaufen mögen …

Georg Büchner, ›Lenz‹

4.

1. Juni – 16:37

Lieber Sten,
jetzt sitze ich in diesem Haus, in diesem Dorf, und erst jetzt erhältst Du eine Nachricht von mir, nachdem Du, es ist Jahre her, nicht erschienen bist am verabredeten Ort, womöglich haben wir uns auch verfehlt, oder wir trafen uns, und ich merkte es nicht, schob es fort, vielleicht, wer weiß, wohin, und wer weiß, was noch alles geschah oder eben gerade nicht geschah zwischen uns. Oder, das scheint mir das Wahrscheinlichste, alles gleichzeitig. Denn alles hat sicher seine Gründe, die Du mir aber stets vorenthieltst und mir, im Gegenzug, so hoffe ich, nicht übelnehmen wirst, zumal ich sie auch gar nicht weiter ausführen möchte oder kann. Das alles ist wieder einmal ungemein kompliziert und letztlich wohl auch nicht der Rede wert.
Hinzu tritt der Umstand, dass ich Dir natürlich längst vielfach geschrieben habe, da mich das alles keineswegs gleichgültig ließ, im Gegenteil, ich dann nur nicht wusste, wohin damit, es sich zerstreut hat, ich es erst wieder zusammenklauben und -montieren musste nach Prinzipien, die ich nicht kenne oder ignoriere, was Dir nun vielleicht etwas seltsam oder unpassend vorkommen mag, Dich aber eigentlich gar nicht interessieren sollte und, vermutlich, auch nicht interessieren wird.

Jetzt ist wieder Juni, und schon damals, als wir uns noch kannten, begannen die Sommer, verregnet oder nicht, im Juni, um dann im September wieder zu enden oder zumindest bis dahin fortzuwirken, wenn es denn etwas zu wirken gab. Ich meine, mich zu erinnern. Ja, weißt Du, der Sommer (von unserem Sommer möchte ich gar nicht sprechen) währte von Juni bis September, vielleicht auch viel kürzer und flüchtiger, doch das glaube ich nicht, das heißt, es ist völlig belanglos, was ich glaube oder nicht, gewiss ist: die regelrecht aggressive und zugleich betörende knallende Hitze, wenn man die jalousienverhängten Fenster nur einen Spalt breit öffnete. Und draußen im Korn, vom Fenster aus nur zu erahnen, ein stechendes Flirren und Knistern. Und im Hintergrund das Quietschen des Schaukelstuhls, unter ähren- und postkartenbehangenen Wänden, Du. Und, wenn wir uns dann doch hinauswagten, wo Solveig und Nele gerade aus dem Laden kamen, waren die engen Häuser, der Kirchhof und die Linden der Dorfstraße der einzige Schutz vor der Sonne, da es sonst ringsum nur oder fast nur Felder gab, hügelweit, bis hinten zum Wald, der zwar schattig, jedoch zu weit für uns war, meistens jedenfalls, aber das ist eine andere Geschichte und soll es bleiben, genauso wie die Nächte unten am Fluss bei der Mühle, wo die Sonne ebenfalls niemals hinkam, zum Glück oder auch nicht, oder die Allee zur Stadt hinunter, die es heute, teilweise und nach etlichen Unfällen, die fast alle tödlich oder doch mit bleibenden Schäden und in jedem Falle grausig endeten, noch immer gibt, versehen mit Kreuzen und mit Kerzen. Mir wird das alles zu viel. Sonst geschah ja auch nicht viel, glaube ich.
Nur wie Du, das war aber später, während unserer Fahrt, wir nannten es Urlaub, erst im Haus, dann beim Zelten zwischen See und Meer, fast wie eine Insel, irgendwo im Norden, und draußen Regengüsse, ja, es schüttete unent-

wegt, fast eine ganze Woche lang, weil der Sommer dann doch schon im August zu Ende war, und, ich meine, da ging doch etwas zu Bruch, vielleicht übertreibe ich auch, und es ist nicht der Rede wert, nein, für ein Buch oder eine Geschichte für meine Nichte und meinen Neffen würde es sicher nicht reichen.
Und wenn ich den Brief nun einfach abschicke an Deine Adresse und damit ins Nichts? Wird mir jemand antworten, und wer wird es sein?

8. Juni – 2:12

Liebe Solveig,
wie es zuvor noch zu früh war, so ist es nun eigentlich zu spät. Tageszeiten und Wochentage verlieren, ganz ähnlich wie während der Polarnacht oder des Polartages, an Wertigkeit.
Ich überschaue es selbst immer weniger, werfe, seitdem ich hier angekommen bin, alles Gedankliche und Schriftliche durcheinander. Ich merke selbst, wie ich im Leeren herumrühre, aber immer so, als wäre es eine Fülle. Mach Dich daher bei allem, wie gesagt, immer auf etwas gefasst. Es ist nicht weiter plan- und längst nicht mehr kontrollierbar.

Ich mag auch gar nicht mehr schlafen gehen, wie verrückt rudern meine Beine, wieder und wieder schaue ich, zur Seite greifend, in meinem Postfach nach, ob ich eine Antwort erhalten habe, um mich auf irgendetwas für mich Fernliegendes zu konzentrieren. Aber ich erhalte keine Antworten mehr, weder von Dir noch von Sten. Und manchmal schriebst Du mir tatsächlich noch, obwohl es bereits schrecklich spät war, da Dich ebenfalls etwas vom Schlafen abhielt, und es ergab sich so etwas wie ein Wechsel, ein kurzes Hin und

Her, bei dem ein Zusammenhang im üblichen Sinne nicht länger gegeben war, sich dagegen andere Dinge auf eine ganz andere gemeinsame Ebene herabsenken konnten.
Es ist gut, und ich wehre mich auch nicht, schaue nur zu, ohne je teilnehmen zu können, und bin doch, irgendwie, mittendrin, das versäumte Zentrum von allem, schwarzgraue Schliere.

9. Juni – 1:34

Vielleicht, Solveig, habe ich es geträumt und erzähle es ihnen nun als Märchen: Irgendwann habe ich mir, blond, aber eben nur fast so blond wie Sten, ein blaues Leinenhemd gekauft, damit der Himmel sich darin spiegele, und wo war der Himmel blauer als jedes Augenblau als in den Feldern im Juli und August, die so blond dalagen, als wollten sie nie enden, und das taten sie auch nicht, wenn ich, blinzelnd, ins Weite schaute, feldblond, mit diesen selbst- und himmelverliebten Augen. Es gab also sommers nur diese beiden Farben, das Blond und das Blau, und ich streckte mich hinein in mich selbst und in diese alles versengende Sonne und lag dort und versengte, bis der Abend einbrach und alles, die ganze blaublonde Unendlichkeit, pfirsichfarben überschleiert wurde.
Und gleichzeitig geschah dies, ganz einfach: Ich verbrannte (und verbrenne noch), rest- und spurenlos, nicht einmal ein paar Haut-, ein paar Knochenreste zurücklassend, dort, weiter hinten auf dem Feldweg. Schließlich war da nichts, und anders wollte ich es nicht, was hätte Schatten werfen können, außer vielleicht dem völlig verdorrten und daher belanglosen Schlehengestrüpp drüben oder einzelnen farblosstaubigen Stockrosen, die aber eigentlich auch gar nicht dort hingehörten.

Eine derartige Enge, im Kopf und rundherum. Und das bei einem Sommer, der alles aufreißt und zum Flimmern und Vergessen bringt, der fast schon vorüber ist und zugleich, Anfang Juni, noch gar nicht begonnen hat.

Erste (und ich glaube einzige) Lektion: sich auf seinen Atem konzentrieren. Und dann einfach weiter atmen (darauf komme ich noch zurück).

3:03

Und dann denkst du gerade, nein, du denkst gerade überhaupt nichts, sitzt nur einfach da, vielleicht unter Menschen, vielleicht auch alleine unter einem Holunderstrauch und schaust (und es ist doch gerade die Zeit der Holunderblüte, mit dem nie ganz reinen Gelbweiß, das mich an gefüllte Gläser denken lässt auf einem frühsommerlichen Tisch, irgendwo im Schatten, wenn man Durst hat und sonst überhaupt keine Sorgen und eben nur dieses gelbweiße Glas in den Händen). Aber Unsinn. Das denke ich nur. Und kennst Du das: Etwas beginnt schon wieder, sich, gelinde gesagt, zu verengen, und schon wieder ist es, obwohl du es, in aller Vertrauensseligkeit, nie und nimmer ernsthaft erwartet hättest, einfach da, dies Geflatter, immer um den Kopf herum, irgendein schwarzes Insekt, groß wie ein Vogel, sodass du die Augen schließt. Weil dir sonst nichts mehr einfällt.

Entschuldige, ich weiß, dass das alles weiter auszuführen wäre, ich Dinge in den Raum hineinwerfe, die dann dort, irgendwie und irgendwo, herumschwirren oder auch hängen bleiben, und ganz zu Recht fragst Du, was denn etwa geschehen sei nach meinem verpatzten Treffen mit Sten, von dem ich sprach, und wieder muss ich Dich vertrösten, da ich, war es ein Licht, ein Kälteeinbruch oder gerade das

Gegenteil, selbst schon nicht mehr sicher bin, nur hoffe, dass es mir nicht folgt, obwohl, Du weißt es, wenn Du ehrlich bist, viel besser, immerzu steht es mir zur Seite, spüre ich seine lauernde Nähe wie einen glasigen Atem.

10. Juni – 17:54

Liebe Solveig,
im Dorf geht die sogenannte Sommergrippe um, und ich verbringe den Tag in Erwartung und ruhe meinen Kopf auf einem zwar gelben, jedoch ganz und gar nicht bequemen Kissen aus.
Es regnet, und es regnet warm. Ein schönes grünes Dämmerlicht breitet sich im Zimmer aus, ein ganz naiver Vorgang eigentlich, den ich mir da herbeiwünsche: Ich liege unter dem Dachfenster, es tröpfelt auf die Scheibe, bis sich einzelne Rinnsale bilden, nichts weiter. Nichts.

19:27

Aber wenn die Katze einmal aus dem Sack ist. Und das mit der Folter und dem Spannen will mir nicht aus dem Kopf gehen. Mein Gehirn durchwühlt sich jetzt die ganze Zeit von selbst nach passenden Bildern und liefert sie auch prompt. Dann sehe ich eine Liege in einem Garten, vielleicht einem Gewächshaus, sehe fremde Blumen und Vögel, höre, während hinter dem Glas der Winter vorüberzieht, etwas winseln und keuchen.

Und was mir zudem, dies nur nebenbei, wenn ich, obwohl ich es nicht tun sollte, länger darüber nachdenke, Angst macht bei der ganzen Sache: dass sogar meine Briefe an Dich letztlich nichts sind als mehr oder minder willkürliche Sätze, in einen grausam leeren Raum gesprochen, aus dem nichts widerhallt als immer nur weitere Sätze, die aus Langeweile oder aus Panik oder was auch immer nicht aufhören, damit es nicht abbricht und still wird, wobei es am Ende eben doch still wird, wenn sie aufhören, die Sätze mitsamt ihrem Urheber, und das Ende erreicht ist und Dinge folgen, die gar nicht mehr folgen und kaum zu ertragen sind, da sie schließlich, wie gesagt, nichts sind und wortlos und so unglaublich, so unsäglich still.

2:13

… weshalb ich Dich, ich weiß, es ist spät beziehungsweise früh, und womöglich schläfst Du bereits, was unbedingt richtig wäre, Du kannst den Schlaf gebrauchen nach diesen schweren Tagen, bevor sie Dich hinausschoben, Platz machen musstest Du, und sie hielten mich am Arm, weshalb ich Dich schlichtweg bitten möchte und muss, vielleicht, stille Hoffnung, sitzt Du ja noch auf Deinem Sofa, den Laptop auf dem Schoß, welch schöne Gleichzeitigkeit, auch wenn ich am Schreibtisch sitze, und schöne Nähe das wäre, Dich bitten muss, mir, ganz gleich, was und wie viel, zu schreiben, jetzt gleich, noch vor dem Schlaf.

11. Juni – 22:54

Du schreibst, liebe Solveig, in Deinem Brief über etwas, auf das ich, und schon gar nicht in Kürze, nicht werde antworten können, zumal die Antworten zum Teil längst da sind und verstreut herumliegen, sich verselbständigen und rhizomatisch ausbreiten in alle möglichen Richtungen, sodass eine Auswahl zwecklos scheint oder längst versäumt und eigentlich nicht einmal gewollt.

Dabei versuche ich, wie in dem Lied, das wir getrennt, aber doch gleichzeitig hörten, einfach weiter zu atmen, versuche, ein helles Waldgrün zu atmen, das aber, da es ins Dunkel führt oder zumindest ins Ungewisse, im Zweifelsfalle und am Ende immer zugleich dunkel ist und dunkel sein wird und muss. Der Abend, nein, schlimmer: die Nacht bricht schon herein, obwohl ich gerade mit ihr in diesem Moment gar nicht gerechnet hätte. Jetzt habe ich den Salat, denke »Auch das noch!«, komme vom Weg ab und setze, entgegen allen leeren Versprechungen, das Atmen an dieser Stelle erst einmal aus.

Aber wieder lese ich an Deinem Brief herum, und ich will nicht beginnen, irgendetwas zu deuten, eher löst es immer alles Mögliche aus, wie selbst eine Handlung wie das Staubsaugen wieder etliche weitere Dinge nach sich zieht und ganze Welten aus den Fugen stößt.

12. Juni – 21:23

Liebe Solveig,
im Prinzip wird hier bestens für mich gesorgt. Zum Glück funktioniert die Heizung winters wie sommers. Sicher fühle ich mich nicht.
Der Schreck wird, denke ich, nicht verschwinden mit den Knochen. Deshalb schreibe ich Dir, es ist, denke ich, besser, eine Adressatin zu haben. Meine Stirn fühlt sich dabei allerdings sehr wund an, und meine Laune ist nur oberflächlich, meine Geschwätzigkeit ein mäßiger Trost.

Nach meiner Ankunft in diesem Haus betrat ich Zimmer, die ganz leer waren, und ich begann, sie zu füllen. Es war, wie gesagt, anfangs alles kahl und leer, die Wände, Decken

und eigentlich, wenn ich mich recht entsinne, sogar die Fußböden waren von einem Weiß, das sich schmerzlich einbrannte, sodass ich es nicht einmal mit geschlossenen Augen von der Netzhaut bekam, das mich nicht suchte und nicht verfolgte, weil es ja immer da war und nichts vermochte, als Angst und Schrecken zu verbreiten. Sicher habe ich versucht, mich, dem Ratgeber folgend, schielend davorzuhocken, und zwar, anders als ich zunächst befürchtet hatte, nicht ganz ohne Erfolg. Doch am Ende ist es, verzeih, wie mit allem: Es verkehrt sich, womöglich liegt es aber an mir und ist den Dingen und Farben an sich nicht eigen, grausam in ein Gegenteil, das aber, schaue ich erst genauer hin, gar kein Gegenteil ist, das gleichsam von hinten herum und ex negativo noch zu verstehen oder zu handhaben wäre, sondern bloß irgendein Ding, das mich, stark und intelligent genug, zu Boden wirft oder gegen die Wand, hinauf zur Decke oder auch einfach nur nimmt und auswringt wie einen Lumpen, was keinesfalls das Schlimmste ist, was ich aber nicht zeigen oder sagen sollte, da es dann, böse und gehässig, wie es ist, augenblicklich ablässt, um wieder etwas anderes zu beginnen.
Nur die Fenster führten wohl auf einen Garten, jedoch sah ich davon nichts. Allerdings träumte ich, wenn ich Musik hörte, von einer altroséfarbenen Blumenwiese, ganz aus altem Stoff, in die ich mich, selbst voller Blumen, schließlich einsenkte, um darin zu verschwinden.
Ich begann also, das Zimmer rosa beziehungsweise altrosa, altenglischrosa, zeitlosrosa, ja auch ein wenig staubigrosa anzustreichen und auszustatten, und selbst die Möbelpolster, Gardinen, Bettbezüge und meine Kleidung hatten jenes Blumenmuster aufzuweisen, das nie ganz, aber eben überwiegend rosa zu sein hatte, dezent unterbrochen oder konturiert durch leichte Grüntöne, blasses Gelb, wenig Blau, eher ins Braune hinein und in jedem Falle Weinrot oder

auch ein kräftiges Dunkelrosa. Auf die Fensterbänke stellte ich Blumentöpfe, nein, ganze Blumenkästen, und bepflanzte sie mit jenem weinrotdunkelrosafarbenen und, mit etwas Glück, hier und dort unscheinbar gelbblühenden Klee, den wir einmal während unserer Reise im Sonnenwinkel einer Mauer gesehen und gemeinsam bewundert hatten.
Dann aber setzte ich mich in meinen Blumensessel, allmählich beruhigte ich mich, und das Wuchern mochte, sollte, ja musste beginnen, und endlich begann es und schritt fort, und zwar keineswegs nur in Gedanken, nein, denn darauf kam und kommt es an: auch von außen.
Und auf einmal bist Du da, und irgendwie müssen wir uns doch hindurchkämpfen, da der Klee längst zu einem Wald geworden ist, so üppig und weinrot, dass es keinerlei Abendsonne bedarf, um dem Gestrüpp, aber auch den kleinen Lichtungen, die sich hier und dort auftun und die mit feinem Gras oder Moos überwachsen sind, uns, dem Leben und der Welt immer dieselbe Farbe zu verleihen, die den bösen Blick, aber nur den bösen, an Kitsch erinnern mag, dabei schützt sie doch gerade vor dem Bösen, und sogar Deine Augen und Haare tragen diesen Schimmer, sodass es am Ende nicht so weit her sein kann mit Deinen Konturen oder meinen.
Ungeklärt bleibt hingegen, ob der Klee wirklich so hoch und überragend geworden ist oder wir stattdessen, ganz plötzlich und unerwartet, geschrumpft sind, was aber nicht wichtig ist, nicht ins Gewicht fällt: so kurz vor dem Moment, in dem ohnehin alles abbricht und unwiderruflich und restlos dunkel wird und erlischt.

1:23

Es war, liebe Solveig, nach Mitternacht, und Du schlugst vor, noch auszugehen. Wir gingen aus, und was folgte, war ein

stundenlanges Streifen von einem Ort zum nächsten, und alle Straßen, Clubs, Schlupfwinkel, in denen wir uns in dieser nicht endenden Nacht wiederfanden und verborgen hielten, waren verbunden allein durch ein verworrenes Netz lichtspiegelnder Gleise, auf denen sich, unter- wie überirdisch, U-Bahnen hinschlängelten wie große nachtgelbe Raupen.
Das Seltsame: Als hätte jemand aus bösem Willen den großen Lichtschalter betätigt, wurde Berlin plötzlich ganz und gar dunkel. Sicher, hier und dort fanden sich noch vereinzelte schummrige Straßenlaternen, vielleicht ein paar letzte verlorene Autos mit Standlicht, doch sie gaben nichts ab von ihrem Leuchten, als bräuchten sie es für sich selbst, ähnlich den Sternen am Himmel, auch sie zogen sich zurück, versuchten, sich zu schützen und spielten in Bezug auf uns überhaupt keine Rolle mehr. Es wurde dunkel um uns, und nur der allerletzte Club, in den wir einkehrten und in dem wir blieben, schimmerte in jenem fernen Rosa oder Altrosé, durch die schmalen Fenster fiel es bis auf den Gehsteig wie auf Schnee. Wir betraten den Innenraum, und so warm und durchdringend war das Licht dieses allerletzten Ortes, dass es am Ende ganz gleich war, welche Farbe irgendwann einmal unsere Kleidung, unsere Haut, unsere Augen gehabt hatten, auch gab es, was mich aber schon nicht mehr verwunderte, ich nur zu- und geschehen ließ, keine Musik mehr, sondern nur noch, aber künstliche, rosaschimmernde, Vogelstimmen.
Im Morgengrauen (nein, eigentlich war es eine ziemlich grelle, allzu weiße Morgensonne) gingen wir dann nach Hause, das heißt zu Dir, da ich ja zu Besuch war, gingen schweigsam nebeneinander her, müde natürlich und lieber ohne einander anzusehen, da solch ein Licht weder jünger noch schöner macht, vielleicht gab es, darüber hinaus, noch andere Gründe, die uns aber, irgendwie, abhandenkamen, während wir Brötchen kauften, die wir allerdings,

in der Wohnung angekommen und augenblicklich auf Bett beziehungsweise Ausziehsofa niedersinkend und einschlafend, nicht mehr aßen, solange ihre Wärme noch spürbar war.
Später, es muss wieder Abend gewesen sein, stand ich am Herd, Du erzähltest müde und blass von Deiner Bar in Island, den Bands, die dort auftreten sollten, während ich mich über einen übergroßen Topf beugte und den riesigen Holzlöffel durch irgendeine dunkle Suppe schob.

2:58

Das Album von Hildur Guðnadóttir. Gehe am Strand. In schwarzem Mantel. Alle Tage. Meine Haare wie wegfotografiert, schwarzweiß und hellgrau. ›Leyfðu Ljósinu‹. Sammele Lavasteine.
Aus aller Gewohnheit die Dinge herausgenommen und hingeseufzt in ein Vages, Rückzugiges. Auswärtig einverleibt in einen unzugänglichen, nur schmerzlich ahnbaren Raum hinter den Tönen. Ein- oder Ausatmen. Abwesend. Sinke, ohne nach Luft zu schnappen. Bleibt aus. Der Himmel: schwarzweißgesprenkelt, faserig.
Wenn ich hiermit fertig bin, schreibe ich Hildur einen Brief, in Deinem Namen. Doch zuerst muss ich ihre Sprache lernen. Ja, ergäbe es ein Buch, so ließe ich es zuallererst in ihre Sprache übersetzen und machte mich gleich daran, sie zu lernen, allein mit dem Ziel, es ihr Wort für Wort vorlesen zu können.

3:33

Rückwärtsloch.

13. Juni – 21:23

Lieber Sten,
Du wirst es nicht glauben, aus einem Blumensessel heraus schreibe ich Dir, jetzt, nach Jahren, und wenn Du es nicht hören magst, dann halte Dir doch die Ohren zu:

Wir beschlossen, zum See zu fahren. Nicht Skandinavien sollte es sein, vorerst, aber auch nicht zu nah, sondern irgendwo dazwischen, und, da wir uns uneinig waren, sowohl am Meer als auch am See, zwei Züge und ein Bus fuhren uns hin. Nele und Solveig wollten nachkommen, ich erinnere mich nicht, weshalb und wo sie blieben. Ein silbernes Gefunkel war das Wasser, was aber nicht nur von der Sonne in den leichten Wellen herrührte, sondern ebenso von den Pappeln ringsum, die nicht Ruhe geben konnten, immerzu rauschten und glitzerten.
Wir saßen dann auf dem Steg, die Füße im Wasser. Später zogen Wolken auf, und es fing an zu donnern. Dann brach es nieder auf uns, und der See, der nun kaum wiederzuerkennen war, spritzte und schwappte uns entgegen. Nach Hause kommen wir heute nicht mehr, sagte oder dachte ich, und wir blieben sitzen. Ohnehin war kein Haus, keine Menschenseele mehr erkennbar vor Regen, der gar nicht mehr aufhörte, und selbst der See war irgendwann fort. Allein an dem Holz des Steges unter unseren Händen und Oberschenkeln wagten wir nicht zu zweifeln.

17. Juni – 17:32

Liebe Solveig,
auf der Fahrt hierhin ging es mit dem Zug durch Felder, die ich so, jedenfalls seitdem ich in der Stadt wohne, noch nie

gesehen hatte, und ich hatte allen Grund, an der Korrektheit und Sinnhaftigkeit des Ortswechsels zu zweifeln. Natürlich betrank ich mich, wenn nicht maßlos, so doch ordentlich. Draußen brannte die Sonne, habe ich es gut, dachte ich, saß ich doch, wie gesagt, im leeren Zug, der allerdings völlig unterkühlt war, und die Sonne stach durchs Fensterglas, Wein auf den Lippen, brannte regelrecht, ließ die Felder auflodern gegen ein Blau, das ich nicht kannte, auf der Zunge, den Gaumen und Rachen hinab, bis sie sank, orange und rosa wurde und genau so, als glühender Ball und die Ähren fast schon streifend, auch den Körper, innerlich, zum Lodern brachte und zugleich dort vor mir hängen blieb, erstarrte und sich nicht weiter rührte im Augenblick, da das Glas schon wieder leer war.
Stopp, dachte ich, bis hierhin und nicht weiter. Aber dann konnte ich, was immer das heißen mag, dem Anblick doch nicht widerstehen, schluckte und schaute dem Mohn, den Scheunen und hängenden Rosen entgegen und dachte: dorthin also.
Irgendwann stieg ich dann, da ich, so schien es, angekommen war, aus. Die Sonne stand wieder senkrecht im Himmelsblau. Seltsam, schoss es mir durch den Kopf, bevor ich begann, einen Weg zu suchen, der mich fort von diesem Vorplatz dieses namenlosen und im Übrigen gänzlich unbedeutenden Bahnhofs führte.

23:45

Stockrosen, Staketenzäune, Wäscheleinen. Es ist spät geworden. Aber der glühende Ball steht tatsächlich noch immer dort, reg- und zeitlos, und wirklich verdampfen die Felder in trunkenen und müden, unendlich müden Farben.

1:53

Verbringe meine Zeit im Zimmer mit selbstbeklebtem Fensterblick und in der Hängematte zwischen den Gummibäumen mit künstlichem Licht und künstlicher Luftzufuhr.

18. Juni – 21:34

Aus meinem Zimmer gibt es, Solveig, so stelle ich es mir vor, keinen Ausweg mehr. Doch hör mir zu, welch ein Blumensommer. Und der Geruch? Ein Parfüm? Nach frischgewaschener Wäsche vielleicht, wie in einem Draußen auf der Leine, doch hier, in der Wohnung, zurückgenommener, lieblicher, gemütlicher, räumlich-, eben: zimmerlicher. Stoffblumen, Duftornamente. Und doch werden wir das alles, irgendwann vielleicht, in den Garten tragen, übergehen, sich ausbreiten lassen, wie wäre das?
›Stell dir vor, du wärst‹, ein Spiel, das wir als Kinder spielten, wenn uns langweilig war oder wir weder ein wussten noch aus.

Heute habe ich mit Nele und den Kindern geskypt, doch die Bildübertragung funktionierte nicht richtig, sodass wir uns letztlich nur in seltsamer Verzerrung sahen und hörten wie aus einer Ferne, die doch, so dachte ich, trotz allem nicht gegeben sei. Ich erzählte von dem rotblättrigen Klee und versprach, einige Ableger zu verschicken, was ich auch gleich morgen tun werde. Er wird dann, sagte ich, und es war sicher nicht gelogen, bald immer größer und größer und schließlich alles überragen, dass weit und breit nichts mehr zu sehen ist, kein Haus, keine Straße, alles nur Wald eben, der dann überall ist und nichts kann außer wachsen, sodass wir uns verlaufen und verirren, jedoch nie so, dass wir Angst haben müssten, da ja alles rot ist, spätrot und tiefrosa, und wir finden uns auch immer wieder, ganz gewiss, irgendwann, aber nicht so, wie wir denken, sondern auf ganz andere, ungeahnte Weise.

0:47

Erinnerst Du Dich noch an den Abend in meiner Charlottenburger Wohnung, an dem eigentlich, wie gewöhnlich, gar nichts geschah, an den ich jedoch häufig, obwohl es schon Jahre her ist, und gerade jetzt, so aus der späten Uhrzeit heraus, da ich doch immerhin an irgendetwas denken muss, zurückdenke: wie Ihr dort sitzt, ein letztes Mal wie einhellig, Du, Nele, Sten nicht, eislöffelnd, sekttrinkend, ja, sogar lachend zuweilen. Die Tischlampe von IKEA machte den Abend bernsteinfarben, entsprechend bernsteinfarben war auch die Weihnachtskrippe von Playmobil, die Ihr mir, vielleicht war es ein Scherz, vielleicht war es keiner, schenktet und die ich, die Bücher einfach beiseiteschiebend, sogleich aufbaute im Regal. Ich saß dann, warum ließ ich Euch gehen, als Ihr fort wart und alles vorüber war, noch lange draußen auf dem Balkon mit Blick bis zum Alexanderplatz, Baumteppiche unter mir, die allmählich an Farbe gewannen, die Nacht war so heiß, und die Dämmerung war es gleichermaßen, und Ihr habt, während ich so dasaß und es schon dämmern sah, wie ich später hörte, noch lange an der Bushaltestelle gestanden, da Ihr den ganzen Rückweg nicht laufen konntet oder wolltet.

19. Juni – 16:32

Tapetentage, Gardinenstunden. Blumensessel, Blumentischchen, alles wie bereitet zum Tee. Eigentlich habe ich es, zugegeben, recht gemütlich in diesem Haus, das ich für mich alleine habe und dessen Zimmer ich mir so einrichte, wie es mir eben in den Sinn kommt. Bei meiner Ankunft standen noch Blumen auf dem Küchentisch, Kornblumen, Kamille, Mohn, die seltsam abstachen von all dem Weiß und die inzwischen allesamt verschwunden sind. Sollen sie draußen wachsen. Nur manchmal werde ich, wenn ich mich einmal hinauswage, etwas mitbringen von dort, auch Gräser, die ich aber dann auf den Fensterbänken verteile, um sie trocknen zu lassen, da sie in der Vase allzu rasch verfaulen.

23:12

Lieber Sten,
unterstell mir bitte nicht, ich hätte Dich vergessen, auch nicht, ich sei verärgert, trüge Dir irgendetwas nach, mir fiele da auch gar nichts ein, und war es nicht eher umgekehrt? Denke bitte ebenso wenig, ich hüllte mich in Schweigen, wolle Dir nicht mehr schreiben, Dir nichts entgegensetzen auf Dein Schweigen hin. Dein Verschwinden. Fernbleiben. Mit Wollen hatte und hat das alles nichts zu tun, und ganz sicher werde ich Dir schreiben, wenn ich meine Angelegenheiten, die immerhin nicht meine, sondern unsere Angelegenheiten sind, wenn ich sie, wie sagt man, erledigt habe, wovon jedoch bis jetzt keine Rede sein kann.
Mein Befinden ist in Kürze dieses: Der Tod hat mir den Magen verdorben. Was sagst Du nun?
Und dabei kommt mir das Konzert am See in den Sinn, der ganz lila war und, während sie ›Country Feedback‹ spielten, hinüberwechselte zu Blau, Dunkelgrün und Türkis, und die gemeinsame Suche in den Stoppeln, später, sehr viel später, als alles bereits zu einem Ende gekommen war. Dann die Ballonfahrt über Aprikosenfelder, Kirschgärten, wenn es Nacht war, Abende zwischen den stillgelegten Gleisen.

Sommerferienlang saßest Du in meinem abgedunkelten Zimmer im Schaukelstuhl, an den Wänden getrocknete Gräser und Plastikrosen, die ich mir selbst geschossen hatte, dazwischen ein riesiges nachtdunkles Poster mit einer pfirsichfarbenen Kugel, glühend, vielleicht der Mond, vielleicht auch die Sonne.

21. Juni – 2:03

Liebe Solveig,
die Musikkapelle, die bis eben von draußen zu hören war, wurde jäh und wie von Zauberhand zum Schweigen gebracht. Wahrscheinlich war es die Turmuhr, die zum Ab- und Aufbruch mahnte. Das scheint mir wie ein Ende, das ich bis hierhin, aber doch nicht darüber hinaus habe hinauszögern können, und auch die Mülltonne, die ein schlafloser Nachbar stundenlang hin und her über das Pflaster zog, scheint längst ihren vorläufigen Platz gefunden, ihr Rollen mit einer großen Stille vertauscht zu haben, der ich kaum etwas entgegenzusetzen weiß.

3:37

Es wird Tag irgendwo. Radiohead läuft im Vorder-, während ich im Hintergrund verschwinde.

22. Juni – 17:21

Durch eine mir bislang unbekannte Tür betrete ich schließlich einen Stoffgarten. Das ist ein Raum, aus dem es, das wird mir sehr schnell klar, für lange Zeit kein Herausfinden mehr geben wird. Nicht allzu dramatisch, denke ich, da ja

alles weich ist und gut duftet hier mit all den Pflanzen, Blumen, auch höherwachsenden oder rankenden Gewächsen, die mir, was nichts heißen soll, ganz und gar unbekannt sind, und immer herrscht, aber nie unangenehm oder zu dunkel, Dämmerlicht, aprikosenfarben, mal zu Rosa tendierend, mal eher zu Orange.
Ich tue nichts weiter, als Dir zu schreiben, was ich an diesem Ort, der, wenn ich mir Mühe gebe, noch etwas Geheimnisvolles hat, wahrnehme. Das Zimmer wirkt, so überfüllt ist es, unendlich.

20:11

Und Nele, erzähle ich dann wenig später, ging noch einmal hinaus bei dem Wetter, weil sie meinte, es müsse so sein, weil das Haus so still geworden war und alles sonst um sie her auch. An Wiesen vorbei ging es, ohne Schirm, am Waldrand ein einziges grünes Getropfe, das Einzige, was weit und breit zu hören war, den Hang hinunter, wo es nach frischem Laub und Moder roch, bis es, für sie, nicht mehr weiterging. Hatte sie das Ziel schon erreicht? Kann Glück auch wehtun?

Mein Handrücken wiegt, während ich mir alles zurechtlege und wieder auseinandernehme, durch nasses Gras, Teppichfasern, die ich besprüht habe, um des Duftes willen.

23. Juni – 23:04

Wenn die Felder, hörst Du, hört Ihr, wenn die Felder zu heiß waren und das Haus zu eng, ging ich in die Dorfstraße, die aus Kopfsteinpflaster war und auf der kaum Autos fuhren, da sie auf einen Bauernhof zuführte, hinter dem nichts

mehr kam und alles nur noch hinabstürzte in ein grünes Dunkel. So weit aber kam ich nie, blieb lieber zwischen den Linden stehen, die hier links und rechts wuchsen und, auf ganzer Länge, eine Allee bildeten, einen grünen Tunnel, in dem ich mich aufhalten konnte, solang ich eben stehen konnte. Gegenüber in der Kirche gab es dann Bänke zum Sitzen, da war es so kühl, dass ich unweigerlich eine Gänsehaut bekam, nur vom Wachs- und Weihrauchgeruch wurde mir übel, obwohl ich ihn an anderen Tagen, besonders kalten, wiederum mochte.
In ganz vergangenen Zeiten wuchs draußen im Feld, dort, wo der Weg eine Biegung macht, um dann steil hinabzuführen, ein Baum, nach dessen Zweigen und Früchten man sich strecken mochte, wie man wollte, auf den man hinaufklettern konnte, um einfach dort zu sitzen, vielleicht einen frühen Drachen zu lösen, der sich verfangen hatte, oder eine späte Kirsche zu pflücken, ich weiß es nicht. Was ich aber sehe: wie die Regenwolken immer näher kamen und ich mich umsah, zum Dorf hin, und schon wusste, dass ich es nicht mehr schaffen würde. Und ich lief trotzdem los, rannte, bis er mich einholte, der Regen mit seinen ersten Tropfen. Und die sich doch als Glück erwiesen bei der Hitze, weshalb ich auch stehenblieb, also nicht mehr weiterging, obwohl sonst alles weiterging, bis es aufhörte zu regnen, doch es hörte nicht auf.
Und sie werden mich besuchen, ich weiß nicht, ob ich das schon sagte, nehmen den weiten Weg in Kauf, um mich zu sehen, und es wird mir nicht schaden, im Gegenteil. Nele hingegen, die immer zu allem schweigt, ich bin mir nicht sicher, aber gedrängt habe ich sie nicht.

Noch etwas: Die alten Kastanien drüben an der Kreuzung, deren Rauschen ich höre, wenn ich nachts das Fenster geöffnet habe, stehen noch, obwohl man munkelt, ihre Zeit sei bald abgelaufen, eines morgens werde man den Lärm hören von Motorsägen und dann sei es endlich aus. Die eigentliche Begründung dafür habe ich nicht behalten, vielleicht hat man sie mir auch nicht genannt.

24. Juni – 23:45

Wie aus der Sonne heraus kamen wir an dunkelnden Hecken vorüber, streiften den See, erahnten weiter hinten, verborgen, das Meer. Die Zeit im Garten verging schleierhaft, hellgrün und weiß und manchmal so kühl, dass man es vor Licht nicht wahrhaben wollte.
Immer wieder holte mich da die Befürchtung ein, Dich am Ende jener überwachen Tage möwenflugs verfehlt zu haben.
Am Abend noch ein Glänzen wie von Eis, tiefblau und rosa, ein spiegelblankes, dann aber dunkles Herangleiten des Wassers, während der Horizont unkenntlich, doch vielfarbig, verglomm.
Und ich beginne, nicht ganz aufrichtig, zu erzählen: Wir kamen vor unser Haus, und Du batest mich, obschon Nele oben wartete, hinter Beeten und an Birken entlang noch ein Stück weit hinab mit in den Garten. Ich verblieb unschlüssig, hörte unterdessen ein heiseres Gurgeln von den Sträuchern her, das bereits zu schwarz, viel zu tief und vielleicht auch böse war und ist, schon war es verstummt, aber immer noch da.

Hinter wirrverblühtem Raps an dunkelnden Hecken. Ein Weiß, das flüchtig keinen Schrecken kannte, ohnehin ging es über in Creme, Gelb, Violett und Rosa, später Holunder, Vogelbeere, frühe Hortensien, nach hinten immer lichter. Dann zweimal Regenschauer. Stunden. Ich las, schlug das Buch aber dann zu, verließ das Haus, und ich stand schon eine Weile, als Du, mir eine Strähne aus der Stirn streichend, den Ort erreichtest. Aber selbst das stimmt nicht. An jenem Abend und auch den folgenden Abenden erreichten wir uns nicht.

Im Haus verblieb oder erübrigte sich die Frage des Sonnenuntergangs, denn ich schaute, aus der Tiefe des Sessels heraus, immerzu zur Wand. Noch immer rauschten die Heizungsrohre. Im rechten Augenwinkel sah ich den Garten unter Wolkengrau verschwinden, einen Windstoß die Blätter der Birke gegen die Fensterscheibe treiben. Was mir (und hier beginnt es) entging: Auf der anderen Seite des Hauses riss der Himmel auf, kam Abendrot über die Vorgärten, schob sich zeitgleich eine Farbkastensonne, schon nicht mehr auszumachen, gierig und gleichgültig in den Horizont.

Plötzlich saß ich wieder draußen in der Laube und dachte: Wenn ich mich, rein körperlich, abdichten könnte. Sie, die Kinder seiner Bosheit, dringen in erschreckender Permanenz und Treffsicherheit durch sämtliche Poren in mich ein, mich zu schädigen und vielleicht auch zu zerstören.
Ich betrat die Telefonzelle und wählte, ratlos, eine Nummer, doch niemand hob ab, lief weiter und setzte mich atemlos in den horizontalen und feuchten Sand. Es war, bis zu dem Moment, als sich in Anbetracht des Meeres alle Erinnerungen vergleichzeitigten, ein Glücksfall: vor mir ein See, Himmel, Sand, meine Hose, Schuhe und Jacke, alles verschwamm rot und ebenfarben, bis auf die unzähligen Vögel am und über dem Wasser, schwarzsilhouettiert und flügelschlagend.

Zwischen den Dünen, das weiß ich noch, brannte die Sonne. Harzduft stieg heiß von den Bohlen auf und von den

Kiefern am Rand, Kiefern, verkrüppelt und von oben durch Wind und Wetter zerdrückt, als wären es Pinien. Und ich kann das jetzt erzählen: Immer ging es hinter Sten her, der schon, mir den Rücken zugewandt, oben auf der Düne stand, mit dem Blick wer weiß wohin. Ich kann das jetzt erzählen: Ernst machen, Sommerende. Schaute durch das Objektiv, mit Fortgedanken an Fliegenklecksen vorbei, auf die vage und ferne Insel.
Am Strand badeten wir diesmal nicht. Als es regnete, flüchteten wir wortlos in einen Strandkorb. Nach dem Streit, der nicht stattfand, sah ich ihm, Musik im Ohr, durch Bernsteingläser nach.
Jetzt sehe ich ihn wieder, rückwärts aus dem Wasser springend, ihn, Sten, wie er, noch in weißem Hemd, wieder auf dem Stoppelfeld unseres Dorfes landet, das er eigentlich pflügen sollte, das Gesicht voller Lachen, breit und nichts hinter sich lassend und alles vorwegnehmend.

Zwischen Nele und Dir kein Wort mehr.

Und bleibend an den Hecken das Gurgeln, damit wir es nicht sehen, aber hören. Erst wen er hat, den lässt er los, der geht ihm über in Verdauung, verlässt sein Denken, seinen Körper. Am Morgen war der Himmel krank: beigefarben und mit dunkelroten Flecken.

Und immer. Wieder überfährt er. Im Schritttempo meinen. Schädel wieder hin und. Her und. Wieder.

Der Seeelefant aus der ›Augsburger Puppenkiste‹ singt inmitten blauwogender Plastikfolien: »Sehr arg. Sehr arg.«

Plötzlich ist es Winter. Und Ihr seid, nirgendwo, ganz in meiner Nähe.

5.

1. Juli – 15:22

Liebe Solveig,
sicher, es ist nicht gleich alles vernichtet, fort und wie nie dagewesen, nur weil es um- oder einstürzt oder -gestürzt wird, beileibe nicht. Dennoch, der Krach ist gewaltig, ebenso die Vibration der Erde und die Stille, die folgt, alles nur schwer auszuhalten, besonders hier, aus der Hängematte heraus. Und ich liege dort wie tot, resigniert und freue mich trotzdem, wenn ich mit geschlossenen Augen beim trägen Hinundherschaukeln mit den Fingern durchs Gras fahre, selbst wenn es kurzgeschoren und völlig vertrocknet ist und bürstig wie die Haare, die, wie ich las, auch nach dem Sterben noch aus dem nackten Schädel sprießen.

Auf dem kleinen runden Tisch denke ich mir dagegen Erdbeerbowle in kleinen runden braungetönten Gläsern: Die gab es, erinnerst Du Dich, bei meiner Oma, die, genauso wie mein Opa, im Juli Geburtstag hatte, weshalb stets zweimal gefeiert und jeden Sommer zweimal Bowle angesetzt wurde. Sie war uns und den Nachbarskindern natürlich verboten, doch wir bekamen trotzdem etwas und wenn es nur die vollgesogenen sektprickelnden Erdbeeren waren, sodass wir uns hinten aufs Gras legen mussten, wo Schatten war, da uns so schwindelig geworden war.

Die Markise, unter der unsere Eltern, alle Onkel, Tanten, Cousinen und natürlich auch wir Kinder eng beieinandersaßen, war orange mit braunen und gelben Streifen, und alle Gesichter hatten ein orangeleuchtendes Lachen mit großen hellgelben Zähnen. Wenn es dann dunkel wurde, und endlos müde waren wir da und immer noch wach und aufgeregt, gab es auf dem Rasen eine Fackel, hingen bunte Lampions auf der Terrasse, im Gebüsch und in den Hecken.

Mein Blick wandert schwankend hin zur Buchenhecke, hoch zur Kastanie und hinüber zur Bank, daneben die Birke, deren Blätter gar keinen Wind benötigen für ihr silbriges Gezitter.
Ein früher Drachen beobachtet mich, ohne jede Regung, schon den ganzen Tag, immer nur dort über den Stoppeln im Blau steht er, abermals diesem Blau, denke ich, obwohl weit und breit kein Mensch, kein Tier, kein Schatten, nur, wo ich sie suchte, flimmerndes, ewigflimmerndes Goldgelb unter diesem alles überwölbenden Blau.
Mageren Schutz gewähren allein, wenn ich mich hinüberdenke, die Birken oder die schütteren Apfel- und Zwetschgenbäume am Weg.
Beim Umlegen eines Schalters, das ich vermeide oder augenblicklich wieder vergesse, erinnere ich mich, dass ich das alles nicht zum ersten Mal wahrnehme und etliche Male schon gesehen habe. Die Welt wird mir dann sehr klein, auch was man Gegenwart nennt und das Vergessen.

Dann: ein Schlag. Und du drehst dich. Wie besoffen. Noch einer. Und du fällst, dankbar noch fast, dich nicht mehr halten, dies Blau, dies Goldgelb nicht mehr denken zu müssen, fällst auf etwas, das du soeben noch für Boden hieltest, und jetzt ist es dir ganz egal, was das ist oder sein soll. Noch einer. Und es lohnt sich gar nicht aufzublicken, da warten weder Sorge noch Vorfreude, nicht einmal das einsetzende Würgen macht, da nicht gefolgt von Erbrechen, frei oder unbeschwert, nein, es bleibt bei einem Würgen, einem nicht endenden, alles bei sich behaltenden, und es wird, im Gegenteil, noch mehr, bläht sich auf, ich gehe in die Knie, kralle mich an einem Stück Schatten fest, hohles, schmerzhaftes Würgen.

0:48

Weiter, an den Pferdewiesen vorbei. Kühlere, verblühte Rapsabende, ihr Geruch ein wenig streng, betörend. Wage mich jetzt auch nachts vor bis zur Kreuzung, gehe durch die Siedlung, in deren Häusern der Reihe nach die Lichter ausgehen, komme zu einem Spielplatz, wo ich mich auf eine Schaukel setze, sitzen bleibe, schaukele, bis mir die Augen zufallen.

In der Dämmerung vorhin war der Asphalt so, dass ich kinderbarfuß auf ihm gehen konnte. Hier und dort trockene, teils noch etwas schleimige Reste von Nacktschnecken des letzten Regens, erste Pflaumen, noch unreif, erst zerfahren violett geworden, ja, den Blick quer gegen den Hang gerichtet, prüfte ich, weshalb auch nicht, wie weit die Pflaumen schon waren.
Ich kletterte auf einen Kirschbaum, der da plötzlich so herumstand an einer Stelle, ich glaube, es war eine Weggabelung, an der ich nicht mit ihm gerechnet hatte, und man staune: Nie war ich ein guter Kletterer, doch es ging leichter als gedacht und fortan nur noch hinauf und niemals mehr hinab, obwohl oder weil sich dort unten vieles so schön oder beklemmend verdichtet und zugespitzt hatte zwischen uns. Ich umfasste mit beiden Händen einen Ast und zog

mich mit einem Schwung nach oben, wo tatsächlich noch alles voll hing mit den kleinen, runden, süßen Kugeln.
Also bleibe ich erst einmal auf dem Hauptast sitzen, stopfe Kirschen in mich hinein, bis ich platze oder fast, die Kerne spucke ich, ohne ihnen nachzusehen, in alle Richtungen, und mein Hemd hat schon rote Flecken, was gar nicht schlecht aussieht, wie ich finde, weshalb ich meine roten Hände absichtlich abwische am sandfarbenen Leinen meiner Kleidung und den Aufstieg fortsetze, es ist ja kinderleicht, und am Ende sitze ich, wo es nicht mehr weitergeht, jedenfalls für mich nicht, und die Welt dort unten sieht mich nicht länger und ich sie ebenso wenig.
Sehr wohl jedoch, durch eine lichte Stelle in der Baumkrone, erblicke ich den Himmel, und weil keine Kirschen mehr hineinpassen in mich und ich mich bereits genügend eingefärbt habe, beginne ich, sie zu werfen. Doch nicht nach unten, das hätten sie nicht verdient, nein, hinauf in den Himmel schleudere ich sie, der inzwischen ein Abendhimmel geworden ist, immer in Blau, doch mehr und mehr in einem Dunkelblau, einem Schwarzblau mit verblüffend weißen Wolken. Ich werfe sie hoch, aber so, dass sie nicht fliegen, sondern ungeheuer langsam nach oben steigen, immer weiter nach oben, bis sie beim Aufprall zerplatzen und hinunterregnen wie die Funken eines Feuerwerks. Die Wolken bekommen rosa Flecken, denn Rot und Weiß macht Rosa, ich werfe weiter und weiter, bald nehmen die rosa Flecken überhand, bedecken auch die letzten weißen Kleckse, während sich der Himmel zunehmend lila färbt, Rosa und Lila und sonst überhaupt nichts mehr.
Was ich aber nicht bemerke bei alledem: wie still, entsetzlich still es inzwischen geworden ist. (Hattet Ihr unten nicht auf mich gewartet?) Damit ich die Stimme, die mich jetzt aufruft, besser hören kann. Und ich stehe, was bleibt mir anderes übrig, auf, ich habe es ja nicht weit, und folge ihr.

Halte mir die Ohren zu gegen die Stille, damit die Stimme nur umso lauter wird. Nur nicht diese Stille, denke ich, und als hätte ich es vorausgesehen: Ganz am Ende ertönt, wie beim Blick einer Menge auf ein Feuerwerk, ein böser Jubel, vielstimmig und alles übertönend, der nicht aus mir heraus kommt, sich auch in keiner Weise auf mich beziehen lässt.
Aber in der Nacht lasse ich die Decke einstürzen, wo er, der Böse, liegt, eingewickelt, lasse es krachen über ihm, damit er verschwindet, lässt er die Decke einstürzen über mir, wo ich liege, eingewickelt, um zu verschwinden.
Sitze seither im feuchten Gras zwischen ersten Pusteblumen, sehe, voll schaurigen Entzückens, seinem Machwerk, unserer Katastrophe zu.

3. Juli – 23:00

Liebe Solveig,
an den Rändern scheinen Dinge auf, sagst Du, die Dir Sorgen bereiten, was mich wiederum beunruhigt, sind es doch gerade die, wie Du sie nennst, Ränder, zu denen ich mich immer mehr hinbewege. Ich empfand das als Glück oder zumindest als einzig plausible Option.
Zerfasertes Land. Sei unbesorgt, obschon vielleicht anders, als Du es meintest.
Wetterumschwünge machen mir zu schaffen. Liefere mich dem Wetter aus.

Ungewöhnlich früh bin ich gestern ins Bett gegangen, jedenfalls war es noch sehr hell, vielleicht acht, womöglich erst halb acht, und ich schlief, wenn ich mich recht entsinne, absolut traumlos. Und dann wurde ich, es muss abends gegen zehn gewesen sein, ganz plötzlich, ich habe keine Ahnung, warum, wieder wach und dachte im selben Au-

genblick, etwas unsicher, ja beklommen, nur einen einzigen Satz. Schluckte ihn hinunter wie einen Wurm.
Im Schlafanzug lief ich nahezu furchtlos über dunkle Flure, die Treppe hinab, durchs Wohnzimmer über die Terrasse nach draußen, wo der Himmel noch immer vollkommen lila zwischen Bäumen, Sträuchern und, als ich mich hinkniete, auch Gräsern hing. Meine Schlafanzughose wurde zuerst nass vom Gras, das hier inzwischen sehr hoch steht, sodass die Ähren oder Blüten, obwohl es fast windstill war, schwarz gegen den Himmel wankten, dann auch mein Oberteil, mein Gesicht. Die Dämmerung ging nicht an mir vorüber, blieb stehen, wie sie war. Ich fror nicht.

Quer dazu sitze ich irgendwo in einem Zug, das Abteil ist völlig leer, und durchrase an Gärten und Weiden vorbei und Dörfern das All. Mir wird weder schwindelig noch übel, da ich mich längst daran gewöhnt habe, fahre immer hin und zurück oder im Kreis und ohne jemals anzuhalten.

In Blumen, die aber nicht echt sind, wache ich auf und trete, hellwach, zum Fenster. Anhaltende oder neuerliche Dämmerung, doch jetzt ganz anders: Der Himmel leuchtet marillenfarben, sodass ich, überrumpelt, die Augen zusammenkneife und nur langsam und blinzelnd wieder öffne, und zwar nicht nur dorthin, wo die Sonne steht, zumal sie gar nicht steht und nirgends zu sehen ist, sondern völlig und allumfänglich, rest- und erbarmungslos. Mund und Augen stehen fast schmerzhaft überdehnt und sich einander berührend offen. Lassen sich volllaufen mit diesem Licht.
Lange, sehr lange verbleibt dann alles so. Bis die Veränderung eintritt: Es beginnt zu regnen. Der Himmel ist wolkenlos, für Wolken wäre auch gar kein Platz vor Pfirsichen oder Aprikosen, vor Gelb und Rosa, während es gleichzeitig in weichen, kaum merklichen Strömen regnet.

4. Juli – 19:31

Es folgen kühle, farblose Regentage. Was ist, frage ich mich, eigentlich mit den roten Kletterrosen drüben am Schuppen, wenn, in voller Blüte, Wind hineinfährt und Regen? Ihr Duft ist, da wasserlöslich, längst fortgespült. Und Farben und Konturen? Bienen lockt hier nichts mehr an. Verwaschenes Bild, Wasserfarben: Grün und Rot ergeben Braun. Und ich dachte, die Dämmerung käme nicht so früh.

Das dunkelgrüne Zimmer, das ich dagegen aufsuche, liegt jetzt in Schatten, wie auch ich selbst, von Schatten umgeben, nur Schatten bin. Der einfache Stuhl, dunkelgebeizt und ohne Kissen, kommt mir dabei wie gerufen.
Im Regen tanzt hier nichts und niemand, und eigentlich macht es, zumal im Sommer, auch keinen Sinn, zu warten. Aber das ist genau die Haltung, die sich nun einstellt, was vielleicht nicht gut, aber kaum mehr abzuwehren ist. Nur eine einzelne Tonfolge klingt mir im Ohr, eine schiefe Treppe, die aber doch irgendwo hinführt oder zumindest vorgibt, es zu tun, als ich zum Fenster gehe und nach weiter hinten schaue, wo die Straße zu einem Feldweg wird, der matschig noch ein Stück weitergeht, um dann hinter einem Hügel oder einer Kurve oder auch beidem zu verschwinden.

23:19

Hörst Du, ich ging dann hinunter in die Küche. Und um zumindest diese Sorge, die Du äußerst, zu zerstreuen: Ja, ich esse noch, meistens widerwillig, manchmal mit einer Gier, über die ich selbst erschrecke.
Ich ging also in die Küche, bückte mich, um einige helle Brotkrümel aufzulesen, die man sehr gut sieht auf den ro-

ten Fliesen, die ich mag, da sie etwas Landhausmäßiges haben und sich, wenn man sich, wie gesagt, bückt und etwas aufliest, auch gut anfühlen, weil sie glatt und dennoch ein wenig uneben, im Winter wohl, vielleicht werde ich es noch erleben, sogar beheizt sind. So verblieb ich dann eine ganze Weile.
Der dazugehörige Brotkorb war aber, als ich mich, mit einem angenehmen Schwindelgefühl und leicht schwankend, erhob und hineinsah, leer.
Im Kühlschrank, der sich immer wieder von selbst öffnet, sah es kaum anders aus. Dabei musste ich, etwas wehmütig und wohl auch neidisch, an Priscilla Presley denken: wie sie im Film immer tiefer in den Kühlschrank hineingreift und später auch steigt, um eine Leckerei nach der anderen hervorzuholen und schließlich sämtliche Zutaten (Obst, Gemüse, Wurst, Eier etc.) zu einem sicher nahrhaften und anscheinend ebenso bekömmlichen Smoothie zu pürieren. Gut, dachte ich, wieder in Hinblick auf meinen eigenen Kühlschrank, einige angebrochene Gläser (Marmelade, Senf) und ein winziges Stück Butter stehen oder liegen da noch herum, doch für eine Mahlzeit wird das kaum reichen. Schade eigentlich, hatte ich es mir doch schon ausgemalt, wie ich alles einzeln auf der Arbeitsplatte vor dem Fenster, das gerade genug Licht gäbe zum gefahrlosen Schneiden, aufbauen und auf den Vorgarten blicken würde, wo es so gut wie nichts zu sehen gäbe außer einem kleinen Süßkirschbaum mit wenigen gekräuselten Blättern und einer Reihe mehltauiger Kartoffelrosen, auf die beiden ebenfalls rotverklinkerten Nachbarhäuser und zwischen ihnen hindurch auf das freie oder zumindest von hier aus frei erscheinende Feld, und beginnen würde, sehr, sehr lang- und achtsam ein oder zwei Scheiben Brot zunächst mit Butter, die ich vertrage, zu beschmieren, um sie dann, aller Übelkeit und allem sauren Aufstoßen zum

Trotz, mit Scheibenkäse, Scheibenwurst und eingelegten Gurken zu belegen.

Daraufhin ließ ich alles, es war ja nicht viel, stehen und liegen, zog mir nebenan im Flur, wo das alte lila Sofa steht, meine schwarze Jogginghose aus und die schmutzige Jeans an, nahm von der Garderobe eine Jacke sowie eine Regenjacke, stülpte sie beide über, einen Schirm, setzte mich im Heizungsraum auf den Stuhl, blieb dort so lange sitzen, bis mir zu warm wurde, schlüpfte in die braunen und nicht wirklich wasserabweisenden Turnschuhe und verließ das Haus.

Kein Zweifel, die Angst sucht sich schon ihren Weg.

Sprühregen, Wind dazu, der Schirm wird nichts nützen, denke ich in der Einfahrt, kneife die Augen zusammen, öffne sie wieder, mehrmals, was aber, da ich eine Brille trage, die schon voller Tropfen ist, sodass ich sie lieber abnehme, auch nicht hilft, alles um mich ist verschwommen und verwaschen, nur ausrutschen sollte ich nicht, jedenfalls drehe ich mich noch einmal um an der Kreuzung, wo ausschließlich die Kastanien rauschen und tropfen, drehe mich um zum Haus, wo ich oben, mit Absicht oder ohne, das Fenster offen gelassen habe und jetzt der rosafarbene Vorhang hinausgeweht, -gewirbelt oder -gezogen wird, herumflattert, sodass er, seltsam genug, plötzlich bis zum Boden reicht und letztlich das ganze Haus verdeckt und auf ungeahnte Weise herüberfließt in die Baumkronen über mir.

Aber ich gehe weiter. Nach einigen Dutzend Metern Hauptstraße geht es links an der Schützenhalle, dem Soldatendenkmal, Grillplatz, Fried- und einem Bauernhof vorbei auf einem Weg, auf dem nur selten Autos fahren, ins Feld, und das heißt vor allem: Raps. Raps, der jetzt braun und ungeordnet herumliegt, als wüsste er auch nicht mehr so recht, und einen süßlichfauligen Geruch verströmt, den ich, gierig fast, in mich hineinsauge. Ich setze mich auf eine

Bank und versuche, gleichmäßig ein- und auszuatmen, was nicht leicht ist bei dieser Witterung, aber doch gelingt. Der Mohn indessen hängt ganz schief.

Die Pferdekoppel ist leer, das heißt, die beiden kleinen Braunen oder Ponys, genau kann ich es nicht sagen, schauen etwas blöde aus ihrem Unterstand hervor. In der Senke unten beim alten Turm wird man nass nicht nur vom Regen, sondern ebenso vom Dunst, der in feinen Tropfen über den Fischteichen hängt. Ich steige über einen Zaun und nutze das vorstehende Dach einer Hütte, sogar einen maroden Sessel gibt es hier, an den ich mich jedoch nur anlehne, während ich hinausstarre oder hinein und mich frage, wohinaus oder -hinein ich da eigentlich starre.

Am Turm, denke ich, trafen wir uns, Sten und ich, in der Dämmerung. Eigentlich wollten wir losziehen, zu trinken hatten wir genug in den Rucksäcken, und auch zu essen würde sich auftreiben lassen, doch nun schiffte es aus allen Richtungen und Öffnungen, und wir standen ein wenig unsicher gegen das Mauerwerk gelehnt, das kalt war und nach Moos roch, und wir beide waren ganz nassgeregnet, dass es fast wehtat.

Ein Scheinwerfer naht, ein Wagen hält, ein Mann steigt aus und starrt mich, drohend, an, dann ruft er, was er rufen muss, nämlich, was ich hier zu suchen habe, das sei ein Privatgrundstück und so weiter, und ich sage, mich entschuldigend, dass ich mich nur kurz habe unterstellen wollen zum Schutz vor dem Regen, aber gerade, es habe ohnehin schon nachgelassen, weiterwolle, steige wieder über den Zaun und nehme den Weg hinauf zu den Birken.

Ein ganzes Stück weiter, wo der Wind freier weht, da er hier schon fast aus den Bergen kommt, gewissermaßen aus den Fugen gerät, und ich sehe sie, diese Berge, wiewohl noch bewaldet, links und rechts vom und über dem Tal, und selbst die beiden Pferde, die hier oben weiß sind,

laufen über ihre Weide, als würde sie niemals enden und geradewegs in die Berge führen, ein ganzes Stück weiter also geschieht es dann doch: Ich trete mit Wucht gegen einen Holzstapel, der gegen einen Schuppen lehnt. Offenbar war der Tritt nicht fest genug, das Holz bewegt sich nicht, es tat auch gar nicht weh, folglich wiederhole ich den Vorgang: schon besser, und ich fasse, in Gedanken, ein Scheit nach dem anderen und schleudere sie auf den Acker, sodass mir warm wird, dann auch heiß, ich mir beide Jacken ausziehen muss, schleudere und werfe, bis keines mehr da ist, alle vor mir und um mich verstreut liegen und ich mich, nun atemlos, gegen die spinnwebverhangene Schuppenwand lehne und immerhin still, wenn auch nicht ruhig werde.
Die Pferde, sich etwas vormachend, laufen noch immer.
Der Rückweg streift, wie Du weißt, ein paar Gärten, wo wir uns verbargen und die sich hier oben in die Felder öffnen, während das eigentliche Großereignis auf sich warten lässt, sich nur, dass man es kaum merkt, in Schüben nähert, wie Du es so oft bestritten hast, obwohl wir es doch immer besser wussten, schließlich dabei waren, beide es gesehen haben.

2:45

Würdest Du, Solveig, ganz ehrlich, würdest Du (Du wärst empört über die Frage, ich weiß, doch der Regen zieht fortwährend mit einem Wind herauf, einem Braun und einem Dunkelgrün, sodass ich an Herbst denke, unweigerlich, noch gar nicht daran denken möchte, er drängt sich aber auf, warum ich Dir das alles schreibe, nun, weil ich einmal dabei bin, alles einmal loswerden möchte, gleichsam zum Abschluss, zum Ende, da der Tag sich ja, und, wie wir sehen, der Sommer anscheinend auch, schon wieder neigt, warum, sag es mir, hörst Du, kommst Du nicht) in den Zug steigen, wenn ich Dich bäte? Ich weiß, es ist nicht fair, verzeih.

Die Angst sucht sich schon einen Weg. Ich sage Dir dann, was ein Traum ist und was nicht.
Was wirst Du (werden sie) am Ende anfangen mit meiner (unserer) Dunkelheit? Du sprichst von Tuschezeichnungen. Vielleicht ist es genau das. Und wann immer ich über Farben schreibe, sind sie aus schwarzer Tusche.

5. Juli – 23:57

Lieber Sten,
ich hoffe, dass es mir gut geht. Aber, frage ich, wie sollte das möglich sein, würde das doch, im günstigeren Falle, voraussetzen, dass eine Grenze zwischen mir und Dir trennscharf verliefe, im Gegenteil werde ich aber immer durchlässiger und komme nicht dagegen und strebe es auch nicht an.

6. Juli – 20:49

Liebe Solveig,
an einem Tag sitze ich mit der Familie oder dem, was davon übrig ist, im Auto. Vor einer Kurve im Wald beschleunigt es und rast mit hoher Geschwindigkeit auf einen Park zu. Ich muss husten und mir, des Zigarettenrauchs wegen, die Augen reiben, ritze hinten mit dem Daumennagel Linien in das orangefarbene Kunstleder des mit weißem Styropor gefüllten Kindertischchens und schaue durchs Fenster auf eine vorüberfliegende Kuhweide. Man schweigt, wie um mich zu schonen, blickt mich aber, ich sehe es durch den Rückspiegel, dabei an. Ich schlucke einen Schrei herunter, verbunden mit einer Frage, die ich nicht verstehe: Wer als Nächster und wer denn um Himmels willen noch? Dann ist der Wagen fort, und das Bild ist leer.

Außer Atem erreiche ich sehr viel später Deine Berliner Wohnung und frage mich, weshalb. Die Tür ist nur angelehnt, die Dusche läuft, ich rufe in den Flur, doch niemand antwortet. Die Wohnung ist ein leerer weißer Raum. Nur ein kleiner Tisch, ein paar Stühle, alles in Weiß. Ich rufe nochmals, doch es scheint niemand da zu sein. Die Dusche läuft. Ich schaue aus dem Fenster: ein milchiger Himmel. Höre Krähengeschrei, suche den Himmel ab, vergebens. Und es regnet schwere weiße Tropfen.

0:45

Als Kinder haben wir Elfen gebastelt aus bunter Watte, so leicht hingen sie an ihren Fäden, wie eine Familie mit wehenden Haaren, aufgeknüpft in einer Reihe auf einem Hügel.

3:38

Ich wache mich in einen Traum hinein: um mich nichts als Felder, die ich, dem Anschein nach und völlig übermüdet, nie mehr verlassen werde.
Zugleich ohnmächtig und panisch reagiere ich auf etwas, das ich nicht sehe, jedoch sehr gut kenne.
Ich schlafe mich in eine Wirklichkeit hinein, zu der ich immer weniger zu sagen weiß. Und trotzdem rede ich weiter, immer im Kreis herum.

7. Juli – 20:22

Die Sonne verflüssigt sich hinter den Hügeln. Die Hitze lässt sie zurück. Benommen vor Schwüle wate ich durch hüfttiefes Korn. Das monotone Fiepen einer Feldmaus in

Rückenlage. Wo der Mais beginnt, winde ich mich zwischen die Kolben. Ich höre ein Atmen, und ich weiß: Diesmal werde ich nicht wegschauen und nichts mehr verschweigen.
In Gedanken fragt mich ausgerechnet Nele, ob denn alles wirklich so schlimm sei, und ich antworte, ebenso in Gedanken, müde schmunzelnd: Ja.

Jetzt aber schnell. Es naht schon der Wettermann mit seiner Trommel.
Der Weg aus dem Schlaf führt über eine getrocknete Tränenspur. Aber wir entziehen uns, springen hinüber, hauen ab, verschwinden einfach in einem Haus zwischen See und Meer.

Das Ergebnis des Abends ist ein Gespinst, das nichts besagt, nicht einmal, ob ich noch am Leben bin.

8. Juli – 10:23

Ich öffne die Tür, reiße alle Fenster auf, sperrangelweit, wage mich hinaus, verlasse den Garten, immer weiter hinaus: Schwülheißer Dampf liegt jetzt auf den dunklen Ähren. Ich nehme im Dunst nun Farben wahr, die, undurchschaubar, nichts mehr bergen. Es bringt nichts, hinüberzurufen zu dem einzigen Menschen dort hinten, verwässerter Schatten inmitten eines eitrigvioletten Himmels.
Ich erwäge nicht, ihn, den Spaziergänger, noch zu kennen, frage nicht, was diesem Zustand vorgängig war, ein umrissener Punkt an scharfer Kante entlang, auf das er oder es sich zurückführen ließe. Ich rufe ihm und mir entgegen, habe aber nichts mehr zu sagen, finde auch kein Gehör, nehme stattdessen alles wahr, auch den Drachen, der noch

dort hängt auf der anderen Seite, mitten auf das Aquarell geklebt, doch in durchweichten Fetzen und unkenntlich und ohne jemandem zu gehören.

15:01

Lange stehe ich am Fenster mit Blick auf einen gemalten Garten hin, bis ich mich wieder fasse oder vielmehr zerstreue angesichts dieses Gartens, der, irgendwo dort hinten, übergeht in freies Feld, und nur halbbewusst nehme ich wahr, wie der Regen, jäh und doch eigentlich schon seit Tagen, ja seit undenklichen Zeiten, übers Land geht und gegen die Scheibe prasselt.
Aber wenn die Sonne wieder scheint, und sie wird gewiss einmal wieder scheinen, werde ich mich in den Rosenbeeten dort unten, die, allzu schön, sicher nicht böse sind und mich nicht stechen werden, will mich ausstrecken dort, wenn die Sonne scheint, genau in den Farben meines Innenraums.
Beim Blick aus dem Fenster aber sehe ich, dass es noch immer und immerfort regnet und die Wildhecken braun und trüb in ein Vages führen, und mir fällt wieder ein, weshalb ich hier bin, was ich hier eigentlich zu tun habe, gehe daher, wohin auch sonst, hinaus, an den Hecken entlang, sodass meine Schuhe, ebenso wie die Füße und die Hosenbeine, nass und schmutzig werden. Doch es ist warm. Warmer Sprühregen auf der Brille.

18:06

An braunen Hecken entlang, nur ein brauner Schatten.

6.

16. Juli – 1:38

Nele rät mir, meine Zeit nicht ausschließlich allein zu verbringen, was ich im Übrigen gar nicht tue: Die Nachbarn grüßen mich, und auch sonst habe ich mich im Dorf, meine Begegnung mit der Wirtin und dem Alten bezeugen dies, gut eingelebt. Manchmal werde ich sogar angesprochen, dann gebe ich mich wortkarg. Mein Interesse wird vor allem dort geweckt, wo mir Schweigen entgegentritt. Zu Begegnungen kommt es in aller Regel nicht.

Vor einigen Tagen ging ich, wie ich es nun vermehrt wieder tue, etwas weiter hinaus. Es muss recht früh gewesen sein, die Luft war kühl und feucht, und ein rotglühender Ball hing schwer und reglos zwischen dem Mais, während die Senken voller Nebel lagen. Ich fror, zog mir die Schuhe aus und watete durch taunasses Gras.
Um die Mittagszeit stand ich oben im Feld, da mich niemand zurückhielt und, so meinte ich, auch nichts dagegensprach, als ich den Gestank bemerkte. Ganz plötzlich musste er gekommen sein, womöglich hatte der Wind gedreht, mag sein. Ich rang mit Ekel und mit Übelkeit und fragte mich, was, zum Teufel, das sei. Ich sah die Hitze flimmern über den Stoppelfeldern und Äckern, erspähte darin zwei Traktoren, die fern, aber nicht zu fern und noch

immer viel zu nah, in ihrem Staub und Dunst zu brodeln schienen und verschwanden. Ich ging schneller, rannte fast, dem Wald, immer dem Wald zu, wo es schattig war, ein Stück weiter noch, bis es, als wäre die Welt hier in Ordnung, allein, eine ganze Weile, nach Waldmeister roch.
Stunden später ging es hinter einem Ortsschild steil bergab, an Schafwiesen vorbei, auf denen die Sonne stand, was die Schafe nicht abhielt vom Kauen, ohnehin gab es hier keinen Baum, auch sonst keinen Schattenplatz um diese Tageszeit. Die meisten schauten zum Tal hin und sahen mich nicht.
Unten im Tal lag, von hier aus fast zur Gänze einsehbar, das Freibad, wo sie noch immer halbnackt auf der Wiese lagen, Pommes aßen oder Eis, Milch- oder lieber Wassereis, das in den Händen schmolz, sodass sie den kaltsüßen Saft in der Papprohre nur auszuschlürfen brauchten, was ihnen, für Sekunden, einen Schwindel in den Kopf trieb, dachte ich mir, denn so genau konnte ich es von hier oben aus und zu meinem Ärger nicht erkennen. Ich merkte, wie durstig ich war. Ob man dort auch etwas bekam, ohne baden zu gehen oder Eintritt zu bezahlen?
Unten angelangt, führte mein Weg über einen schattenkühlen Bach wieder und noch etwas steiler bergauf. Unterwegs blieb ich, um Luft ringend, stehen und sah, dass weiter oben die Gärten überquollen vor Stockrosen, Sonnenblumen, Sommeräpfeln: Hier hindurch-, einfach nur und ganz und kühl hindurchzuschreiten, dachte ich, schloss die Augen kurz und ließ mich, die Gedanken verlangsamend für Augenblicke, auf die Bank hinter mir am Wegrand sinken. Links der Blick auf das Schwimmbad, seine Farben, leuchtendes Bunt auf und ab wogender, liegender oder sich räkelnder Punkte und Streifen, das Wasser mit seinem schwindelerregenden Blau und meine Bank so bequem, als läge ich mitten unter ihnen zwischen Kiosk, Chlor, Haut, Sonnenmilch, Gras und Frottee.

Die Aussicht hielt noch eine Weile an, als ich mich erhob, während Eltern ihre Kinder riefen, es still wurde und die Wiesen sich leerten. Das Himmelsblau strahlte noch, weiter oben und solange die Sonne blieb, das Tal fiel hingegen in Schatten, nein, ich würde dem steilen Weg folgen müssen, immer hinauf und der Sonne nach. Auch aus den Gärten an den Hängen schwanden jetzt die Farben.

Ich wich den hängenden Blüten und Zweigen aus und erreichte, schweißnass und wankend, die Dorfstraße, wo noch Sonnenlicht, sonst aber kaum etwas zu sehen war vor lauter Lindengrün, hier und dort nur braunschimmernde Linien von Fachwerkhäusern, und ging über das Kopfsteinpflaster weiter bis vor ein Gebäude, in dem sich, wie an den wenigen aufgestellten Holztischen und -bänken unschwer zu erkennen war, die Dorfkneipe befand. Und an diesem Ort war es und nirgends sonst, und ich hatte es gewusst und nicht anders erwartet, wo ich ihn sah.

Er saß einfach dort, eine brennende filterlose Zigarette in der einen, ein Bierglas in der anderen Hand, das, war es einmal leer, von einer Frau, die von drinnen, immer wie, aber eben doch nicht gerufen, herauskam und die ich wohl nicht ganz grund-, letztlich aber doch ahnungslos für die Wirtin hielt, durch ein volles Glas mit einer weißglänzenden Schaumkrone ersetzt wurde.

Ich wollte schnell vorübergehen, was gingen mich Gasthaus, alter Mann und Wirtin an, hatte es ohnehin nicht mehr weit, bloß die Dorfstraße bis zum Ende, über die Kreuzung, unter den Kastanien hindurch, nach rechts in die Einfahrt, schon wäre ich beim Haus, war ja eigentlich, ohne meinen Schritt nur um das Mindeste zu verlangsamen, schon fast vorüber, stoppte dann aber, aus irgendeinem Impuls heraus, fiel dabei fast hin, drehte mich auf der Stelle um, fiel nochmals fast hin, tat einen leichten Bogen nach links und fand mich auf der Bank des Alten wieder. Dieser nahm einen Schluck und nickte, jedenfalls schien es mir so, und weiter kam auch nichts von ihm, die Wirtin stutzte einen Augenblick lang, als sie mich entdeckte, fragte, was ich wünschte, ging und brachte mir und ihm ein Glas. Dann unterhielt ich mich, das heißt, er sagte ja nichts, weshalb ich es war, der angeblich Menschenscheue und Verschwiegene, der endlich, und um für lange Zeit nicht mehr zu verstummen, begann zu reden.

Über uns ging so manche Sonne unter, der wilde Wein, welcher neben uns und über uns und eigentlich überall wucherte, umrahmte das Bild, das wir abgaben, und ich erzählte immer noch, wovon, das kann ich, schließlich blieb es nicht bei dem einen Bier, beim besten Willen nicht sagen, in jedem Falle aber vom Weg, den ich zurückgelegt hatte, angefangen beim roten Haus, in dem ich, seit Langem nun schon, wohnte, vom Gang quer über die Ebene, vom Gestank, vom Wald, dem Waldmeister, der Waldeinsamkeit, die es, schloss man nur Augen und Ohren und gab sich etwas Mühe, tatsächlich noch gab, bis hin zum Freibad, den Körpern, dem Berg, zur Dorfstraße, meiner Kehrtwende, dem Bier und allem, was folgte und noch folgen sollte. Was hätte er da schon erwidern können, sicher kannte er das alles, dachte ich, ohnehin zur Genüge, wie seine Westentasche, in- und auswendig, jeden einzelnen gottverfluchten Winkel und jedes nur denkbare Ereignis dieser von allen guten Geistern verlassenen Gegend, hatte immer schon und seit Urgedenkzeiten dort gesessen, war aber auch herumgekommen und -gelaufen, als es noch ging, und das war doch hoffentlich der größte Teil seines langen Lebens gewesen, wie man es tut, wenn man seinen Ort, sein Dorf, sein wunderschönes, preisgekröntes Dorf nie und nimmer verlassen hat und wohl kaum jemals mehr verlassen würde, aber was wusste ich schon, ja, ich wusste es eben, fragte ihn daher nicht, wollte es, gerade im Begriff, mich ein wenig anzufreunden, war es doch die erste Bekanntschaft, wenn Du so willst: Begegnung an diesem verwunschenen Ort, auch besser gar nicht wissen, redete oder erzählte also lieber, ganz gleich, wovon, breitete, so schien es mir, mein ganzes Leben vor ihm aus, bis die Luft bei schwindender Sonne zwar nicht kühl, aber doch kühler wurde und ich meinte, dass die Zeit nun gekommen sei, was sie unzweifelhaft auch war: zu verstummen und zu gehen. Ich zahlte und verabschiedete mich, nickte, angetrunken, wie ich war, und entschlossen, mich wieder einmal einzufinden, nach allen Seiten und machte mich wankenden Schrittes auf den Weg, jedoch nicht, gewiss nicht, nach Hause, wenn schon ein Ende, na dann auch richtig, und zwar anderswo, bog also an der Hauptstraße nach rechts ab und verschwand, vielleicht hat man mich noch gesehen, ich glaube aber nicht, irgendwo in oder zwischen den Feldern.

Später sitze ich auf dem Strohballen, der viel größer ist als ich, also in bemerkenswerter Höhe, inmitten irgendeines Stoppelfeldes, das ich nicht mehr überblicke und auch gar nicht überblicken möchte, und tue nichts, als in das Abendlicht zu schauen, das sich flächig und sand-, bald auch cognacfarben über die Landschaft breitet, bald weiter abdriftet und die Konturen aussetzt: Entleert scheint der Raum und stillzustehen, ein Zustand, der auch mir, eine ungemessene Zeit lang, jede weitere Regung unmöglich macht oder mich vor ihr bewahrt. Bis sich irgendwann ein Mercedes nähert, er gleichsam hinschwebt über den Staub des Feldweges, den ich nicht sehe, da sie dort hinten das Korn noch haben stehen lassen, sich also nähert und schließlich nur wenige Meter von mir und meinem Ballen entfernt zum Stehen kommt. Die Fahrertür öffnet sich, ein Mann steigt aus, in Gummistiefeln und Arbeitshose, tritt über die Stoppeln in meine Richtung bis zu einem Punkt, an dem kein Zweifel mehr bestehen kann, dass er sich allein meinetwegen so weit hinaus- und vorwagt, bleibt stehen, öffnet den Mund und beginnt zu reden: alles sei hier pulvertrocken, der ausbleibende Regen, ich dürfe gerne auf seinem Strohballen sitzen, möchte jedoch bitte und auf keinen Fall rauchen, was ich ihm auch folgsam verspreche, dreht sich um, steigt in seinen Mercedes und gleitet zwischen Stoppeln und Ähren wieder davon. Erst als er fort ist, ich ihn nicht mehr sehe, sich auch die Staubwolke um seinen Wagen gelegt und verflüchtigt hat und ich ihn und die Wörter ›Feuer‹ und ›Brandstifter‹ schon fast vergessen habe, also, kurz gesagt, wieder Ruhe eingekehrt ist in die Szenerie, bemerke ich, wie laut die Grillen tönen. Lange Zeit bleibe ich, gleichfarbig mit der Landschaft und haargenau in ebendieser Position, sitzen.

Zu einem kaum exakt bestimmbaren Zeitpunkt jedoch lasse ich mich, ein Reflex, ein plötzlicher Einfall, einfach fallen, und zwar nicht nach hinten, sondern zur Seite. Der Aufprall auf den Stoppeln ist dennoch hart genug und schmerzhaft, die Halme, die, kurzgemäht, unerwartet spitz sind, bohren sich in Wange, Schläfe, Ohr, das linke Auge verfehlen sie nur knapp. Um das Blut, das nicht viel sein kann, kümmere ich mich nicht weiter. Nur die Erde, so nahe dran bemerke ich es wieder, vielleicht irre ich mich aber auch, hat wieder diesen scharfen, widerwärtigen Geruch.

In dieser veränderten Stellung überdauere ich die Dämmerung, die länger nie war, sich länger nie hinzog und unmerklicher nie überging in eine niemals dagewesene Sternschnuppennacht. Jemand muss verliebt sein, glücklich oder nicht, wimmert es mir im Kopf, und das Feld, ich bemerke es erst jetzt, sieht, passend hierzu, gemäht aus wie ein riesengroßes Herz, auf dem ich liege, und wenn der Mond rot über dem Feld oder, wenn schon, denn schon, über der Prärie hängt, werden auch Herz und Kopf und alles rot, während eine

Gitarre oder, besser noch, ein melancholisches Banjo ein Lied dazu spielt, das ich nicht kenne, das müde klingt und niemals ganz gerade, und wenn es mir auch stellenweise bekannt vorkommt, ob ein Liebeslied, kann ich nicht sagen, »sleep« schnappe ich nur auf und »we escape«.
Vom Dorf her dringt, als ich die Augen öffne, noch, aber kaum mehr verständlich, Musik, und über dem Feld, das dort ansteigt wie ein Hügel und nirgends oder erst weiter hinten, irgendwo in Richtung Himmel, endet, befindet sich tatsächlich ein roter Mond, abgemüht und schimmernd an einem inzwischen völlig sternenlosen Himmel. Dann lasse ich, glaub mir kein Wort, hörst Du, aber warum eigentlich nicht, die Nacht ist so warm und schwül, und nahezu unmerklich ist das Gewehe drüben im Mais, der hier schon hoch steht, lasse einen Drachen steigen, der dann auch wirklich steht, weit oben über dem Mais, wind- und lautlos und ganz schwarz vor der überdimensionalen roten Scheibe, bis er sich an ihr entzündet und, rotflackernd wie eine Sternschnuppe, sinkt und die Stoppeln, Herzstoppeln, Liebesstoppeln, rings um mich her in Flammen setzt.

Als ich wiederum erwachte, diesmal in meinem Bett, in dem ich end- und traumlos gelegen haben musste, war es noch immer dunkel, ja, die Nacht würde noch lange nicht vorüber sein, was nicht weiter verwunderte, seltsam war nur, dass mein Bett ein Doppelbett war mit einem riesigen weißen Laken und ich ein ebenso weißes Nachthemd trug. Auch die Vorhänge waren weiß und wehten, alle Fenster standen offen, weit im Raum umher, jetzt fehlte mir eine Schaukel, dachte ich, ging barfuß über die Dielen, die Treppe hinunter, über die Steine am Haus ins nasse Gras, setzte mich auf die Schaukel zwischen den alten Pflaumenbäumen und stieß mich in die Höhe. Die Luft war kühl, aber davon merkte ich nichts, schaukelte ich doch haareflatternd dem vollen und bleichen Mond entgegen, obwohl doch die Nacht inzwischen ganz mondlos war.

3:47

Noch immer schreibend merke ich, dass es draußen zu dämmern begonnen hat. Hastig ziehe ich die Vorhänge zu, nur nicht aufhören, jeden Endpunkt meiden, selbst wenn der Stoff zur Neige geht, die Nacht darf und soll nicht enden, nur einen Satz noch und einen weiteren, ganz gleich, wo ich beginne oder fortfahre, und weißt Du, in einer Zeit, irgendwo zwischen meiner Geburt und jetzt, ging ich, und irgendein Kreis mag sich dort schließen, na meinetwegen, durchs Feld, Farben im Kopf und Glöckchengebimmel aus irgendeinem Kinder- oder Abschiedslied, und ging so weit, bis mich vom Dorf her niemand mehr sehen konnte und auch ich niemanden mehr sah, da ich mich einfach nicht mehr umdrehte, und setzte mich hinten oder oben bei den Birken, welch Glück, auf einen Strohballen, nein, keinen von den großen runden, sondern einen von den kleinen eckigen, gerade wie auf einen Hocker, setzte mich also auf dieses Strohpaket, oder wie soll ich es nennen, das, auf welchem Wege auch immer, direkt an einer alten und bereits reichlich verkrüppelten Birke zum Liegen gekommen war, setzte mich und blieb sitzen, um nicht mehr aufzustehen, nicht bei Wind und nicht bei Wetter, bis mein Strohhocker, wassergetränkt, begann, in sich, ich merkte es an der sich verringernden Winkelstellung meiner Knie, zusammenzusacken, schwarz wurde, wurm- und madig, sodass ich die Szene wieder und wieder zurückspulte, den Blick ins Irgend- oder auch Nirgendwo richtete und, ich glaube, darauf möchte ich hinaus, abwechselnd in ein Buch sah, das auf meinem Schoß lag und mir immer wieder, wie unaufmerksam, zuklappte und das ich, immer wieder in der Seite verrutschend, immer wieder aufschlug, was aber nicht schlimm war, den Reiz nur erhöhte, und es war auch nicht irgendein Buch, sondern eines von Peter Handke, braun oder grün war es mit einem Foto des Autors auf dem Cover, lange Haare trug er und eine riesige Sonnenbrille, und schaute, nichts sonst denkend, las und schaute, wobei auch Dasselbe herauskam, da ich nicht einen Satz, ja nicht einen Halbsatz verstand, immer nur wieder gar nicht dachte, aber doch irgendwie las und wahrnahm, wie schön und weit die Landschaft und ohne Ende der Nachmittag war.

4:58

Die Sonne dringt jetzt ins Zimmer und bis zum Schreibtisch vor, verblendet mir den Bildschirm, die Vorhänge halten sie, obschon schwer und dunkelbraun, nicht ab, und Rollläden gibt es nicht. Da ist nichts zu machen, ich gebe auf, gehe jedoch nicht mehr zu Bett, sondern werde, zu einem guten Teil bewusstlos und sicher nicht ganz bei Trost, den Weg zur Kastanie und zur Hängematte suchen, mich hindämmernd wiegen lassen unter den großen Ästen. Schon vernehme ich Wasserplätschern am Teich, ein paar Hummeln auch oder Bienen vielleicht.

18. Juli – 22:04

Lieber Sten,
Du meintest immer, dass ich alles unnötig verkomplizierte, womit Du sicher auch recht hattest. Andererseits war ja tatsächlich immer alles ungeheuer kompliziert: unsere Köpfe und das ganze Rundherum, der See und das Meer und wie Du auf einmal verschwunden warst, um für Jahre nicht

mehr aufzutauchen. Bis ich Dich dann ausfindig machte, völlig unerwartet, indem ich, längst routinemäßig, Deinen Namen in die Suchmaschine eingab. Und vielleicht, das weiß ich nun, war letztlich doch ich selbst der Verschwundene oder, besser: der vor lauter Aufderstelletreten niemals wirklich Dagewesene.
Der Schrecken oder auch nur die Irritation über diese Vorgänge hält bis heute an. Das ist ja die ganze Misere, für die Du wenig Sinn haben wirst, weshalb solltest Du auch, während ich große Teile meines Lebens darauf verwende, Deine Spuren zu verfolgen und, eifersüchtig oder auch nur ängstlich, wie ich bin, zugleich wieder zu verwischen, und zwar nicht erst seit Deiner E-Mail, die mich einlud, ja regelrecht zu Dir rief, nein, denk das bloß nicht, sondern, wahrscheinlich, schon von dem Augenblick an, wo alle Angst und alles Wünschen ihren Anfang nahmen.

20. Juli – 0:46

Liebe Solveig,
dies ist jetzt schon wieder die dritte Antwort auf Deinen Brief, bei dem ich dieses Bild vor Augen habe: Der Himmel reißt auf, und es breitet sich ein See mit einem Holzsteg vor mir aus, der nicht unendlich zwar, aber doch unerwartet weit ins Wasser ragt, auch ein kleines Holzboot ist zu sehen und ein Junge, sitzend, mit ausgestreckten Beinen, und ich überlege, weshalb und woher ich ausgerechnet in diesem Augenblick dieses Bild hervorkrame, vielleicht wieder ein Lied, das ich damals hörte, oder, warte, jetzt habe ich es: das Cover eines Jugendbuches, das Du irgendwann einmal gerade lasest. »Genau hier«, meintest Du, mit dem Finger das Wasser berührend, »fahren wir hin.«
Ich schreibe jetzt sehr viel. Nele meinte noch um acht nach

elf und völlig zu Recht am Telefon, ich möge stattdessen lieber schlafen gehen. Das Thermometer draußen zeigt anhaltende 32 °C, und ich werde das Gefühl nicht los, dass nun alles sehr schnell gehen muss.

21. Juli – 0:22

Schon beim Verlassen des Ortes hatte ich diese Farbe im Kopf, sank sie unter einem blassen Himmel über die Dächer, die Wände und Mauern herab, tönte sie mir selbst aus den Lautsprechern entgegen, was mir nicht seltsam, aber doch aufregend erschien, immer nur dieses Nachtblau, Sommerblau, und ich überlegte, ob es mich beunruhigen sollte, vergaß dann aber diese Art von Gedanken und fuhr weiter, Alleen entlang bis zur Kleinstadt, die gerade noch gelb und bereits zunehmend blau in einen Abend mündete, bald hinter und unter mir verschwand, Serpentinen hinauf, wo sich die Straße weitete und, nur Minuten später, zur Autobahn wurde.
Bäume, Kühe, Strohballen kippten nach hinten, als ich sie streifte, als wären sie aus Pappe, andere Autos waren nicht zu sehen. Mit der Dämmerung wurden Fahrbahn und Himmel immer nur blauer, rotblau, lilablau, sodass sie sich fortan kaum mehr unterschieden, ich auch keine Spur mehr sah, während ich weiter aufs Gaspedal trat und das Lenkrad festhielt, ganz gleich, ob ich noch Grund hatte unter mir oder Himmel.
Erst als Nacht einbrach und der Himmel schwarzblau und sternenlos über alles sich breitete, fand ich die Bahn, auf der ich dahinraste, wieder, sie leuchtete immerzu blau, lila, jetzt auch pink und golden, wurde nun aber schlangenförmig, führte hinauf und wieder hinunter in ein Irgendwo, das ich vermutlich nie erreichen würde, über mir tauchte

eine zweite Spur auf, Autobahnkreuz, dachte ich, doch von Kreuz konnte, da ein Zentrum nicht auszumachen war, keine Rede sein, und schon kam eine weitere und noch eine, sie führten nach allen Seiten hin, ich beschleunigte weiter meine Fahrt, ohne das Knäuel zu entwirren, was ich ohnehin nicht beabsichtigte, nein, zu überschauen sollte es von nun an nichts mehr geben, stattdessen bewegte ich mich in einer Geschwindigkeit, die ich nicht begreifen konnte, auf leuchtenden Straßen immer weiter durch den Raum nur einem einzigen unmöglichen Ziel entgegen.
Allmählich ging das Rasen in ein Gleiten über, und im Blauschwarz der Zwischenräume erschien eine Stadt, womöglich die, in welche er mich gerufen hatte, ja wurden unzählige Städte sichtbar, Rhizomstädte, von denen ich nichts wahrnahm als ihre Lichter, ein einziges, nun vielfarbiges Geblinke wie in einem Kindertraum, nur die Glöckchen fehlten, doch es war kein Traum, und ich hielt, von irgendwoher nach irgendwohin, darauf zu, den Fuß auf dem Pedal, die Hand auf der Hupe, vielfaches Glockenspiel, befand mich schon mittendrin, ganz und gar traumlos, gleitend, raum- und zeitgeblendet.

2:41

Als raste ich hinter und vor ihm her, durch einen luftleeren Korridor exakt in meinen Körpermaßen, rück- und vorwärts zugleich.

4:45

Ich ziehe die Vorhänge zu, denke an nichts, folge Tapetenmustern.
Aus den Wolken fällt man in den Wald wie in ein Loch, wusstest Du das?

22. Juli – 22:56

An der glutroten Kante geht noch jemand am Abend, und der Himmel darüber ist noch immer blau. Ich versuche es ja. Der Hügel zerfließt, als es nicht mehr geht, in den Himmel. Jetzt fehlen noch die Vögel, die sich, in Zeitlupe, erheben vom Baum, der vom Rand her und schwarz hineinragt in das Bild, und sich hinaufschwingen in ein Farbenmeer, und tatsächlich, da sind sie auch schon: lautlos und dunkel, silhouettenschwärmend gegen das Dämmern.
Ich schaue an meinem Hemd hinunter: Hände, Hosenbeine, Schuhe und Erde, alles nur immer dieses Hügelrot.
Die Gestalt hinten ist nicht mehr da.
Siehst Du nicht, wie ich es versuche.

24. Juli – 21:34

Liebe Solveig,
und ja, ich sah ihn, Sten, hinten auf dem Weg zum Wald, denn Du musst wissen: Nach den guten Dingen kommt immer und ausnahmslos der Wald. Und vielleicht, dachte ich, läuft er nun nicht mehr fort, wenn auch ich es nicht tue.
Auf dem Weg sah ich ihn also wie heraufbeschworen, auf dem Traktor, in Hosenträgern, wie er bei der Ernte half, was er musste, aber eigentlich stets auch gerne tat, solange er nur dort oben sitzen und thronen konnte und die ganze Welt, wie er meinte, vor ihm in Deckung ging, allein die Sonne nicht, die umfasste und verbrannte ihn ganz, arglos und wie blind vor sich selbst ließ er es geschehen. Ich grüßte nicht und blieb ebenso wenig stehen, da ich aus der Sonne fort und hin zum Wald musste, was ich keineswegs als Strafe empfand, ging an Fallobst und Wespenschwärmen

vorüber, niesend vom gewirbelten Stroh, und betrat den Eingang des Waldes, der kühl und schattig war, doch immer mit Blick in die strohgelbe Landschaft, wo Sten sich im Staub bewegte, während er dort und ich hier verschwand. Vielleicht, dachte ich, bleibt ja etwas übrig, bleibt ein Lichtrest auf der Netzhaut haften, so ähnlich wie bei den Sternen, die schon seit Jahrmillionen erloschen sind, und umgekehrt: ein Rest Schwarz in Kopf und Gewebe, wo nichts mehr ist, schmerzend wie ein Phantom.

25. Juli – 23:21

Auf der Dachterrasse sagte Sten, während unter uns der Verkehr abendlich verrauschte, dass er sich rächen wolle, und ich verstand ihn kaum, musste mich ihm entgegenbeugen, zurückgehen ins Dorf, der Traktor, es ihm zeigen, dem Erbärmlichen, ein für alle Mal, und er lächelte, etwas krampfhaft, während er sprach, und ich hörte ihm kaum zu, dachte, eigentlich solltest du nicht sprechen, nur lächeln solltest du, zähneweiß, und alles herum beiseitelassen, es mir überlassen und vergessen.
Stattdessen belege ich nun, während ich an ihn denke, eine Scheibe Graubrot mit einer Schicht allerweißesten Knoblauchs, dabei im Weiß wie weggedrehter Augen: ein Blick über den See, dahinter, unsichtbar, der Strand, letzte Wellen, seichtes Abendgold. Und zum Brot nehme ich mir aus dem Wandschrank den Whisky, seiner Farbe wegen, und bernsteinbraun und ledern leuchten nun auch die Korbsessel, bis zur Terrasse gerückt, für eine Weile ein Blick wie über Dächer, während unter uns das Abendrauschen, doch schon ist das Licht hinter den Bäumen, deren Silhouetten noch lange zu sehen waren gegen die Reflexe in den gefüllten Gläsern, die gar nicht schwinden wollten, während wir

nur mehr Scherenschnitten glichen von Gestalten, die ich nicht kannte, aufgeklebt auf ein fast beliebiges Bild, weit hinter den Augen, aber weshalb, frage ich mich und Dich, dieser Aufwand, etwa mir zum Gefallen oder Dir, wenn einmal Ruhe um uns ist und ich aufhöre zu erzählen?
Aber wenn ich dann, noch immer kauend, meinen Arm umfasse, meine Finger, mich wie vorhin am Kopf kratze, ganz flüchtig, und nicht Haut spüre oder Haare, sondern Knochen und Schädel, die ganz weiß sind mit grauen und braunen Schatten, und ein Tot- und Verlassensein spüre, dass ich mich festklammern möchte, an Blumenhemden vielleicht oder Kirschfeuerwerken irgendwo in Ästen, an die nichts und niemand mehr heranreicht, dann frage ich mich doch, ob, oder nein, dann frage ich mich gar nichts mehr, auch nicht, was das Knirschen bedeutet in der Nähe meiner Fingernägel und wie lange Haare und Nägel brauchen, um endlich doch aufzuhören zu wachsen, weil ich das alles schon weiß und durchlebt habe, viel zu klug bin, um Tränen zu vergießen, ersatzweise, mich im Kreis drehend, Knoblauch esse und das zumindest zur Hälfte gefüllte Glas im Schoß um seines Leuchtens willen zu meinen Lippen führe.

26. Juli – 22:09

Liebe Solveig,
von der Hängematte unter den Apfelbäumen aus brauche ich nur ein wenig schräg nach oben zu schauen, um zu bemerken, dass das Fenster der Dachkammer noch immer offen steht. Ich erhebe mich und gelange über Zimmer, Flure, Treppen, unzählige Stufen und zuletzt eine schmale Leiter nach oben. Die Kammer, die ich zum ersten Mal betrete, hätte für Schatzsuchende sicher einiges zu bieten, links und rechts stapeln sich Kisten und Kartons bis unter

die Dachschrägen, jedoch gehe ich, es ist unheimlich heiß hier oben, geradewegs zum Fenster und schaue hinaus: über ein grünes Licht- und Blättermeer aus Linden-, Kastanien- und Pappelkronen. Seitlich entdecke ich gegen die Sonne die Spitze eines Kirch- oder Funkturmes, wälderüberragend, sehe, für Augenblicke, von meinem Berliner Balkon hinab auf das Licht- und Blättermeer, denke an die Tage nach der Geburtstagsfeier, die so heiß waren, dass ich sie in Deckung des Sonnenschirms verdämmerte, bis er, von einem Windstoß erfasst, über das Geländer kippte, denke an den Abend und die Nacht, die erst endete, als es bereits wieder dämmerte und Ihr fortgingt, Du und Nele, und, soweit ich weiß, letztmalig voneinander Abschied nahmt, was ich aber vom Balkon aus nicht verfolgen konnte von dort oben, da sich unter mir nur die Baumkronen breiteten, bis hin zum Fernsehturm, dessen Kuppel aufblitzte in der Morgensonne.
Ich schließe das Fenster, vorsichtshalber, steige, an Kartons und Kisten vorbei, hinab, wieder über unzählige Stufen, nur immer weiter hinab, sie nehmen kein Ende, nur kühler und feuchter werden sie und dunkler.

27. Juli – 20:16

Es ließ mir dann doch keine Ruhe: Zurück auf dem Dachboden, entnahm ich einer der Kisten eine Abiturzeitung, Jahrgang ’98. Zwischen den Seiten klebte ein brauner, etwa zweieurostückgroßer Fussel. Während ich blätterte, zerrieb ich ihn gedankenlos zwischen Daumen und Zeigefinger, achtete nicht weiter auf die hauchdünnen Fingerchen, die dort zum Vorschein kamen, sich zaghaft und, wer weiß, wie lange schon erstarrt, dem Deckel der Kiste entgegenstreckten.

Was meinst Du, frage ich mich, das Heft im Schoß, was hast Du mir zu sagen, mir mit auf irgendeinen Weg zu geben, ja, fast bin ich in diesem Moment versucht, zu Dir hinüberzurufen, dass Du schon etwas lauter sprechen musst, da sich immer andere Stimmen, Neles, Stens und am Ende doch nur immer meine eigene, zwischen uns drängen. Aber nein, flüstere ich dann, flüstere nur weiter Dein un- oder nur halbverständliches Flüstern, sodass es keine Missverständnisse mehr gibt zwischen uns.

0:11

Liebe Solveig,
unser Wiedersehen, unser letztes, in der sonnigen Stadt. Ich traf Sten am Rhein, wie wir es verabredet hatten, an einer Stelle etwas außerhalb, wo er sich weit dahinbreitete, eine einzige spiegellose Fläche, Industrieanlagen erhoben sich mit ihren Schornsteinen am fernen Ufer gegenüber, ließen selbst die Säulenpappeln weit unter sich. Das Silberlaub dort drüben und auch hier, bei uns, wo wir erst standen, dann auch saßen, glänzte im Wind. Wir schlossen die Sommerjacken, es war kühl, der Himmel grauverhangen. Ein Fußgänger nur mit seinem Dackel schaute etwas empört zu uns hinüber, beide waren sie grau wie das Wasser, sonst waren und blieben wir allein.
Später, als es wieder warm und der Himmel erst gelb, dann braunorange und wolkenlos war, bewegten wir uns im Auto durch den Feierabendverkehr im Zentrum der Stadt: Straßen, Fassaden, Dächer, alles war bernstein- und whiskyfarben, während ›Near Wild Heaven‹ aus dem Radio oder Rekorder drang.
Auf der Suche nach einer Kneipe oder Bar für die nächsten Stunden standen wir an etlichen Ampeln, übersahen, wenn sie grün waren, ignorierten das Hupen und dass wir kaum

von der Stelle kamen, was uns nichts ausmachte, bis wir endlich drinnen saßen, wo eine Band spielte bei unveränderten, dann auch rötlichen Lichtverhältnissen, wo es verraucht und dämmrig war, immer nur und allein dieses Lied, als es draußen schon farblos und dunkel war.

»Komm«, hörte ich ihn irgendwann sagen, »fahren wir zur Dachterrasse, den Morgen zu erwarten.«

Als er, der Morgen, nicht länger zu verleugnen war, trennten wir uns schweigend. Zum Düsseldorfer Hauptbahnhof ging ich allein.

29. Juli – 0:19

Wenn ich später, Solveig, sehr viel später, es können Tage bis dahin verstrichen sein, den fenster- und lichtlosen Flur auf und ab gehe, bleibe ich mit großen entleerten Augen beim Telefon stehen und wähle eine Nummer, die mir plötzlich in den Sinn kommt. Doch es gibt keinen Sinn, auch keinen Anschluss.

Ich gehe, als kennte ich mich aus, die knatschenden Stufen hinab zur Eisentür und gelange zum Weiher, wo ich die Stelle nicht finde, an der unsere Albträume sich kreuzen, vielleicht versuche ich es nicht ernsthaft genug, senke nur die Hände ins Wasser, nach weißen Steinen greifend. Vom Haus her vernehme ich etwas Fernes, vergesse aber zu fragen, was es ist. In meinen Kopf greift etwas ein. Es sind nur die Finger meiner Hand, die versuchen, etwas fortzukratzen, etwas Hartes und Weißes.

22:38

Unter der Dusche vergesse ich, solange das dampfheiße Wasser meinen Körper umnetzt, dass ich sterben muss.

12. August – 21:42

Es folgten Lichttage des Wartens. Das Telefon klingelte in dem Moment, als ich damit rechnete. Ich nahm den Hörer ab und war nicht verwundert: hörte nichts als ein schrilles, ein heiseres, ein unmenschliches und nie gehörtes Schreien. Ich nickte und legte auf.

23:31

Ich bin nicht hier, werde mich niederlegen, unterirdisch. Für einen Moment, einen ganz kurzen Moment nur, denke ich, als das Lied in meinen Kopf dringt: ›Sweetness Follows‹, es folgt aber, stattdessen, ›How to Disappear Completely‹.

0:00

Perseiden.

7.

16. August – 17:11

Liebe Solveig,
dann kamen sie, Nele hatte es versprochen, und die beiden hatten es nicht vergessen, waren quengelig, dann wieder übereifrig, malten sich Abenteuer aus und dies und jenes, also kamen sie, allerdings, vielleicht sich zu schützen oder, ich habe keine Ahnung, mich herauszuholen aus irgendetwas, nicht allein: Nele brachte Freunde mit und deren Kinder, mir nur vom Sehen oder Hörensagen bekannt, ein einziges Durcheinander in der Einfahrt, und sogleich machten sich die Kinder auf, das Haus in Beschlag zu nehmen oder zu erobern, öffneten alle Türen, um sie mit Geschrei wieder zuzuschlagen, hingen mir am Hosenbein, da sie unbedingt, sofort, Verstecken mit mir spielen wollten, was ich dann auch tat, das Haus ist, zweifellos, wie geschaffen dafür. Dann ging es in den Garten, wo sie an den Blumen herumpflückten, sollten sie nur, allein beim Geißblatt ging ich dazwischen, und an den Kletterrosen gab es Geschrei. Die Eltern trugen alle Sonnenbrillen, sprachen vom Reisen, Genaueres bekam ich nicht mit, da es zugleich mit den Kindern treppauf und treppab ging, quer durch Haus und Garten mit seinen blühenden Ranken, nur vom gekühlten Weißwein nahm ich, wenn ich an der Terrasse vorbeikam, reichlich.

Erst als die Kleinen auf ihren Isomatten lagen, alle der Reihe nach, und wohl auch schliefen, als der Terrassenboden halbwegs von Spaghettiresten befreit war und ich noch einen Tisch von drinnen geholt hatte, begannen wir Großen, es war inzwischen dunkel geworden, zu essen, wobei wir vor allem schmeckten und nicht sahen, was wir aßen, denn man sah ja fast nichts, eine Kerze musste genügen, das Licht funktionierte nicht, Mond oder Sterne gab es nicht, jedenfalls sah man sie nicht, zu dicht wucherte über uns der wilde Wein, den ich stets für echten gehalten hatte und im Grunde immer noch halte. Nur mühsam folgte ich dem Gespräch, das heißt, ich folgte ihm eigentlich überhaupt nicht und auch nicht mühsam, schnappte nur einzelne Fetzen auf, sann über sie nach, schmunzelte oder lachte über sie, um sie gleich wieder zu vergessen. Dazu wurde geraucht, ich beteiligte mich nicht, hielt mich stattdessen an die Getränke. Ich schwieg und konnte, ohne dass es jemandem auffiel oder sich jemand wunderte, was mir sehr entgegenkam, aufstehen, wann ich wollte, nahm mir also unbemerkt ein weiteres Bier aus dem Kasten und ging hinab in den Garten. Ich streifte die Sandalen ab, das Gras wurde hier schon feucht, ein paar Frösche quakten vom Teich her. Ich bog rechts ums Haus und ging auf die Bank zu zwischen Birke und Schuppen, setzte mich, trank und atmete. Die Stimmen der anderen, von hier aus nichts als Klang, verloren sich fast, aber eben nur fast, sodass ich mich nicht bedrängt, aber auch nicht allein fühlen musste im fast unmerklichen Rauschen der Birke, der Himmel war zu trüb für irgendeinen Stern, der Wind zäh und schwunglos und von einer Kühle, die nur unterstrich, wie schwül und schweißtreibend die Nacht um mich war.

Irgendwann fand ich mich auf der Kante meines oder irgendeines Bettes wieder, das in jener Nacht ganz weiß bezogen war. Ebenso waren die Wände kahl und weiß, das

Holz der wenigen Möbel stach dunkel davon ab. Ich saß, den Laptop auf dem Schoß, in einer aufrechten Haltung, wie ich sie nur selten einnehme, und begann, Dir zu schreiben, schrieb und schrieb, ohne dabei jemals ins Stocken zu geraten.

Draußen begann es unterdessen zu nieseln. Wir zogen ins Wohnzimmer um. Auf dem Tisch in unserer Mitte stapelten sich Salzstangen- und Chipstüten, auch einen Rest Soave gab es, die Gespräche gingen ungebrochen weiter, ein Ende war nicht in Sicht. Ich lehnte mich tief zurück und schaute in die Runde, schaute gegen das Schwarz der Scheiben mit ihren unzähligen hellgrau- und gelbschimmernden Regentropfen, dabei umgab mich ein immer schummriger werdendes Licht, als drehte fortwährend jemand am Dimmer herum.

Doch dann folgte etwas, das ich nicht verstehe, das auch gar nicht zu verstehen ist, das vielleicht auch anderen geschieht, wer weiß, doch womöglich, ohne dass sie es zugeben oder wahrhaben wollen, was mir in jenem Moment aber nicht half, denn allzu groß und unverrückbar stand es im Raum und mir vor Augen, und ohnehin kann ich doch immer nur für mich selbst sprechen, was gehen mich andere Körper oder Seelen oder ein seltsam unausgegorenes Gemisch aus beidem an: Der Raum lag wie zuvor und etwas mehr noch in Dämmerlicht, war jedoch plötzlich ganz und gar leer, ich meine, mich ausgenommen, ganz ohne Menschen. Man hatte geredet, ich hatte mehr oder weniger zugehört, und auf einmal, jedenfalls für mein Empfinden, und mehr kann ich nicht sagen, also jäh und völlig unabgesprochen: war niemand mehr da. Und auch Neles Schulter, die ich so müde und halb in Frieden eine Zeitlang berührt hatte, war verschwunden.

Für einen Augenblick war mir, als dränge aus der Küche letztes Geschirrgeklapper, allerletztes Stufenknarren aus dem Treppenhaus, dann nichts mehr, und ich wollte noch, halb verwirrt, halb empört, etwas einwenden, hinterherrufen, setzte, ein Stück weit auf dem Polster nach vorne rutschend, bereits an, sank dann aber zurück, blieb sitzen, schloss wohl auch, als wäre nichts, die Augen. Um sie eine ganze Weile später, obschon ganz anders, wieder zu öffnen: Ich erhob mich und verließ, es regnete nicht mehr, ein letztes Mal, und zwar nicht durch die Haustür, sondern durch den Seiteneingang, das Haus und über den Garten hinweg das Grundstück. Vielleicht, dachte ich, ist nun der Zeitpunkt gekommen, aber eigentlich ist er das doch die ganze Zeit über schon, ohne dass äußerlich etwas geschehen wäre. Während mir irgendetwas, das ich aber nicht zu fassen kriegte, durchs Hirn summte, wurden meine Schuhe nass im Gras, die Straße, auf die ich, mich durch die Hecke schiebend, mit einem Sprung hinübersetzte, schimmerte vor Nässe, und auch die Pfützen an Rändern und in Schlaglöchern, aber nur dort, wo Laternenlicht hineinfiel, glänzten vom Regen, der aufgehört hatte, ohne dass ich es gemerkt hätte, still und gewitterlos.

Ich weiß ja selbst nicht, was es soll, dies ewige und im Grunde ziellose Rein- und Rausgehen, sodass ich am Ende ganz durcheinandergerate und es zu Verwechslungen kommt, die aber meistens, manchmal zu meinem Glück, manchmal zu meinem Bedauern, ganz folgenlos bleiben. Aber, und das scheint mir gravierender, was tun, wenn niemand mehr da, alles leer, ausgestorben, abgereist ist. Und dabei meine ich keineswegs nur das Haus: Schau ihn Dir an, diesen verlassenen und verwahrlosten Ort, man ist fortgezogen, ohne mir Bescheid zu sagen. Es ist geisterhaft. Suchen bringt nichts, wenn man nichts sieht.
Immerhin: Was ich Dir nun schreibe, von meinem, nein, von irgendeinem Bett aus, scheint mir ein gewisser Anhalts-

punkt. Das Schlafzimmer, in dem ich mich befinde, lässt mich an Schmutz, fremden Schweiß und verschmierte Mückenleiber denken. Es beruhigt mich, und ich sehe lieber nicht noch einmal nach, dass Wäsche und Wände im Dämmerlicht so weiß gar nicht mehr scheinen. Und auch das Dokument vor mir nimmt nun immer mehr die Farbe meiner Gedanken oder besser: meiner Fingerspitzen an.

Am nächsten Morgen versuchte ich es, schließlich klappte es zuvor mit den Kindern auch, mit Versteckspiel: zwängte und hockte mich in den Spalt zwischen Fenster und Kleiderschrank, meinte sogar, irgendwo in der Ferne, sicher aus den unteren Stockwerken, ein »Mäuschen, piep einmal« zu hören, piepte also folgsam, einmal, zweimal, etliche Male, wurde aber irgendwann doch misstrauisch und, wie ich mir nach und nach eingestehen musste, nicht, das heißt: von nichts und niemandem gefunden.
Ich richtete mich auf und verließ mein Versteck. Vor Schwindel und da die Knie nachgaben, sank ich auf den erstbesten Stuhl nieder, horchte in das Haus hinein, vernahm aber nur mein Atmen, meinen Pulsschlag am Hals, irgendwo auch eine Uhr. Einen Moment lang wartete ich noch, fand mich dann aber mit den Gegebenheiten ab, Rufe oder gar Schreie ersparte ich mir. Das Haus war leer, unbewohnt sozusagen, wenn ich selbst nicht hier wäre, was mir aber, nach allem, ebenfalls immer fragwürdiger erscheint.

Ein letztes Mal versuche ich mir die Situation zu vergegenwärtigen: Die Kinder spielen, immer haarscharf an der Grenze zwischen Spaß und Streit, Verstecken im Haus und auf dem Grundstück, in der Einfahrt Ball oder Hüpfkästchen, bis Geschrei und Müdigkeit überhandnehmen und Nele, längst dämmert es, zum Essen ruft. Später werden Sterne wie Lichter ausgeblasen, ich sitze im Schrank, warte, aber es kommt niemand. Dann wird es wieder Abend. Allein gelassen suche ich, vergebens, den Mond zwischen den Ranken. Und eine Dunkelheit tritt ein, tiefe, völlige, unfassbare Dunkelheit. Und deckt mich zu, sodass ich nur noch daliege, reglos, mit fest zusammengekniffenen oder, so groß ist der Unterschied nicht, mit geöffneten, längst vertrockneten Augen. Alle Augen gehen leer aus. Mehr fällt mir dazu nicht ein, ich bekomme es nicht auf die Reihe, gebe es, für diesmal, auf. Ich könnte es wohl nachlesen, aber das scheint mir auch keine Lösung, das eigentliche Problem ein ganz anderes zu sein.

Oder ist es gerade andersherum: Bin ich es, der ganz plötzlich fort ist, während alle anderen noch dort sitzen, vielleicht haben sie bereits begonnen, nach mir zu suchen, vielleicht die Polizei verständigt, oder bin ich selbst unter ihnen, rätsele mit ihnen herum, helfe ihnen beim Suchen?

Am Telefon sagte ich später zu Nele, dass ich in jener Nacht gestorben sei, doch sie glaubte mir nicht, immerhin war es nicht das erste Mal, ich solle aufhören mit dem Gerede. Glaubst Du mir, oder weißt Du zumindest, was ich meine?

17. August – 21:02

Jetzt, da ich allein bin, kommt es mir wieder in den Sinn: dass ich es auf- oder einnehme, oral, rektal, intravenös, auch durch Haut und Augen und alle sonstigen undichten Stellen, täglich, halbtäglich, stündlich, permanent, wobei die Frage, was es denn eigentlich sei, Gift oder Kummer, flüchtiges Glück oder alles gemeinsam, nicht ausschlaggebend und letztlich gar nicht zu beantworten ist, reichere es in jedem Falle in meinem Körper an und warte, unentwegt, was folgt und geschieht. Und irgendwann, vielleicht Jahre später, womöglich nur Monate, Wochen, ganz gleich, da kommt sie, die Nachricht, mit Gewissheit, und zur Angst gesellt sich der Schmerz, physischer Schmerz, der jetzt sogar einen Namen hat, Solveig, Du sahst mich an und nanntest ihn, diesen Namen, blicklos, klar und deutlich.

18. August – 17:15

Wenn Du für mich da wärst, Solveig, was Du ja immer bist, würden wir jetzt gemeinsam taumeln, wie es die Wespen tun, die nun hinabsinken, tief ins Gras, das hier sehr hoch wächst und drüben auch, sodass ich das Fallobst gar nicht sehen, nur riechen kann, die Pflaumen und letzten Sommeräpfel, da sie nun alles verströmen, was sie noch zu geben haben, sodass ich mich gern hineinlegen möchte, den Wespen zum Trotz, die immer mehr werden, Raum einnehmen, Räume mit ungezählten grellgelben Streifen, leuchtend wie randvolle Limonadengläser, einziges großes Summen beim Pflaumenkuchenessen. Müde und sicher fühle ich mich dann im Gläserlicht übersüßter Stunden. Auf die Spinnweben ist kaum Acht zu geben, sie hüllen mich ein, aber sie glitzern so schön in der späten Sonne, halbschlafend, erinnern an das Birkenflirren drüben bei der Bank, den Geruch frischer Erdschollen.

19. August – 19:27

Solveig, ich sage es Dir und leugne nichts: Das große Geraune, ich habe es gehört, als ich noch gar nichts von ihm wusste.

Gleichzeitig lässt anhaltende Spätaugustsonne die Felder und Spinnweben zwischen brüchigen Halmen und Erdklumpen glimmen, unter Vogelbeeren und rotem Holunder schützt mich nur dürftiger Schatten, ich ziehe die Jacke aus, ja, die Eberesche hat nur schütteres Laub, aber ein rotes Leuchten, sodass ich die Augen zukneife gegen ihr Licht. Mein Pullover riecht in praller Sonne stark nach Schaf und Waschmittel. Grillengeschrei, tausendfach, als wäre es nichts, eine Hand voll Pflaumen, sonst nicht viel, nur kurz im Kopf das Aufflimmern einer Markise in Orange, Kuchen, Sahne, Apfelwein, und man ahnt nicht einmal etwas, solang man die Augen nur halbwegs offen hält und schaut.

0:38

Mein Handy leuchtet auf. »Geh endlich schlafen!«, schreibt Nele, vielleicht auf dem Weg zur Toilette oder eben von dort zurückkommend, schon liegt sie wieder zwischen den beiden, während ich hier alles andere tue und daran denke, dass sie neulich wieder meinte, dass doch eigentlich alles ganz einfach sei, womit sie zweifellos recht hat, und tatsächlich waren die Stunden auf der Bank oder der Terrasse so warm- und gelbbeschienen, spinnenfädenbesaitet, umschwirrt und pflaumenkuchensüß, dass ich, wenn ich mich genau jetzt daran erinnere, beinahe, aber nur beinahe, den Grund vergesse, nicht zu schlafen.

1:41

Und da liegt es mir beinahe, aber eben nur beinahe, auf der Zunge: Dein Wort, das, bei aller Kürze, doch ein Unwort und Lügner und unverschämter Euphemismus ist. Und ich schreibe Dir sehr schnell, bevor es zu spät ist, eine SMS, schicke sie auch los, gebe mir das Gefühl, zu warten.

Dunkelheit: Weit, sehr weit werde ich mich nach unten ausstrecken nach ihr, mit jeder Hand je einen Zipfel fassen und sie hinüberbreiten über Euch, die Ihr schlaft und über mich, weil ich nicht schlafen kann, nichts mehr sage und nicht mehr singe, sie wird uns zudecken bei Tag und bei Nacht, wird uns wärmen und erfrieren, atmen und ersticken lassen, da und fort sein und uns bergen, damit wir allein mit ihr sind, mit ihr und mit uns, ganz und gar allein.

2:39

Jetzt sehe ich Dich nicht.
Ich bin aber da.
Wer sagt das.

20. August – 22:39

Und ich wusste, dass ich hinübergehen und Nele wecken sollte, wenn ich nur gewusst hätte, wie weit es schon war, wo sie war, wenn sie schlief oder nicht, vielleicht nur versuchte zu schlafen, sich aber nie etwas anmerken ließ, was ich ihr nicht abnahm, jedoch immerhin möglich war, hätte es noch rechtzeitig tun sollen, wo alles da, aber nicht absehbar war und die Hürde doch schon zu hoch sich auftürmte, obzwar jeder Grund ihr fehlte. Und ohnehin war und ist sie überhaupt nicht hier und ich ebenso wenig, sondern dort, wo gleichermaßen nur wieder das Schweigen wäre, was hätte ich ihr auch zu sagen?
Dabei hatte ich nicht ihr, aber Dir eine Reise versprochen. Hatte ich auch von einer Geschichte geschrieben, die enden sollte, ohne anzufangen, doch nicht aus Angst, nur schwinden, im Sande verlaufen, versiegen? Und dem, was davon übrig blieb?

Jemand stolpert über einen Apfel, krümmt und windet sich und erbricht einen Stein, der fürchterlich stinkt und es klirren lässt und alles, wirklich alles zerstört.
Etwas schwindet in mir mit der Abfahrt eines Schiffes, pünktlich um 23:59, laut- und lichtlos schwindet es im See, während ich, atemlos und herzpochend, etliche Male stolpere auf dem Weg über Wurzeln und Geäst. Fremde Nachtvögel streifen jemanden, bevor sie lospicken, sanft. Allein suche ich den Mond in entleerten Augen. Die Zeit verstreicht, und jede Angst erfüllt sich.
Im Herbst werde ich mich abwechselnd zurücklehnen und, Schostakowitsch im Vordergrund, nach vorne werfen und ihm entgegen, doch noch ist es nicht so weit, zuvor sitzt noch etwas auf allen Bäumen, weinend im Nebel, hängende Köpfe und Haare, da gekippt im Gelenk, nach vorne.
Schläft er noch, unser Zerstörer?
Die Sache mit dem Ernst und dem Spiel. Aber ich bin beunruhigt, nicht zu Scherzen aufgelegt, und das kann doch alles auch gar nicht sein, sonst wäre ja längst jemand da, mich hier rauszuholen. Es folgt ein dunkler Ruf wie ein Taumeln, und es ist wahr: Haus und Dorf verdrehen sich zu einem Schlund, nein, sieh da, zu einem Lachen, sodass mir warm wird, die Bauchmuskeln, ich gehe schon gekrümmt, Schenkelklopfen, gehe schon gekrümmt, kann mich nicht mehr halten.
Im Zeitraffer sehe ich nur ein Sterben.
Dabei bin ich schon lange hinter der Gefahr, da alles bereits eingetreten ist. Dabei ist unsere Krankheit keine Beschädigung, sondern eine Folge davon, eines Ereignisses, das da ist und nicht verschwinden wird und nicht nur mich betrifft und mich gar nicht mal am schlimmsten, und zugleich eines Vorgangs, der weiter anhält und zum Zustand wird und sich immer tiefer hineinfrisst und mir, absurderweise, Angst und Bange macht, wo er doch nur wehtun

sollte und ihn sicher nichts und niemand mehr wird beheben oder abstellen können oder es nur ernsthaft wird versuchen wollen.

21. August – 21:54

Irgendwann turnen in meiner Vorstellung zwei kleine Monster auf dem Sofa und auf mir herum, und ich halte die Augen geschlossen, weil nichts anderes von mir gefordert wird, fange nur zu knurren an wie ein fürchterlicher Bär, worauf sie sich im Raum verteilen und erneut beginnen, sich zu nähern, um mit Schwung und Geschrei den behaarten Berg auf dem Sofa zu erklimmen. Dann heißt es zupacken, und ich packe zu, drücke sie knurrend an mich, bis sie quietschen.
Ich zeige ihnen das Dorf, ja, das gibt es wirklich, und wir gehen am Wirtshaus vorbei, sehen auf einer der Bänke unter den Linden, deren Laub schon fast gelb wird, einen rotwangigen alten Mann, der sich, es ist erst früher Nachmittag, ein großes Pils bestellt, dazu einen Klaren, ein Brot und eine geräucherte Wurst in einem Korb, die allerdings gar nicht hineinpasst, sondern, dunkelrotgeädert wie seine Wangen, beide Seiten vorn und hinten überragt.
Und, ein Stück weiter, erzähle ich ihnen: Weit im Norden gab es einen Ort, wo es ebenfalls Spätsommer war, der viel früher begann als bei uns und schon bald in den Herbst überging, der aber wiederum nicht viel Zeit hatte, sich über Landschaften hinzubreiten oder behaglich sich einzurichten, doch weiter wollen wir nicht denken, stellt euch lieber vor, der Ort bestand nur aus einigen teils grau-, teils rot-, blau- oder gelbgestrichenen Häusern, meist aus Holz, und, ganz wesentlich, er kannte keine Zeit, weshalb Spätsommer und Herbst hier kein Ende fanden, es also gar keinen

Grund gab, sich zu beeilen auf dem Weg hinunter zum See, denn ihr müsst wissen, der Ort lag an einem großen See, in dem sich, je nachdem, grau, blau oder lila die großen Berge spiegelten, welche aber nicht schroff oder kantig sich verengten, sondern rundgeschliffen wie Hügel die Wellen nachahmten, wenn Wind übers Wasser fuhr, was er eigentlich immer tat, doch niemals grob und immer nur sacht. Und dort, und deshalb erzähle ich das Ganze, gab es am Ufer einige Birken, deren grüngelbes Laub vor lauter Wind und Sonne gar nicht stillhalten mochte, immerzu zappelte und raschelte und dabei immer nur mehr wurde, bunter und leuchtender, sich im See wiederfand oder widerspiegelte, sich aber, je nach Beschaffenheit des Lichtes, ebenso leuchtend im Garten zerstreute, unweit des Hauses, vielleicht auf der Bank, wo sie liegenblieben, bis jemand käme und sie fortwischte mit dem Ärmel, was aber nie geschah, da ja sonst niemand da war, ja, und hinter den Bergen, und auch dort gab es Birken, endete der See und war es nicht mehr weit bis zum Meer.

Ich schließe, als ich geendet habe und geblendet von der Sonne, die Augen. Oder vielleicht öffne ich sie, im Gegenteil, und Wald, Feld und Straße, Dorf, See und Meer verstricken sich zu einem Knäuel, das fortspringt und bösartig hüpfend sich durchs All bewegt. Dann aber ist alles wieder ganz still, dass wir die Sterne hören wie ein Glockenspiel und das Unermessliche wie ein Atmen, ein Schnappen, dass es scheppert und dann nichts mehr, nur Honigtropfen, auf Glas oder Haut am Morgen oder Abend.

Dann stehe ich am Zaun im Gelb der Sonnenblumen, winke ihnen nach, sehe Wildgänsen nach, die sich unendlich langsam durchs gelbbraune Licht bewegen, welch wunderbare Reise auf ihrem Rücken, aber ohne mich, da ausgerechnet meine Gans sehr böse ist und ins Blau zwischen den Wolken vom Ende des Sommers schnarrt. Stelle mir ihren Besuch vor, während ich noch am Zaun stehe, vorne neben den Sonnenblumen, die nun, aufgegangen in all der Zwischenzeit, aufbrennen im Licht des Nachmittags, schweigend wohl und auch mit hängenden Armen. Und bevor ich hineingehe, wende ich den Blick wohl noch einmal zur Seite, das heißt den Sonnenblumen zu, die sich, gleich den grellrosa Stockrosen, kaum merklich im schwachen Wind bewegen, und weiß, bei aller Hitze und obwohl ich den Schweiß unter den Achseln zwar nicht rieche, aber gerade in diesem Augenblick sehr bewusst wahrnehme: dass der Sommer nun fast vorüber ist. Weißt Du, wie sehr wir uns zu beeilen haben?

Und siehe da: Der Nachbar hisst eine grünweiße Fahne, seine Frau jätet noch letztes Unkraut, ein anderer fegt den Bürgersteig, man putzt sich heraus, das beruhigt, und mit ihnen, den Farben und dem Licht, schaffe ich es gerade noch bis zur Hängematte, die aber doch gar nicht hing an dieser Stelle, so weit vorne, sondern weiter hinten in der Nähe des Teiches, lasse mich, nicht weiter nachdenkend, hineinsinken und schlafe augenblicklich ein, um bald wieder auf- und zugleich lange, jahreszeitenlang, nicht mehr aufzuwachen.

DRITTER TEIL

Wake from your sleep …
Today, we escape …

Radiohead, ›Exit Music‹

8.

30. August – 16:52

Ein rotes Cabrio fuhr vor. Ich stieg als Letzter ein. Mit weißer Bluse blieb jemand wehend am Zaun zurück. Zwischen meinen Beinen stand ein bis zum Rand gefüllter Picknickkorb. Tücherflatternd und sonnenbebrillt verschwanden wir zwischen den Hügeln.
Ich stand schon am Feldrand bei den Sträuchern, als Sten, noch außer Atem, auf mich zukam und das Fahrrad ins Gras fallen ließ. »Wo willst du hin?«, fragte ich. »Hinunter zu den anderen«, gab er mir zur Antwort. Hinunter also. Ich sah ihm nach. Aber da war niemand.

Das Entscheidende, wenn es überhaupt je geschah oder irgendetwas entschied, ereignete sich allerdings nicht während der Fahrt, weder am See noch am Meer, nicht im Haus und nicht auf dem Zeltplatz im Schlagzeug- und Gitarrenlärm der Boxen, sondern erst sehr viel später. Es war auf einem Bahnhof, vielleicht auch Flughafen oder einer Dachterrasse, in der kurzen Zeitspanne zwischen Nacht und Morgen.
Aber selbst da noch nicht. Und es war ja ohnehin alles längst entschieden. Ich kann, Solveig, die Dinge verorten, aber nicht benennen, ihnen Namen geben, sie aber nicht begreifen. Indem ich vor- und zurück- und auf der Stelle denke, vernehme ich ein abscheuliches Knirschen.

Wenn dann Rapsgestrüpp faulig im Abenddunst und zugleich alles so ganz und gar nicht nach Sommer. Aber die Hitze. Aber das Licht. Hinten bauen sie den Rummel auf, bestehend aus drei Buden, Fisch, Bratwurst und Bier, sowie einem rostigbunten Karussell für die Kleinsten.
Aber den Raps haben sie, bis auf dieses eine Feld, längst abgemäht.
Eine Blaskapelle, die ich nicht sehe, aber höre. Am Mast weht das Dorfwappen grüngelbblau, fransig. Doch die weißgrünen Uniformen der Männer und die anna-und-elsafarbenen Hofstaatkleider stelle ich mir vor wie neu.

Ich denke an diesige Tage, ölig und schwül, regenvergessen. Tropfen, nicht der Rede wert, auf sommersprossiger Haut: gerade noch ein Ausschnitt, der Zipfel eines Kleides.

Erzähle: Am alten Turm trafen wir uns in der Dämmerung, Sten noch im Hemd seiner Uniform, nicht mehr ganz weiß und, nicht der Rede wert, etwas schief über der Hose. Er schien ungeduldig, von irgendwoher drangen Bässe, wir hörten sie nicht, spürten aber etwas wie ein Zittern in den Steinen. Es regnete in Strömen, und wir verkrochen uns unter dem Dach einer Grillhütte, unten am Fluss. Hier war es ganz und gar dunkel und der Regen noch lauter, Vibrationen, sodass wir uns weder sahen noch verstanden, bis jemand, den wir kannten, aber nicht erkennen wollten, rief, das sei ein Privatgrundstück, wir sollten machen, dass wir, sonst, und wir packten unsere Sachen zusammen und machten uns davon.

Oder: Der Abend troff vor Schwüle, es nieselte, und ich ging wieder dem Geruch des faulen Rapses nach. Hängende Ähren, schwarze Gersten- und Roggenfelder. Ein cremiges Licht milderte, was ich, noch immer wartend, sah, es erschien mir nur vage, blass und rosafarben: Tropfnass von Schweiß und Regen kam jemand barfuß und mit einem riesigen Strauß schlaffer Sonnenblumen in den Armen den Weg herab.

Ich gehe also hinüber, ganz gleich, ob unerkannt, ob man mir nach- oder entgegensieht. Der Vorplatz der Schützenhalle ist braun und feucht und nahezu leer. Auf dem Asphalt liegen halbzertretene gelbgraue Pommes, weiße und grüne Glasscherben. An der Würstchenbude stehen, ohne Krawatten, drei Uniformierte. Ein paar Jugendliche, rauchend und trinkend, sitzen auf ihren Jacken am Rand im Gras, einige liegen weiter hinten, bereits reglos. Der Festsaal ist weiß beleuchtet und ebenfalls nahezu leer, nur hier und da stehen Dorfbewohner in kleinen Grüppchen beisammen. Ein Junge wankt, sein Taschenmesser an der Kette hin und her schwingend, den Toiletten zu. Ein grauer Mann kehrt Kippen, Scherben und Bierdeckel zu einem grauen Schlamm zusammen.
Das alles nehme ich aber, entgegen allen Vorsätzen, nur flüchtig wahr, habe ich es doch, wie ich jetzt, bereits gierig hinstarrend, merke, und eigentlich wusste ich es die ganze Zeit über schon, einzig und allein auf das strahlendrote Seelachsbrötchen abgesehen, eines der letzten, dort hinter Glas, prall gefüllt und sichtlich durchweicht, schon befindet es sich zwischen meinen Händen, und während ich mit geschlossenen Augen und nordsee-, wattenmeerdenkend Brötchen, Fisch und Zwiebeln zu einem salzigen, ja gewiss rosasalzigen Brei zerkaue, lausche ich der Tanzmusik im Innern, die schwerfällig und chromatisch nach außen dringt und benommen macht. Ich streiche mir eine nasse Haarsträhne aus dem Gesicht, kaufe am Getränkestand einen Karton Kleiner Feiglinge und mache mich, offensichtlich unbemerkt, davon.

Signalhorn und Blaulicht an der Zimmerdecke, dazu ein Donnern und Krachen, blinkendes Tatütata und lange Zeit nichts anderes.

Am Bierstand, vielleicht auch drinnen beim Pinkeln am Pissoir oder draußen an irgendeinem Busch, geraten sie, das geht ja manchmal, glaube ich, sehr schnell, in Streit. Rasch treten Freunde herzu und versuchen, die beiden Raufenden auseinanderzuzerren, scheinbar mit Erfolg, zumindest dreht sich der eine um, seine Mütze liegt bereits, nicht weiter und von niemandem, auch von ihm nicht, beachtet, nahe einer Pfütze auf dem Boden, sein Hemd sitzt, halbaufgerissen, schief, er fährt sich mit der Hand durchs nasse Haar, dreht sich, wie gesagt und während er so laut es geht »Arschloch« ruft, um, als wolle er den Rückzug antreten, macht dann aber, urplötzlich, doch wieder kehrt und sich über seinen noch immer dastehenden Gegner her. Ich befinde mich im Abseits und beobachte die Szene, plötzlich ist die Polizei da, wer sie gerufen hat, kann ich nicht sagen.

Zeitgleich eine brennende Scheune zwischen den Dörfern im Feld. Die Bewohner beider Dörfer lehnen sich aus ihren Fenstern, treten hinaus auf die Balkone, um nicht zu versäumen, wie schön das leuchtet, nein, in der Tat, das gibt es nicht alle Tage. Als die Feuerwehr, der Form halber, erscheint, ist der Himmel längst wieder dunkel.

Zeitgleich geht das Fünfsternehotel in einem der Nachbardörfer in Flammen auf. Niemand weiß und wird jemals erfahren, weshalb. Lichterloh brennt es, kein Vergleich zur Scheune, die war mickrig dagegen, alle Feuerwehren aller Dörfer rücken aus, selbst vom Regionalflughafen kommen sie herüber, versuchen zu retten, was zu retten ist. Als Letzte erscheint dann, herausgerufen aus einer Feier, die

örtliche freiwillige Feuerwehr, findet jedoch keinen Parkplatz. Kein Personenschaden, sieht man vom Schrecken und den psychischen Folgen ab, das Hotel verliert dauerhaft zwei Sterne.
In der Nacht gibt es einen Toten auf der Straße zur Kleinstadt, alle Bäume stehen schief, am Morgenhimmel kräuseln sich rotgraue Fäden. Es war wohl, erfahre ich später, ein Streit zwischen zwei Männern, einem jungen und einem alten, es kam zum plötzlichen Aufbruch, dann geschah es. Und der Traktor? Man vermutet, es stecke mehr dahinter, zudem gebe es weitere Beteiligte, doch das sei alles viele Jahre her. Auch von einer schleichenden Krankheit ist die Rede, doch hier beginnen sich die Angaben zu verwirren.

Einige Bäume weiter setzt wenige Jahre zuvor ein Sechzehnjähriger im Suff das Auto seiner Eltern sowie seine Freundin vor eine Linde. Die Freundin stirbt, er selbst bleibt unverletzt und wird fortan vom Dorf gemieden. Schließlich zieht die gesamte Familie fort, vielleicht war es aber auch die Freundin, die überlebte.

Unterdessen erlebe ich ein rosa Fischbrötchenmeer, zerkaute Wellen, wogendes Aufschäumen, das mich hebt und senkt, senkt und hebt, ich kann gar nicht genug bekommen davon, dabei drehe ich mich um mich selbst, blauschleudernd wie eine Rundumkennleuchte.

Das Blaulicht an der Zimmerdecke, sonst nichts, hält mich vom Schlafen ab. Ich taste nach meinen Schuhen, ziehe mir eine Strickjacke über und gehe, dem Blinken folgend, hinunter zum Küchenfenster. Tatsächlich steht in unserer Straße ein Feuerwehrauto. Ich nehme den Schlüssel und gehe zur Straße. Motorenlärm, Rufe von Männern. In meiner Einfahrt steht die Nachbarin, in Gummistiefeln, Shorts und

T-Shirt, sie scheint sich zu freuen über so viel Aufregung in der Nacht und lacht mir fröhlich entgegen. Dann weist sie mit dem Kinn zur Straße: Wo Asphalt und Schotterstreifen den Übergang zum Vorgarten markierten, steht nun eine im Laternenlicht braungelbe, trübe Brühe, die, wenn ich von hier aus richtig sehe, stufenlos in meinen Garten übergeht. »Das läuft bis zur Kreuzung hin«, schreit sie gegen den Motor an und mir ins Ohr. Drüben reihen sich weitere Nachbarn, Kinder stehen in Schlafanzug oder Nachthemd knietief im Wasser, niemand will sich entgehen lassen, wie die Feuerwehrmänner einen dicken Schlauch längs durch meinen Garten schleifen und beginnen, das Wasser auf die Hauptstraße zu pumpen. Einer von ihnen winkt zu uns herüber, nur an seinem dunklen Vollbart erkenne ich ihren Mann. »Guck mal«, lacht sie neben mir auf, »sieht er nicht lustig aus mit dem Helm und der engen Jacke?«

31. August – 22:37

Liebe Solveig,
es sollte nicht allzu schwer werden. Nicht nur im Wald verlieren sich Stimmen und Farben. Als Kind kippte mir einmal das Farbwasser über ein Bild, an dem ich Stunden gemalt hatte, und ich fand es zugleich befreiend und beklemmend. Im Dunst über dem Wald geht, vielleicht zum letzten Mal, die Sonne auf wie ein Mond.
Es kommt ja niemals etwas unerwartet. Dennoch bereitet es mir Angst. Eine Flucht trete ich jedoch nicht an, da ich nicht wüsste, wie und wohin, sodass ich einfach sitzenbleibe, stillhalte und ausharre. Allein die inneren Organe laufen und rennen schreiend um ihr Leben.
Und ich bin nicht sicher, wie ich umgehen soll mit dem, was Du schreibst beziehungsweise nicht schreibst, aber

immer ohne es zu verschweigen, Du schreibst es einfach nicht und damit eigentlich doch, woraus ich dann meine Schlüsse ziehe, mit denen ich bisher nie ganz falsch lag, was nichts heißen soll und gar nicht anders sein kann, jedenfalls nicht, wenn man das Ende als Anfang nimmt.
Vielleicht dünnen wir aber auch aus, werden allmählich immer durchlässiger und weniger, oder, was mir noch am schlimmsten scheint, wir nehmen, bei schwindendem Volumen, an Masse zu, verdichten, verklumpen tumorartig, um uns erst dann, und zwar schmerzhaft, dabei zu beobachten, wie wir uns innenwärts zerfasern und wie eine faule Frucht, metastasengleich, ausschütten und verteilen. Aber selbst das ist noch stark untertrieben und am Ende rein gar nichts im Verhältnis zu dem, was wirklich mit uns geschieht.

Derweil irre ich durchs Haus wie durch ein Gehirn: endlose Gänge, Kammern, alles fensterlos und grau. Pulsieren tut hier nichts mehr. Ich trenne das Kabel vom Fernsehgerät und schaue mir den Schnee an, wie ich es als Kind tat. Und schon damals stand ich nicht mehr auf, blieb einfach sitzen und starrte zu diesem ganz und gar ausdruckslosen Bildschirm hin.
Hinter Glasscheiben rückst Du immer ferner. Vielleicht ist es ein Aquarium, in das ich hinausschaue. Ein dumpfes Grunzen ist zu hören, einzelne Stimmbänder, vielleicht auch ein Cello, Tonbänder, abgespielt unter Wasser. Von schräg her weist jemand hinüber zur Höhle. Aber der Schatz, der keiner ist, wird bewacht, und zwar von niemandem.
Grau beuge ich mich unter ein Meer, das orange unter einem orangefarbenen Himmel sich breitet. Luft gibt es weder hier noch dort, auch nicht, als ich aufleuchte, nun selbst orange, und Meer und Himmel grau und bleiern über mir, über Hirn und Gedärmen, zusammenfallen. Ich

ahne: Jetzt sind es meine Lungen, die leuchten, aber der Rest ist nicht mehr da. »Du atmest noch, freu dich doch«, höre ich jemanden sagen, und ich freue mich.
Hinter Glas besuchen wir uns dann. Eigentümliche Gebilde. Aber schneid Dir die Nägel oder das, was von ihnen übrig blieb, und hüte Dich davor, zu klopfen. Niemand kennt den eigentlichen Zustand des Silikons. Halten? Wer oder was wird denn wen oder was hier halten? Wie viele Flossen und wie viele Finger? Dabei sehen wir das Glas nicht und freuen uns über jeden Blick in die Ferne.
Eine Verbundenheit ist das, über die man staunen könnte, wenn man staunen könnte.
In einer fernen Bar spielt, immerhin, aber nicht für uns, noch ein Klavier.

1:11

In Schieflage also, hinunter.

2. September – 21:02

Was ich vergessen, Solveig, nein, weit schlimmer, was ich die ganzen Jahre, seitdem es, das Unnennbare, geschah, versäumt habe. Seitdem das Zerstörende in unser Leben trat. Aber war es oder er nicht schon immer da?
Dabei war ich heilfroh, aber auch einfach überfordert, schließlich Deine Stimme am Telefon nicht zu vernehmen, das wäre schon zu viel gesagt. Die immer leiser, immer dünner wurde. War Dir bewusst, wie zittrig sie war, sodass am Ende doch nichts über meine Lippen kam von dem, was ich mich von Anfang an nie getraut habe, ich meine, so oft kommt es ja nicht vor, und es hat bereits ewig gedauert, überhaupt Deine Nummer zu finden, dass ich fast schon

aufgeben wollte. Ich suchte also Deine Nummer, konnte sie aber, weder auf den leeren noch auf den beschriebenen Seiten des Adressbuches, nicht finden, fand sie dann aber doch, allerdings gar nicht in besagtem Büchlein, sondern auf einer Seite desselben, die, wohl altersbedingt, herausgefallen war, vielleicht beim Ausräumen des Koffers, und sich nun zwischen Staubmäusen und einigen anderen Zetteln, die mir aber nichts sagten, am unteren Ende meines Bettes befand.

Telefonieren war nie meine Stärke.

Da hatte ich nun Deine Nummer und wählte sie und hörte nach einer Weile und wider Erwarten Deine Stimme und redete dann, um eben nicht zu schweigen, augenblicklich sehr viel. Und tatsächlich meinte ich das alles genauso, wie ich es sagte und eben nicht, wie ich es meinte oder mir auszudenken nur annähernd imstande gewesen wäre, es war also, mehr oder minder, durchaus hintersinn- oder zweckfrei, oder nein, das glaube ich selbst nicht, aber mir fällt einfach, auch im Nachhinein, kein Sinn oder Zweck ein, worauf es mir aber gar nicht ankommt, nicht jetzt in diesem Augenblick und, ehrlich gesagt, schon damals nicht. Was aber, und das scheint mir der Punkt zu sein, an dem ich verzagen möchte, da er nur schwer und eigentlich gar nicht zu fassen ist: Was aber ist mit all dem, was nicht gesagt wurde zwischen uns? Wo mag es sein?

Die Schieflage, die entsteht, ist schlichtweg nicht zu bewältigen. Vielleicht hatte ich zu lange nicht den Mut, habe ich zu viel und zu lange geschwiegen. Es geht nicht. Und wie sollte etwas nicht schief sein, was doch immer unvollständig bleibt, unrichtig, zutiefst unrecht, sodass am Ende alles wie auf einer Tischplatte zu rutschen beginnt, bis es, um im Bild zu bleiben, hinten hinüberkippt, ohne aber jemals aufzuprallen und in irgendeiner Position zum Erliegen zu kommen, immer weiter kippt und immer weiter fällt. Und ich weiß nicht, wie ich das wiedergutmachen kann, wie ich überhaupt noch mich äußern kann Dir gegenüber, weil kein weiteres Wort es nur irgendwie besser machen könnte, Schweigen aber, um Himmels willen, ebenso wenig hilft. So lege ich den Hörer auf und will noch etwas sagen, was Du nicht mehr hörst, und sage es auch nicht, weil Du nichts mehr hörst, ich nur zurücksinke in die dunkellila Plüschkissen des dunkellila Plüschsofas hier im Treppenhaus, wo das Telefon steht, dessen Hörer ich niemals mehr abnehmen werde, da wirklich mit allem zu rechnen ist, zumal es ohnehin nicht klingelt. Auch werde ich niemals mehr jemanden anrufen, ich sehe ja jetzt, was ich davon habe: nämlich Schuld, kaum auszugleichende Schuld, und ich sitze nur noch dort, mit geschlossenen Augen, aber das Reden geht trotz alledem weiter, setzt sich im Schreiben fort, wobei das Nichtsagen immer nur größer wird, sich hineinwächst in alles, in jeden Gedanken und noch in jedes letzte Wort, sodass ich, wie gesagt, eben nur ratlos dasitze und schweige.

Ja, und erinnerst Du Dich, wie es war, als wir uns zuletzt trafen in Berlin, wohin ich Dir folgte, jene Traurigkeit beim, nein, nach dem Abschied, von der ich Dir niemals etwas erzählt habe und die niemals mehr nachließ, selbst wenn ich es verschwieg und Du es nicht mehr hörtest. Und so war es auch jetzt.

Eines möchte ich Dir aber noch schreiben: dass es letztlich immer Deine Worte sind, denen ich mich mühselig entgegenschreibe.

Unterdessen scheint draußen die Sonne warm. Die Jalousien sind heruntergelassen, es besteht kein Zweifel: Dahinter ist, spät zwar, aber fortwährend, ein Sommer, den es nicht gibt, aber nur, da es keine Zeit und mit ihr auch kein

Licht mehr gibt, und sicher, ich werde da sein, wenn ich Dich brauche, lass nur das Lächeln sein, lass es, bitte, nicht vergehen.

4. September – 17:36

Die Wand des hintersten Zimmers tapeziere ich mit Schwarzweißmotiven eines Birkenwaldes.

Draußen die Straßen glänzen nun von Regen, vormittags sind sie wie ausgestorben, schimmern ungestört im Licht dieser zwar sonnen-, keineswegs aber farblosen Stunden, wobei die Grundfarbe immer Grau ist, es dabei aber nicht bleibt, sich andere Farben hineinmischen, ich sehe, nahezu ohne Bezug zu den Dingen: Graugrün, Graubraun, Graublau, Graurot, Graugelb, Graulila, Grauorange.
Die Einwohner des Dorfes sind in die Kleinstadt gefahren, todesmutig oder nichtsahnend, vielleicht ihre Ängste auch einfach in Kauf nehmend, so wie sie sind, mit dem Bus oder dem Auto, zur Schule, zur Arbeit, zum Arzt, in den Supermarkt. Auf den asphaltierten Straßen, auf der Hauptstraße ebenso wie auf den Straßen im Neubaugebiet, in dem ich selbst wohne, das jedoch längst, vielleicht vor zwanzig Jahren schon, aufgehört hat, neu zu sein, auf dem sonst im Dorf überwiegenden Kopfsteinpflaster, aber auch auf den Dächern, den Autos, Brief- oder Stromkästen, liegt dieser graumatte, durch Tropfen verminderte Glanz, sodass ich mich nicht spiegele und mich ganz auf all die Grautöne ringsum konzentrieren kann, die sich auf die Dinge legen, sie verbergen oder geborgen halten, abhalten vielleicht auch, schützen vor mir oder vor sich selbst.
Ein Wechsel von Lärm und Stille, so einfach, mehr ist es nicht. Auf das Raunen folgt der Tiefschlaf und umgekehrt,

vielleicht ist es nur ein Schnarchen, der Jäger ging eben am Haus vorbei, wo ist das Böse, drinnen oder draußen, ein unruhiger Traum vom Ersticken, und dahinten, zwischen den Hügeln, das augenlose Hinundhergewiege eines Kopfes, vielleicht versucht es jemand, ich versuchte es ja gerne: die Dunkelheit, die Dich umgibt, als Licht bis in die Baumkronen zu streuen.

An der Kreuzung fallen jetzt Kastanien, klick- und klackend prallen sie auf, springen heraus aus den Schalen, zur Seite weg zum Bürgersteig oder bleiben einfach liegen. Ein Bus fährt vorbei, lässt sie knacken, zurück bleiben weiße und mehlige Flecken, fährt vorbei, ohne zu halten, da niemand drinnen sitzt, um auszusteigen und niemand an der Haltestelle steht, für den es sich zu halten lohnte. Etwas weiter umfasse ich die Eisenstange des Ortsschildes. Sie ist kalt, hier oben weht es ordentlich aus den Feldern, es riecht erdig, nur noch leicht nach Gülle, Stallgeruch vernehme ich nicht: Die Ställe befinden sich auf der anderen Seite des Dorfes, dessen Grenze dort wie hier und unmissverständlich das Schild markiert, das, wiewohl braungrau bespritzt, gelb hineinragt in den Rest des Bildes. Über dem Namen des Dorfes, quer durchgestrichen mit einem roten Balken, lese ich den Namen der kleinen Stadt Büren, die, erreichbar nach fünf Kilometern in leicht abschüssigen Schlangenlinien, in der verhangenen Senke noch in Andeutungen zu erkennen ist: an einzelnen roten Dächern und der blassen Spitze eines Kirchturms.
Ich erinnere mich, wie ich vor Monaten auf derselben Straße heraufkam, im Bus oder im Taxi, die Allee aus Ahorn oder Linden entlangfuhr, schon den Kirchturm des Dorfes erblickte, als mir in der Kurve das Holzkreuz auffiel. Blumen sah ich, vielleicht Margeriten, ein rotes Öllicht, ob es brannte, war nicht zu sagen, da die Sonne schien, es war

sehr heiß, und da, in der nächsten Kurve, das gleiche Bild noch einmal, nur die Blumen waren andere, rosa oder blaue, und schließlich ein drittes Kreuz, kurz vor der Dorfeinfahrt, welches nun die Dorfausfahrt ist, und gar nicht weit von mir entfernt flackert auch in diesem Moment gegen das Graubraun der Erde, unermüdlich oder immer wieder erneuert, eine schwachrote Kerze.

Erst gegen Mittag kommt, als hätte ich ihn erwartet, der nächste Bus, den ich, denke ich, genauso gut von einem der Fenster des oberen Stockwerks aus hätte beobachten können, was ich auch schon einige Male getan habe, während ich noch immer unweit der Haltestelle lehne, die Stirn gegen den Wind gerichtet, und doch ohne zu frösteln, allein die Füße beginnen allmählich auszukühlen. Der Bus hält, öffnet die Türen, bunte Ranzen und Rucksäcke stürmen heraus, verteilen sich einzeln, zu zweit oder in Gruppen auf dem Bürgersteig, einige lederne Umhängetaschen folgen, bleiben stehen, rauchend, lachend, wohl auch redend, doch ihre Stimmen vernehme ich nur vage. Ich sehe zu, dass ich fortkomme von hier, versuche, was zwecklos ist, nicht aufzufallen, denke, während ich gehe, an die alten Bushaltestellen, die aus dunkelbraunem Holz waren und mit schwarzer Öffnung, aus der, ebenso verlockend wie bedrohlich, Zigarettenrauch und lachende, manchmal auch grölende Stimmen drangen.

Um die Häuser herum riecht es nach Mittagessen: nach Rotkohl, Blumenkohl, Rosenkohl, nach Gebratenem, nach Zwiebeln vielleicht oder Gehacktem oder beidem, nach Schnitzeln oder Bratkartoffeln, nach gekochtem Rindfleisch, mit Meerrettich oder in der Suppe.

Ich folge der Hauptstraße, ohne mich noch einmal umzusehen, und es dauert keine zehn Minuten, bis ich erneut vor einem Ortsschild stehe. Die Straße führt hier leicht bergan, ich sehe nicht sehr weit, vielleicht ein- oder zweihundert Meter, und ahne nur, was sich hinter dem Hügel befindet, stelle mir, wenn ich mir Mühe gebe, so etwas wie Weite vor. Ganz oben rechts aber liegt das nächste Dorf, nur, glaubt man dem Schild, zwei Kilometer entfernt, rote und weiße Häuser in Berg- oder Hanglage, eine weiße Kirche mit schwarzem Turm, dahinter, jenseits der Schlucht, die jedoch von hier aus nicht auszumachen ist, der große Wald. Ein winziges Auto, ein roter Kombi, bewegt sich, vom Nachbarort herkommend, von rechts nach links durchs Bild, biegt ab, fährt mir entgegen, kommt näher, ich bleibe stehen und warte, erkenne die Wirtin am Steuer, sie hebt zwei Finger ihrer rechten Hand zum Gruß, ich bekomme meine Hand nicht so schnell aus der Manteltasche, nicke reflexartig zum Gegengruß.

Die Hauptstraße gabelt sich an dieser Stelle, und wann immer ich kann, werde ich den Weg gehen, der hier, etwa im Dreißiggradwinkel, abzweigt und hinein-, hinauf- und hinabführt ins Feld bis zu den Birken, zum Turm und bis zum Wald.

Was mich aber, zunächst jedenfalls, abhält, ist, noch während des Einbiegens, linkerhand die steinerne Gedenktafel mit etlichen Namen in zwei Weltkriegen gefallener Dorfbewohner, davor ein inzwischen halbverrotteter Kranz mit schwarzrotgoldenem Band, gegenüber die Schützenhalle, die nun fast dunkel ist und leer, dunkelbraunes Holz sehe ich milchtrüb hinter Glas, in dem sich grau der Himmel spiegelt, unzählige Stühle, mit den Beinen nach oben auf gewaltigen Tischen, holzvertäfelte Decken und Wände, geschnitzte Wappen sowie außen über dem Eingang, man muss, um es lesen zu können, erst einige Meter zurücktreten, in riesigen Buchstaben: ›Glaube Sitte Heimat‹.

Ich folge dem Weg, lasse Dorf, Grillplatz und -hütte, auch den Friedhof hinter mir. Am Bauernhof bellt mir ein großer schwarzer Hund entgegen. Hinten stehen die Ställe offen, bewegen sich langsam im Dunkeln Hälse und Köpfe, jemand, in dem ich den Alten zu erkennen meine, tritt aus dem Haus, verschwindet im Schatten großer Augen und mahlender Gebisse. Ich senke den Blick, konzentriere mich auf den Asphalt, auf die mal größeren, mal kleineren, vermutlich vom Hänger gefallenen Erdklumpen, aus denen einzelne Strohhalme schmutziggelb hervorragen oder sich bereits in die Reifenprofile eines Autos oder Traktors eingeprägt haben, gehe im Slalom um sie herum, jedoch nicht, um die Schuhe zu schonen, sondern um zu Boden zu schauen und im Slalom um sie herumzugehen, sinke irgendwo im Heckengestrüpp auf eine Bank, die noch regennass ist, was mir entgegenkommt, merke ich doch, wie kühl und langsam das Wasser durch Cord- und Unterhose dringt, dann aber ganz warm wird an Po und Oberschenkeln, erhebe mich nach einer Weile wieder, denn bis zum Waldrand ist es noch weit.

Drehe ich mich um, schaue ich, gegen einen Baum gelehnt, in der Ferne gegen einen dunklen Hang, der sich hinstreckt zwischen beiden Dörfern. Schwarze Baumkugeln berühren zentimeterweit einen grauen Dämmerhimmel, als wäre es schon Abend. Nur vorübergehend reißt der Horizont auf, leuchtet grellgelb, beleuchtet jedoch nichts, die Kugeln werden noch schwärzer, ich halte mir die Jacke zu gegen den frischer werdenden Wind. Zuweilen schieben sich Autos beidseitig über die Kante hin, als wollten sie jeden Moment zur Seite kippen, hinabrollen ins Tal, was sie aber nicht tun, und ich frage mich, da ich es nicht sehen kann, ob sie sich vor oder hinter den Bäumen bewegen oder sowohl als auch oder aber geradewegs auf sie oder aufeinander zurasen, obwohl es eher ein Schleichen ist, was den Aufprall, der ausbleibt, sicher erheblich mildern würde.

Verfrühte Blätter tanzen um mich im Grau herum, bleiben mir zu Füßen liegen. Um den Baumstamm sprießen weißbraune Pilze zwischen dem Laub hervor, und ich stelle

mir vor, ich würde sie pflücken, in den Mund stecken, kauen, viel Speichel hinzugeben, den bitterpilzigen, etwas muffigen Brei zwischen Gaumen und Zunge umherschieben, dann schlucken und abwarten, ob etwas geschähe, es schnell ginge oder qualvoll wäre, mein Körper sich zur Wehr setzte oder nicht.
Später, ich weiß nicht, ob auf dem Rück- oder bereits auf dem Hinweg, greife ich um mich und bekomme, gerade noch, den Baum zu fassen, wie hieß er gleich, die Rinde presst sich angenehm rau gegen die Handflächen, kaum zu umfassen ist er, sicher steht er seit mehr als hundert Jahren schon, denke ich, mich festhaltend an so ziemlich jedem Gedanken, der sich mir entgegenstreckt, sich bald gabelt und verzweigt, hangele mich weiter: Kreuze, Rauch, Denkmal, Schützenhalle, Heimat, Friedhof, es geht schon besser, denke ich, aber nein, eigentlich wird es immer schlimmer, aber Vorsicht, da tun sich Welten auf, vergangene oder niemals mögliche, eigentlich sollte ja auch alles einmal ganz anders werden, wer hatte es versprochen, frage ich mich und denke, modrig riecht es hier und nach zertretenen Pilzen, ich sollte wählerischer sein beim Denken und die Gedanken bei mir, Frühling, Sommer, Herbst und Winter, nicht zurückschauen, etwas wird ohnehin bleiben, hineinragen ins Dämmergrau des frühherbstlichen Himmels, während ich mit den Händen über Oberflächen streiche, weißschwarze Borke, eine Birke muss es sein, aber solch ein Durchmesser, drüben eine Weide, die bereits leer ist, Maulwurfhügel, Kuhfladen, daneben hier und dort weißschimmernde Champignons, nein, ich hätte sie, jetzt oder damals, nicht essen sollen, wusste doch, dass sie verdorben waren, der Kühlschrank, er kühlt zwar noch, lässt sich aber nicht mehr schließen, zerstörerisch, aber unschuldig bleiben all diese Dinge außerhalb zurück, uneinholbar.
Erst jetzt, denke ich, erst jetzt, und dann doch nicht, von

allem keine Spur, stattdessen ein sprachliches, nein, wörtliches, nein, noch nicht einmal mehr buchstäbliches Hinüberwenden, wo mein Blick die Rinde hinabstreift, die nicht endet, wo das Laub, das Moos, das Gras beginnt, den Wurzeln folgt, die, zunächst noch armdick, dann immer dünner werdend, sich in Laub und Gras verlieren, hinabtauchen, um sich tief unter der Erde so weit zu verästeln wie darüber, und ich versuche, tief Luft zu holen, spüre den Verästelungen der Krone und der Wurzeln nach in mir, denke an zwei riesige Lungenflügel, die schmetterlingshaft sich im Raum bewegen, bemerke dann aber ein Kribbeln, ein leichtes Brennen im Brustkorb, den Magen hinunter, über die Leiste bis zu den Hoden, versuche abermals, tief Luft zu holen, bis es nicht mehr weitergeht, aber doch gehen könnte, aber nicht geht, spüre den Verästelungen nach, mir wird leicht schwindelig, fühle, in mir, wie es wächst: ein undurchdringliches Gestrüpp, behangen und geschmückt mit unzähligen schwarzen Beeren.

6. September – 0:01

Liebe Solveig,
was hält mich eigentlich ab davon, mir vorzustellen, wir säßen in besagtem Aquarium zwischen Pflanzen in ungeheuer skurrilen Farben, und hinter den Scheiben wäre eine Enge, die wir von hier aus, wenn wir uns beugten, nicht sehen oder spüren könnten.
Ich weiß, nur bis zu einem gewissen Punkt. Es ist nach zwölf nun. Und es muss doch möglich sein. Dieser kleine Schritt nur.
Hinüber.
Genau darum geht es doch, woher ich das wissen will, na von Dir, das Rasseln, nein, das Blubbern höre ich, wenn die

Lungen schon wieder, fast übervoll, voller Wasser. Nein, nicht diese Jahreszeit. Und ich dachte, aber das dachte ich nur, hatte gehofft, aber als wir, nein, als ich durch die Blätter und die letzte, nein, es war die allerletzte Straßenbahn.
Bis zu einem gewissen Punkt stelle ich es mir nicht vor, von da ab verliere ich Worte über. Lungen stellte ich mir immer grün vor und gedehnt, als würden sie platzen. Ich höre etwas und versuche nur, es zu umschreiben, damit wir es nicht ersetzen durch Worte. Es ist beängstigend. Halb eins. Ich schaffe es schon, wenn ich nur, und von da ab lausche ich dem Würgen, höre auch Dein Rascheln im Spät- oder wieder Frühlicht über den Asphalt hin.

2:32

Früher stieß ich, wenn es unten zu laut wurde, meinen Kopf gegen etwas Hartes, gegen die Wand meistens, manchmal auch die Tür oder den Türrahmen, und konnte gar nicht mehr damit aufhören. Es tat nicht weh, da es nicht fest genug war, und dennoch hat Nele, wenn sie davon mitbekam, immer geweint und gesagt, ich solle aufhören. Was ich dann auch tat. Das hat sich wiederholt, bis es zur Normalität wurde, das Schlagen und das Weinen und das Aufhören.

3:43

Über die Straße, Solveig, gingen wir. Die Bahn verwischte, beim Fahren, Dein Gesicht, weiteren Spuren folgte ich nicht, presste aber den Fahrtwind in meine Lungen, die dankbar zu phosphoreszieren begannen. Obwohl der Abend doch blau war, blaugrau, Farbe, die Du mochtest mit einem Blick, der so entwaffnend war, dass ich mich, noch über die Straße hinweg, aber in Gedanken schon, hin-

setzte und dem Regen nachsah, wie er mir, dicht hinter mir, über die Straße folgte.
Aber wenn sie kommen, werde ich, nach außen hin, alles bestreiten. Ich bin, bitte glaube mir das, wenn auch als Letztes, definitiv nicht hier. Verweigere es einfach.
Heute machen wir uns davon.
Mit Dir etwas beschließen: ein geradezu unheimlicher Gedanke.
Ich verlasse das Dorf, verirre mich in der Landschaft, suche aber in Deiner Stadt die große Leere.
Ich würde Dich ja vermissen, wenn Du nicht so nah wärst.

7. September – 2:03

Es fing alles an wie Kinderkram, bis wir merkten, dass es kein Kinderkram war und wir auch keine Kinder mehr waren.
Ich erzählte ihnen von Unterwassermenschen, die starben, als der Frost kam, um sie zu Untereismenschen zu machen. Es sah aus, wie Diamanten aussehen, wenn sie sich verflüssigen, und es war sehr schön.
Auch die Geschichte von den Mäusen werde ich erzählen, warte aber, bis Winter ist, erzähle von dem Blut auf dem Schnee, dem Schwarzbraun der Erdschollen, dem faden Blond wirrliegender, geschundener Stoppeln.
Und warte, mir fällt, die Angst ist groß, noch etwas ein: Einige Jahre später hatte Sten das geliehene Cabrio hinter dem Maisfeld abgestellt, sodass wir von ihm nicht mehr als einen schwarzen Schatten sahen. Auf einer Bank machten wir Pause, sahen kauend und trinkend hinaus ins Dunkelgrün, das immer dunkler wurde, der Himmel zog sich zu, und wir wussten, dass dieser letzte Sommer nun zu Ende war.

8. September – 15:12

Liebe Solveig,
der Hunger aber nach Unverdaulichem besteht fort. Was sich seit gestern noch im Kühlschrank befindet, ist kaum mehr genießbar. Im Gefrierfach nichts als Brotkrümel und Petersilienkrümel, festgefroren, sodass sie sich mit der Hand nicht herausstreichen lassen. Ich versuche es erst gar nicht, niemand versucht es. Ich kann mich an keine Zeit erinnern, in der es diese Krümel nicht dort gab.
Die Lieferung der Lebensmittelkiste ist gestern wieder ohne Angabe von Gründen ausgeblieben. Seit einiger Zeit ist es gegen Aufpreis möglich, sich die Einkäufe aus der Stadt bringen zu lassen, ein Angebot des Supermarktes, gedacht wohl für solche, die nichts mehr tragen können, für die bereits eine Busfahrt zur Stadt eine nicht zu bewältigende Unternehmung darstellt.
Dabei ist es nicht einmal ein körperliches Hungergefühl, das mir ohnehin und grundsätzlich fremd ist, eher sind es die Mahlzeiten, an denen ich festzuhalten versuche, Erinnerungen an das Wohlbefinden, wenn mich die Gerüche schon vor dem Essensruf herbeilockten, alle Aufmerksamkeit auf sich zogen, die ersten Bissen, Normalzeiten, Normalbefinden.
In der unteren Schublade zwischen Kühlschrank und Herd fand ich am Abend noch etwas Gemüsebrühe, inzwischen eher Paste als Pulver, einige Nudeln, Süßstoff in durchsichtiger Flasche mit blauer, hütchenartiger Dosierspitze, ein angebrochenes und von oben nachlässig zugerolltes Päckchen Vanillepuddingpulver, ein Fläschchen Maggiwürze, ebenfalls dosierbar, wenn die Öffnung nicht statt plastikrot längst braunverkrustet und darum, selbst bei kräftigem Schütteln, nicht verschlossen wäre.
Ich nehme mir ein Glas aus dem Schrank rechts neben Fenster und Geschirrspüler, den man von der Größe her

ebenso für einen zweiten Kühlschrank halten könnte, das, wie die übrigen Gläser sowie das dahinter aufgestapelte Geschirr auch, nicht sonderlich sauber ist, am oberen Rand einen milchig ins Klare verschwimmenden Kalksaum trägt sowie recht gleichmäßig verstreute grüne, schwarze und braune Punkte, Essensreste, die sich aber, wie ich, indem ich sie mit dem Nagel des rechten Daumens, das Glas dabei in der Linken haltend, einzeln abknibbele, leicht, doch nur relativ leicht, wie ich hinzufügen muss, da sie erst nach kurzem Widerstand und nahezu unhörbarem, ja vielleicht eher gedachtem als gehörtem Knacken herunterfallen oder wegschnellen, in Erfahrung bringe, allein außen befinden, also auf das Trinken oder das Schmecken beim Trinken höchstwahrscheinlich keinen Einfluss haben werden.

Ich gieße mir einen Schluck, wirklich nur einen Schluck Rotwein ein, gegen den bitteren Geschmack auf der Zunge, denke darüber nach, wie ungern ich eigentlich Gläser aus diesem Schrank nehme, da ich stets über die giftgrüngelben Kuchenteller, welche zuvorderst stehen, hinübergreifen muss und beim Herausheben Gefahr laufe, eines der Nachbargläser umzustoßen oder gar einen oder mehrere Teller mit herauszuziehen und zu Boden zu werfen, und ich mich während des Hineinfassens, obschon nur ein klein wenig, zu allem Überfluss auch noch bücken muss, was ich als besonders unangenehm empfinde, da es ein leichtes Ziehen im Bereich der unteren Lendenwirbel verursacht. Einmal ist es mir bereits passiert, obwohl, das ist ungenau, denn kein Teller ist mir heruntergefallen, sondern eines der kegelförmigen und, da ein wenig zu spitz nach unten hin sich verengend, ohnehin recht unhandlichen Gläser, in einem Moment, in dem ich zu sehr darauf konzentriert war, eben keinen der Teller zu beschädigen, was mir immerhin gelang, jedoch auf Kosten des Glases, das mir hinunterfiel, allerdings, welch Wunder, unversehrt blieb. Lediglich eine

der terrakottafarbenen Fliesen trug einen winzigen Sprung davon, aus dem nun etwas Grau des Flieseninneren hervorschaut, was nicht weiter schlimm wäre, ich sehe es auch eigentlich nur, wenn ich mich tief hinunterbeuge oder besser gleich hinknie, wenn mir durch diesen Vorfall nicht schlagartig klar geworden wäre, was ich bereits hätte wissen können, hätte ich mich jemals mit etwas befasst, das mich nie interessierte und mir eigentlich nach wir vor recht gleichgültig ist, nämlich damit, was, wenn ich es richtig verstanden habe, eine terrakottafarbene Steinzeugfliese von einer Terrakottafliese unterscheidet: dass nämlich im ersteren Falle die Farbe nur das Äußere bildet.
Es mag schon später, sehr viel später sein im Jahr, ich habe keine Ahnung, sehe nur diesen abermals verhangenen Septembernachmittag. Im Wasserkocher vor mir spiegelt sich kraftlos ein Licht, woher es kommt, ich weiß es nicht, ziehe die Besteckschublade auf, ein mattes Schimmern auch hier, sehe durchs Küchenfenster stille, fast unbewohnte Nachbarhäuser, ein ganzes Stück weiter hinten zwischen noch grünbelaubten Sträuchern den Seiteneingang der Dorfhalle, das Bild leicht verzerrt durch schräg einfallende Regenstreifen.
Eine Weile betrachte ich die Pflanzen auf der Fensterbank, die drei violett- und weißblühenden Orchideen, daneben ein Usambaraveilchen, die haarigen Blätter, da stets von oben gegossen, braungefleckt, einen Weihnachtskaktus mit vertrockneten blassrosa Knospen. Sie alle, auch und gerade die noch blühenden Pflanzen in ihren Töpfen, werden, denke ich, eine nach der anderen absterben.
Ich streiche über die Arbeitsplatte in Birkenoptik, lehne mich mit dem Bauch oder der Leiste an, stütze mich mit beiden Händen ab und öffne oder schließe die Augen nicht allzu sehr.

19:43

Auf der anderen Seite der Hauptstraße folgt links ein Neubauviertel, das wohl noch älter ist als das, in dem ich wohne, vermutlich aus den späten siebziger oder frühen achtziger Jahren. Ich kann es von hier aus nicht einsehen, es wird von neueren Häusern, Gärten und einer Hecke aus schwarzen Fichten verdeckt, auch einer Schafwiese, einer fensterlosen Scheune, aus der jedes Mal, wenn sich jemand nähert, das Bellen eines Hundes dringt. Ich habe ihn, diesen Hund, bislang nie zu Gesicht bekommen und stelle ihn mir ausgemergelt und böse vor. Der Besitzer ist ein alter Mann in Latzhose, mit einer Schirmmütze und einem rotverquollenen Gesicht, den ich nur einige Male, ein paar rostige Stangen tragend, gesehen habe.
Direkt neben diesem Grundstück bildet ein schmaler, leicht zu übersehender Pfad den Durchgang zu den ersten Häusern der Siedlung. Der Klinker des Hauses, dem ich mich nur langsam, ja, mussten erst Wochen und Monate vergehen, nähere, einst weiß oder cremefarben, ist nun überwiegend grünalgig, schmutziggrau und -beige. Dunkelbraun sind die Fenster- und der Haustürrahmen, die Stufen zur Haustür moosbewachsen, ebenso die mit Buchsbaum oder verwelkten Geranien bepflanzten Blumenkübel. Eine abgewetzte Willkommensfußmatte begrüßt den Besucher, rechts neben der Haustür befindet sich hinter dem schmalen und mit gelber Sichtschutzfolie beklebten Fenster das WC für die schon lang nicht mehr empfangenen Gäste. Der Garten liegt zu beiden Seiten verborgen hinter und zwischen dachüberragenden grünblauen Tannen. Der Asphalt des Bürgersteigs ist wellig, zum Teil auch rissig, hier und dort wachsen Grasbüschel, kommen Baumwurzeln zum Vorschein, aber der Bordstein, von Nahem, von sehr Nahem betrachtet, ist von einem einheitlich flimmernden

Grau wie das Schneebild eines antennen- oder kabellosen Fernsehers.
Durch ein Tor gelange ich über einen Weg zum katholischen Pfarrheim, einem hellbraunen Klinkerbau, der sich verwinkelt und einstöckig hinstreckt bis hinüber zur weißgetünchten, siebzehnhunderteinundfünfzig konsekrierten Kirche Sankt Birgitta. Ich gehe vorüber und bleibe erst, wo der Weg schon steil bergab zum Freibad führt, vor einem roten Backsteinhaus oder, genauer, vor dessen flachem Anbau stehen, in dem sich jedoch keine Garage, sondern, wie sogleich an der Glasfront sowie den nahezu unkenntlichen Resten eines Schriftzuges, dessen Folge verblichener und bröckelnder Konsonanten und Vokale nur mutmaßlich und aus der Erinnerung heraus den Namen ›Piepenbrink‹ ergibt, erkennbar, der Laden des Dorfes befindet oder, da im Inneren sich nur mehr Kisten und Gerümpel übereinanderschichten, bis zu einem Tag, der sich kaum erschließen lässt, befunden haben muss.
Ich lehne mich gegen einen Stapel Backsteine, vielleicht Zeugnis eines einst geplanten Aus- oder Umbaus, und starre vor mich hin. In der Ferne nehme ich eine Reihe Baumkugeln wahr, von dort erst abfallend und, für mich unsichtbar, in meine Richtung wieder ansteigend eine Kuhweide, davor, auf meiner Höhe, Birken am Straßenrand, die noch, so gut es geht, festhalten an ihrem Laub, schon fährt ein Windstoß in die Kronen, Blätter schleifen über den Weg, über den Weg schleifen einige Blätter hin und her, ein Blätterhinundhergeschleife über den Weg und auf dem Weg, als gäbe es sonst nichts mehr und immer nur dies.
Ein Auto kommt von unten herauf, bleibt direkt vor mir, das heißt vor dem Laden, der hier nicht mehr ist, aber doch einmal war, stehen und versperrt mir die Sicht. Ein Mann in weißer Latzhose, mit weißen Haaren, weißem Schnurbart, einem weißen Eimer und weißverschmierten

Händen steigt aus und verschwindet in einem der Nachbarhäuser, ist einfach fort, so schnell, als wäre er nie dagewesen, was er aber unzweifelhaft war, zumindest sein Auto steht noch dort, versperrt mir die Sicht auf Blätter, Birken, Weide und fast alles Sonstige, nur Weiß sehe ich und das Dunkel, Fastschwarz zweier Autofenster und, es kommt, wider Erwarten, doch allerhand zusammen: mich, gespiegelt, mit dunkler Jacke, hellem Schal, dunklen Brillengläsern, helldunkler Mütze, darüber die spiegelverkehrten Reste eines Schriftzuges, der einmal war, aber nicht mehr, jedenfalls nicht so, dass er den Namen verdiente, ist. Der Mund meines Spiegelbildes wirkt leicht verzogen wie zu einem Schmunzeln, spiegelverkehrt, vielleicht das Abbild eines Gedankens an eine Freude darüber, nicht recht von der Stelle, über einen bestimmten Punkt nicht hinauszugelangen, ähnlich der dunkelbraunen Nacktschnecke dort am Wegrand, irgendwie auf dem Weg zum immerhin einige Zentimeter entfernten Laub einer Forsythienhecke, irgendwie aber auch doch nicht oder nicht mehr, da sie, zumindest in meinen Augen, die sie lange, sehr lange fixieren, seit gefühlten Stunden völlig reglos scheint. Ich frage mich, ob sie weiß oder spürt, dass sie bald sterben muss, ob sie daran denkt, zuvor noch ihre Eier an einem geschützten oder wenigstens halbwegs geschützten Ort zu lassen oder ob das für sie, ganz gleich, ob guten, schlechten oder gar keines Gewissens, nun eigentlich auch keinen Unterschied mehr macht.
Drüben in einem Vorgarten zerrt ein schwarzes Amselmännchen mit leuchtendgelbem Schnabel und Augenring an einem Regenwurm herum, ein Hammerschlag dringt von der Kirche her, gefolgt vom Motor eines Traktors, der für mich nicht zu verorten ist, aber doch näher zu kommen scheint, weshalb ich, Gedanken ausweichend, nach rechts in eine schmale Gasse einbiege, auf die Dorfstraße trete und

mit den Augen nach den Dingen greife, damit ich sie sehe. Es beginnt zu regnen. Ich lange nach dem Schirm in meiner Jackentasche, damit er mich schützt vor dem Regen, greife jedoch ins Leere, habe ihn wohl an der Garderobe vergessen, ziehe die Kapuze hoch, atme den Rauch eines Motors, dann eines Schornsteines ein, der Versuch wohl des Herbeiheizens eines Herbstes, der sich ohnehin kaum länger wird aufhalten lassen, fühle das Pflaster der Straße unter den Sohlen, das nun glänzt, ewig matter Glanz, die riesigen Linden, grüngraue Ungeheuer, dämmrig werdender Nachmittag.
Unter einer Straßenlaterne bleibe ich stehen. Sie leuchtet auf über mir, und im gleichen Moment werden alle Blätter gelb, wie spät ist es eigentlich im Jahr, und rieseln auf mich ein, frage ich mich, rieseln Blätter auf mich ein, über mir, wie spät ist es eigentlich am Tag, gelb im Licht der Straßenlaterne, denke oder frage ich, im gleichen Moment, und irre mich doch: Fratzen rasen auf mich zu, kratzende Leiber, gelb von Fieber, ein Haufen Laub, Würmer, Zigarettenstummel, Hundekot, ich dachte gar nicht, dass man darunter ersticken könne, wie es aber wohl raschelt, wenn ein Traktor hindurchfährt, doch er ist zu laut, man hört es nicht, wie es wohl klingt, wenn ein Traktor über einen Schädel fährt, aber man hört es nicht, es ist zu laut, das Wirtshaus gegenüber, auch darin ist noch Licht, gelbes Licht, wie spät ist es eigentlich, frage oder denke ich, wie viel Zeit ist verstrichen, seitdem ich losging, nur drei Minuten wären es bis nach Hause, es mögen Stunden sein, da ich das Haus verließ, hindurchging durch Gestrüpp, heraustrat und den Hof dort liegen sah, totenstill, wie ich dachte, und ich wusste genau, was ich da dachte.

Durch Rauchschwaden kämpfe ich mich zur Theke, wo der Wirt mich grüßt, bestelle ein Bier, eine Portion Pommes Majo, setze mich an einen Tisch auf der gegenüberliegenden Seite, leer sind die Plätze fast alle, und warte, warte auf Bier und Pommes, sitze, warte, streiche mit der rechten Handfläche über das Tischdeckchen aus grobem Stoff, lasse den Zeigefinger liegen, wo er auf das Holz des Tisches zu kippen droht, leicht übel ist mir, schon bevor das Essen kommt, es kommt, das Bier mindert die Übelkeit, die Pommes, jede einzelne, verstärken sie wieder, jeder Schluck, jeder einzelne, vermindert sie, streiche über die Holzfläche, lasse die Spitze des rechten Ringfingers liegen an der Stelle, wo das Holz übergeht in groben Stoff, sehe zum Wirt hinüber hinter der Theke, mit seinen fettigen Haaren, seinem fehlenden Eckzahn, wie er den beiden Männern auf den Barhockern, die unentwegt rauchen, wo man eigentlich nicht rauchen darf, was jedoch niemanden stört, wen sollte es schon stören, auch mich stört es nicht, in diesem Moment, wo ich Pommes kaue, Bier schlürfe, ohne allzu weit zurückzublicken, wie er den beiden Männern zwei weitere Gläser Bier hinüberreicht. Erst jetzt bemerke ich zwei Tische weiter den Alten, wie er dasitzt, als wäre er nie fortgewesen, hätte niemals, auch draußen nicht vor dem Wirtshaus, das umrankt war von wildem Wein, an einem anderen Ort gesessen als an diesem, ich grüße ihn mit einem Nicken, das er erwidert, indem er das Glas, das vor ihm steht, ohne jemals leer zu werden, anhebt, zum Mund führt, leert mit wenigen Zügen, es wieder hinstellt auf den Bierdeckel auf dem Deckchen aus grobem Stoff, wo es augenblicklich von der Frau des Wirtes, der Wirtin also, durch ein neues ersetzt wird. Auch an meinen Tisch kommt sie, fragt, ob alles recht sei, ob es noch ein weiteres Bier sein dürfe, was ich, immer zu dem Alten schauend, bejahe, was sie bemerkt, der Junge, meint sie, nach Jahren, der Streit, das Unglück, für wen, frage ich mich, dies Unglück, von dem sie da spricht, seitdem, sagt sie, meinen Blicken folgend, sitzt er dort, draußen oder anderswo, redet kein Wort, schon ist sie fort und auch schon wieder da mit einem vollen Glas, das sie vor mich hinstellt, wortlos und etwas zu laut.

Zu Hause streiche ich lange, unendlich lange mit einer weichen Kinderbürste über ein graues Fell, die Reibung steigt auf zu meinen Ohren in Frequenzen, die mich grau werden lassen auf einer unendlich weichen grauen Bahn, von der wir noch lange erzählen, ja träumen werden, glücklich und stumm und glücklich und, selbst nur mehr Wellen, stumm, in ebenen Wellen, die klingen und spielen, so welk, dass wir uns nicht länger spüren, weil es fast nur noch Fläche ist, Fläche ohne Widerstand, klingend und stumm, so unendlich stumm.

Erinnerst Du Dich an Gmork?

9.

9. September – 23:46

Liebe Solveig,
in Düsseldorf trennten wir uns am Morgen schweigend. Ich irrte durch die Stadt, kam an einem Schloss vorbei, streifte durch den Park in Richtung Bahnhof, verpasste den Zug, musste warten, hatte Zeit genug, das Gebäude zu verlassen. Draußen schien die Sonne, es war sehr warm und schwül, ich öffnete meine Jacke, zog sie jedoch, da ich keine Lust hatte, den Rucksack abzusetzen, nicht aus und überquerte gemeinsam mit unzähligen anderen Passanten die Straße. Der Schweiß rann mir die Stirn, die Achseln und den Rücken hinab. Kühlenden Wind oder Schatten gab es nicht. Es roch nach Frittiertem, nach Zigarettenrauch, nach Fischabfällen. Und dann, nur ein paar wenige Schritte weiter, ich erinnere mich nicht, wie viele, lief alles zusammen, geschah es und kam wieder, das Grässliche, das Scheußliche, Abscheuliche, das ganz und gar Unsagbare, über das ich, versprochen, niemals zu niemandem ein Wort verlieren werde.

1:23

Sag, war Gmork schon losgelaufen, als wir uns unten trafen, oder schlief er noch, am anderen Ende? Bisher hörte ich nur etwas, fand mich allein. Es war grauenvoll.

Ich wende mich nun ab, weiß nicht, wohin, drehe mich, kauend, aber nicht schluckend, im Kreis.

10. September – 21:46

Liebe Solveig,
vorhin ging ich hinaus, weil ich Hunger hatte, obwohl es regnete, aber das merkte ich erst später, als ich wieder zu Hause war, hinaussah in das trübe Einerlei, das niemals mehr aufhören wird und immer nur näher rückt. Nur dass ich das Haus gar nicht mehr wiederfand am Ende, es einfach verschwunden war und ich nicht mehr unterscheiden konnte, wo ich war, ob drinnen oder draußen oder keins von beidem, durch Grau ging wie durch ein Störbild, niemand sah mich, wie sollte man, und auch ich sah für lange Zeit nichts und niemanden, am Hang nur ein weißschwarzes Rauschen, eine Erinnerung nur an eine Erinnerung an Blätter nur, die fortgerissen werden, wenn der Wind hineinfährt, in Fetzen. Verwehung. Fledderei.

23:58

Er schüttelt mich, schreit mir etwas entgegen, doch ich bin nicht hier. Offenbar sieht er es nicht und versteht meine Antwort nicht, nämlich: dass ich nicht hier bin und es auch nicht mehr sein werde.
Aus Angst vor der Angstfreiheit stürze ich mich aber ins Gebüsch und einen Bach hinunter, schlage mir die Knie auf, bekomme, gerade noch, ein Büschel Brennnesseln zu fassen.
Und erfinde meine Zerstörung.
Das ist es, was Du von mir bekommen wirst. Nur noch ein Zusammensinken. Dasein werde ich für Dich, wo nichts

länger von Dasein zeugt. Wanke an Blättern wie an Gesichtern vorüber, an zu einem Grinsen ans Glas gepressten Milchzähnen.

3:20

Lichtschranken, hingeblinzelt, als es schon fast wieder Morgen wird. Mir steht das Zimmer mit der Stufe in den Erker zu, der Tür nach draußen, damit ich stets hinabgelangen kann in den Garten. Aber die Kinder (Neles und Stens, Deine und meine gar, oder sind wir es selbst?) können ebenso wenig schlafen, sind über- und wie weggedreht auf ihren Matratzen nach der langen Fahrt. Und aus dem Zimmer neben mir wünschst Du mir eine gute Nacht. Obwohl es schon hell wird, fast schon wieder Morgen.
Vergeudet habe ich, anstatt mich zu erinnern, und ich weiß nicht mehr, ob wir nach Jahren wieder zurückgekommen oder ganz neu hier sind. Es scheint mir wie ein Wiedersehen, aber vorgetäuscht. Ich finde noch altes Spielzeug in den Schubladen, einen Fotowürfel im Regal.
Ich trete auf die Terrasse, greife nach der Zigarettenschachtel auf der Fensterbank, Handgriffe, wie um zu rauchen, doch Morgenübelkeit und Morgengeschmack hängen mir schon in Magen, Speiseröhre und auf der Zunge. Schicke mich an, die Nachbarskinder zu besuchen, am Pfarrhaus vorbei, unsicher, ob sie mich noch kennen, ob es sie noch gibt.
Und auch er, der Böse, schläft wieder oben, mit offenem Mund und Ende, und wir sind, mit Schrecken, noch einmal und doch wieder einmal nicht davongekommen.

Und, liebe Solveig, ich stelle mir vor, wie Du Jahre später und mit dem Gefühl, davongekommen zu sein, und ohne jeden Gedanken an das, was noch folgen wird, in Deiner Bar in Island sitzt, glücklich, ein wenig stolz auch, weit

draußen vor der Stadt. Die Band und alle Gäste sind bereits fort, wie weggezaubert mit einem Fingerschnipsen. Es war ein lauter Abend, die Stühle um uns herum sind schon hochgestellt. Mittendrin sitzen wir an einem Tisch, vor uns Gläser, eine Flasche. Über uns, im Schein der Lampe, stehende Rauchschwaden. Auf meiner Zunge, vorsichtshalber und süß und salzig, blassgelber Erdnussbrei.
Und Du erzählst, ungewohnt lebhaft, ich könnte es nicht wiederholen, und merke vor Freude erst spät, wie nervös Du eigentlich bist. Wie Du versuchst zu rennen. Doch er folgt Dir, auch hier, den Hügel hinauf.
Nicht mehr Gespräche. Doch, vielleicht, von etwas anderem ein Stück weit mehr. Nähe, verstörte. Was ich Dir fast schon nicht mehr verschweigen wollte. Versäumtes fühlt sich dabei fast schon an wie Erinnerung.

5:10

Unterdessen teilt sich der Himmel, Rotorenlärm, sodass wir uns die Ohren zuhalten und schlucken müssen wie verrückt. Als könnten wir ihn hinunterschlucken. Oder uns. Los doch, keine Zeit verlieren.
Jetzt fehlt mir, denke ich noch, das Meer, und, sieh an, schon ist es da: Ich gehe am Strand in unwirklichen Farben, Hand in Hand mit mir selbst. Hinten sitzt Du zwischen Sten und Nele, unweit des Stegs, ich weiß es, aber sehe es nicht mehr.

7:31

Noch am Morgen, jetzt gleich, mit nassen Haaren in die Septembersonne, leicht fröstelnd und wieder rückwärts über die Wiese.

12. September – 20:54

Ich bin allein gelassen und folge dem Flimmern eines Films. Aber es ist nicht der Fernseher, sondern der glaslose Türrahmen, in dem sich alles abspielt.
An heißen Tagen liefen wir in kurzen Hosen und Kleidern über die Stoppeln, bis uns die Schienbeine bluteten. Beim heißen Abbrausen später war das Brennen so stark, dass mir, vor Wonne, ganz schwarz wurde vor Augen.
Durch ein Gewirr von Fäden mit hellen und dunklen Holzperlen gelangten wir von draußen in die Küche, wo man uns Becher mit roter und gelber Kaltschale entgegenreichte. Das Wohnzimmer drüben war abgedunkelt. Dort lief ein Film: eine Flasche mit einer klaren Flüssigkeit und einem Wurm, der sich wand. Da steckte der Poltergeist, da steckte der Teufel drin.

Mir kommt das Bild des Elefanten im Porzellanladen in den Sinn, nur dass der Laden eben kein Laden, sondern unser gläsernes Kinderzimmer und der Elefant kein Elefant, sondern sein Schatten ist, der dem Glas nichts anhaben kann, ja mit ihm befreundet ist, ein Schatten, der durchs Glas fällt, schwarzes Licht, das aufgespalten wird in Farben, die einen Regenbogen ergeben, aber einen negativen Regenbogen, den die Augen nicht sehen können, obwohl er in sie hinein-, tief in sie hineinfällt und wieder aus ihnen hervorbricht als etwas Gläsernes, Trauriges.

13. September – 16:32

Weißt Du, Solveig, wie unmöglich es ist, Dir zu schreiben? Den Sauerstoffgehalt reduzieren im Gehirn. Verdient etwas den Namen Geschenk, wenn es einem wieder genommen

wird? Vielleicht bräuchte ich ein Fernglas, um Dich wieder sehen zu können. Wenn es Dich gäbe, würden wir uns genau jetzt abhandenkommen.
Ich lasse alle Rollläden herunter. Selbst die Dunkelheit hat ihre Finger. Das Raubtier tötet seine Beute durch einen Kehlbiss, der die Luftröhre abklemmt, sodass sie erstickt. Bis dahin aber nur riesige Augen, angststarres Würgen ins Leere.

Ein Versuch, von mehr habe ich nie gesprochen.

Eine Flasche kippt um, Bier tritt aus, vielleicht ist es Wein, rinnt über den Tisch, an einem Glas vorbei, vielleicht sind es zwei, auf die Dielen und von dort nicht weiter. Eine Tür schlägt, vielleicht vom Wind, vielleicht von jemandem. Durch einen Vorhang dringt Tageslicht.

Erzähle: Den Morgen verbrachte ich, weitgereist, am See, wo kaum zu unterscheiden war zwischen Birken- und Wellenflimmern. Das Ufer lag übersäht mit bunten Kieselsteinen, die aber eigentlich, um ehrlich zu sein, gar nicht bunt, sondern wie alles herum nur weiß und silbergrau waren, und selbst die Gräser hier und da glänzten matt und metallisch. Ich nahm einen Stein und ließ ihn im Flug übers Wasser gleiten, besah den Grund, wo Fische, graue Striche nur, Pfeilspitzen, davonschnellten. Klareres Wasser hatte ich nie gesehen, und ich sah immer wieder zum Haus hinüber, fragte mich, wann Ihr wohl aufstehen würdet, doch es regte sich nichts, schon lange nicht mehr.
Später war das Haus und alles verschwunden, jedenfalls nicht mehr zu sehen, auch nicht zurückzuholen, da es übergegangen war in die Farbe der Landschaft. Dann sah oder hörte ich noch einen Spielmann von irgendeinem Dorf her, wehende Bänder, schon war er vorüber, erinnerst

Du Dich? Wie fern diese Dinge rücken in ihrem zwanghaften Lauf.
Lange, viel zu lange stand ich noch am Ufer, einen Kieselstein in der Hand, war er weiß oder blau oder blaugrau, das Wasser jedenfalls war, schräg besehen, nicht mehr vom Himmel unterscheidbar.

19:56

Ich werde schweigen, hörst Du. Weil vieles von dem, was ich Dir schreibe, einfach nicht oder so nicht stimmt, ich es, das Brüchige, anders jedoch nicht berühren kann. Es wird mir zunehmend anstrengend. Ich sehe nach oben oder nach unten, bis meine Halswirbel knacken.

14. September – 19:58

Liebe Solveig,
und das Straßen- wird zu einem Schienengewirr, ich gleite mit der Morgensonne über die Äcker, am Himmel aufbrennende Streifen. Die Wälder werden schon rot, aber es sind die Kastanien, die vertrocknen, weil sie krank sind. Strommasten breiten mächtig ihre Arme aus, man sieht sie noch am Horizont, und die Leitungen weisen ins Unendliche. Ich träume bei alledem nicht: Unter dem Hügel muss ein riesiges Monstrum schlummern, das Geraune dringt bis tief ins Tal. Hier und dort sehe ich noch Tau glitzern in unwirklichen Farben, nur darauf wartend, dass der Frost kommt und dass alles gefriert. Busse, Autos, auf dem Weg zu irgendeiner Arbeit. Es schwingt sich von ganz unten herauf zu einem Gesang: Bass erst, Tenor, dann Alt, dann Sopran, mehrstimmig, aber immer verzerrt und schief, mal nach oben hin und mal nach unten tendierend. Männer an

den Gleisen, rauchend, in Orange. Mir glühen und brennen Arme und Beine, ebenso die Augen und der Kopf, ich kann nicht stillsitzen, tue es dennoch. Im Grunde bin ich ja gesund.

Auf den letzten Stoppelfeldern liegt sandfarben der Nebel, nachher ist es Staub. Oben im Laub sitze ich später, halte eine Hand voll Kastanien ins Licht, dass sie leuchten. Ich soll einen Ort nicht verlassen, habe aber vergessen, um welchen es sich handelt und auch, wer mir das und aus welchem Grund er es mir gesagt hat.

15. September – 17:34

Sie sitzt im Raum auf einem Stuhl aus Holz, seit langem schon und sehr gerade, mit Blick zum Fenster, dessen Gardinen zugezogen sind. Nur matt und dämmrig fällt, je nachdem, roségraues, braungrünes oder braunblaues Licht herein, manchmal bis auf die dunkleren Dielen hinab. Vielleicht liegt auch ein Buch auf ihrem Schoß, in dem sie liest, doch ich wüsste nicht, welches, da alle Bücher das Haus bereits in Kisten verlassen haben.

Es ist Nele, denke ich, die dort sitzt, wer sollte es sonst sein, obwohl nicht Wochenende ist, obwohl es still im Haus ist, keine Spur von den Kindern, obwohl ich gar nicht weiß, welcher Tag es ist und ob und wann sie wiederkommen. Vielleicht würde sie es mir sagen, wenn ich sie fragte, doch ich frage sie nicht.

Ich verlasse das Zimmer, das ich bisher nie betreten und folglich niemals verlassen habe, und kehre erst viele Stunden später, vielleicht auch gar nicht mehr, zurück.

17. September – 23:34

Sehe eine kleine Lunge, die dasitzt und weint, da sie weiß, dass sie nur noch ein einziges Mal ausatmen darf, ein kleines kurzes Ausatmen, und Angst hat vor dem, was danach sein wird.

0:45

Mehr als ich kann, bist Du nicht da, kannst nicht mehr, als ich da bin, bist nicht mehr da, als ich bin.

3:24

Was ich gerade höre, Solveig, ist so einsam, dass Du es vielleicht, wenn Du magst, jetzt auch hören solltest, wobei ich nicht weiß, ob es auf der Rückfahrt aus Wannsee in der U-Bahn wäre, am Schreibtisch oder kurz vor dem Schlafengehen während der nun wirklich allerletzten Handgriffe für diesen Tag.
Und ich weiß, ich suche schon wieder Herbstnebel auf den Äckern, wo es doch Staub ist von der Hitze, die noch immer nicht abreißt. Dann ganztägig das spröde, trockene Glänzen verbliebener Stoppeln. Dabei sehe ich alles immer nur durch Glas, klingt alles dumpf und verzerrt. Was mich umgibt (nicht birgt), worin ich mich bewege, was ich atme, ist zäh und träge und sehr, sehr sauerstoffarm. Und wiederum denke ich an ein Aquarium mit trüber Beleuchtung, an Menschen und Autos, aber auch an Fische, Seesterne, hier und dort an einen Krebs, die an mir vorüberziehen, weshalb ich beim besten Willen nicht zu entscheiden wüsste, auf welcher Seite des Glases ich mich befinde.
Getanzt wird dann nicht mehr zwischen uns. Mit Haut und Haaren werde ich stattdessen. Doch zuvor das Gift,

gemeinsam, alleine, das nicht etwa tötet, sondern nur glühen macht.

20. September – 23:56

Liebe Solveig,
jetzt höre ich ihn nicht mehr. Sein permanentes Brummen und intervallmäßiges Quietschen und Blubbern haben ausgesetzt. Ich wüsste nicht zu sagen, seit wann er keinen Laut mehr von sich gibt, auch nicht, wann es mir zuerst aufgefallen ist. Zu irgendeiner Tages-, irgendeiner Jahreszeit gehe ich aus irgendeinem Impuls heraus hinüber in die Küche und bleibe, zunächst etwas unentschlossen, vor dem Gerät stehen, betrachte die helle Holzfront und warte, ob sich vielleicht von selbst etwas regt. Als sich weiterhin nichts tut, greife ich, etwas ungeduldig schon und zugleich noch immer zögerlich, nach dem weißen Knauf, ziehe ihn und mit ihm die Kühlschranktür vorsichtig und langsam in meine Richtung und öffne die, wie ich meine, schon unzählige Male und zuletzt erst vor einigen Stunden, in Wirklichkeit aber, doch das weiß ich in diesem Augenblick nicht, beginne es höchstens zu ahnen, niemals oder zumindest seit sehr langer Zeit, vielleicht seit Kindertagen, nicht mehr geöffnete Tür, öffne sie, langsam, Millimeter für Millimeter, und nehme jede Sekunde, jeden weiteren Winkelgrad bewusst und physisch wahr. Und weiche, von Ekel erfasst und noch ohne ihn recht zu begreifen, einen Schritt zurück. Und einen zweiten, doch nur einen kleinen, ja winzigen, da es weiter nicht geht, da ich mit dem Gesäß gegen die Tischkante stoße und es mir nicht gelingt oder ich es schlicht vergesse, mich abzuwenden und zur Seite hin auszuweichen. Stattdessen setze ich mich, noch halbblind von der plötzlichen Dunkelheit, einem unbeschreib-

lichen Gestank nach weit fortgeschrittener Fäulnis, nach Verwesung aus und übergebe mich, soweit ich es vermag, allem, was von genau diesem Zeitpunkt an folgt.
Meine Augen bleiben, harrend, geöffnet und starr. Auch halte ich mir nicht die Nase zu, öffne vielmehr alle Poren und alles, was es nur zu öffnen gibt, setze ebenso die Atmung nicht aus, nein, atme, im Gegenteil, mit aller Kraft ein, ein volles, lautes, nicht genug bekommendes Einatmen, und tatsächlich, einige Sekunden nur dauert es, und meine Augen haben sich an die Dunkelheit des Innenraums gewöhnt, sodass zu allem bis hierhin Wahrgenommenen nun auch die schon nicht mehr recht passenden, ineinanderschäumenden Bilder treten: im Gemüsefach, unter anderem, eine schwarzglibbrige Masse mit einzelnen noch erkennbaren dunkelvioletten Kugeln; auf einer Untertasse ein gelbweißsamtener Hügel; ein fast leeres Nutellaglas, der Inhalt vielleicht noch genießbar; ein aus einer angebrochenen Wurstpackung über das Gitter und ein Stück weit die Seitenwand emporwachsender grünglitzernder Moosteppich sowie eine Tüte, auf der ich das Bild eines Toastbrots erahne, von innen ist sie beschlagen und leicht aufgebläht und gleicht einer riesigen Gorgonzolapackung. Lüstern und angewidert trete ich einige Zentimeter näher heran und meine, die Hülle einer Salatgurke zu erkennen, die ihr Inneres in schleimigen Fäden nach unten hin preisgibt, im Seitenfach eine halbvolle Flasche Prosecco ohne Korken, eine geöffnete Milchtüte und weiter hinten, wohl seiner Intaktheit wegen bislang von mir unbeachtet, einen cremefarbenen Emailletopf mit rotem Deckel. Während meine linke Hand mit einem Stofftaschentuch nun doch, wiewohl nur halbherzig, Nase und Mund bedeckt, beginnt die rechte Hand, alles, was vom Interieur des Kühlschranks noch halbwegs greifbar ist, herauszunehmen und hinter mir auf dem Tisch zu platzieren. Zuletzt hebe ich

den Deckel des Topfes an, lege ihn beiseite und entnehme der Schublade rechts neben dem Geschirrspüler einen Löffel. Der Schimmel lässt sich unterrühren wie Eiweißschnee, und erst während dieses Rührvorgangs, welcher einige Zeit beansprucht, wird mir klar: Dies sind die zähflüssigklumpigen Reste einer ehemaligen Linsensuppe.
In diesem Moment sehe ich ein: dass sich all diese Dinge gerade andersherum verhalten und der Verzehr unversehrter Lebensmittel für mich wie auch für Euch weder ratsam, erlaubt, statthaft, üblich noch überhaupt denkbar oder möglich wäre, weshalb ich mich nun, ganz folgerichtig und wie in allem und immer folgsam, heranmache ans Buffet, zugreife und mich bediene, fasse, was ich zu fassen bekomme, die Suppe mit dem Löffel, das Brot, indem ich die Packung aufreiße und hineingreife, Butter mit einem Messerstrich vom Butterhügel, das haarige Wurstgewächs mit der Gabel, alles in den Mund, also in mich hineinstopfe, weich, sehr weich ist es, sackt auf der Zunge zusammen wie Zuckerwatte, gierig kaue, das Schlucken durch große Züge aus der Proseccoflasche erleichtere, schon ist sie leer, aber, fest entschlossen, mit dem notwendigen Schlucken fortzufahren gegen den kaum mehr zu bändigenden Würgereiz, nun die Milchtüte nehme, die Öffnung an den Mund setze, sie anhebe und, da sich nichts tut, ganz leicht zu schütteln beginne, auch ein wenig zu saugen, und schließlich merke, noch bevor ich es denke, wie der gesamte Inhalt an einem einzigen Stück geschmeidig und ungehindert durch meinen geöffneten Rachen gleitet. Die Brottüte fällt zu Boden, während ich den Kopf nach oben strecke, mir den Mund mit beiden Händen zuhalte, hab dich nicht so, du böse alberne Stopfgans, schlucke und schlucke und nicht mehr aufhöre zu schlucken, zu atmen bleibt weder Raum noch Zeit, bis mir schwarz vor Augen wird und ich zurückfalle in oder auf etwas, das ich da schon nicht mehr sehe: näm-

lich den irgendwo hinter oder neben mir sich befindlichen Küchenstuhl.
Dort sitze ich später mit nasser Stirn, völlig erschöpft und bemüht, die Augen nicht zu schließen, nicht in mich hineinzuhorchen, nicht zu hören, was nicht zu überhören ist: wie sich die Gedärme wehren und winden und sich das Zugefügte über den Blutkreislauf bis an alle Enden und in jede Ecke des Körpers verteilt.
Mit weit offenen Augen sehe ich dann einen unterirdischen Garten mit seltsamen Pflanzen, welche in rasender Geschwindigkeit wachsen, blühen, Samen tragen und abwerfen, die ihrerseits augenblicklich zu keimen beginnen, niemals aufhören zu wachsen, zu wuchern und zu blühen, sonderbar und nie gesehen, schwirrt es mir im Kopf herum, und es tut weh, sehr weh, weshalb ich jetzt doch brav die Augen schließe, sodass sich mein Stuhl vervielfacht, ja vermilliardenfacht und auf jedem der Stühle, so weit ich sehen kann, und das ist unendlich, immer nur ich selbst sitze, mal mit kurzen blonden, mal mit langen braunen Haaren, mit Bart und Brille oder ohne, gekrümmt oder gerade, scharf umrissen oder nicht.
Auf dem Klo schiebt sich, während ich mich erbreche und absolut sicher bin, jetzt gleich, in nur wenigen Sekunden, Magen und Speiseröhre, die sich aus meinem Körper herauslösen, in stinkenden Fetzen hervorzuwürgen, irgendetwas dazwischen wie ein Dia über ein anderes: Hände, die mich über den Arm streichen, ein lockiges Haarbüschel in meinem Schoß, tränennass, Stimmen wie durch Gelatineglas.
Mühsam ziehe ich mich hoch am Rand der Toilettenschüssel, schaumiges Blut, denke ich, Vanillepudding mit Erdbeersoße.

22. September – 21:33

Und die Sache, Solveig, mit mir und mit Dir? Ist sie länger haltbar? Was wird Nele sagen, doch nichts wird sie sagen, was sollte sie, die nie etwas sagt, schon sagen?
Derweil vermute ich Dich längst unten, weit unten, wo es nicht einmal mehr einen Funken gibt, keine Eisfläche mehr, aus der einzelne Halme noch hervorragten, gelb und borstig wie Haare.
Aber nein, es ist viel schlimmer, Ich und Du sind nur willkürliche, beliebige Größen, die sich ineinander spiegeln und zugleich nicht das Geringste gemein haben, und es macht mich traurig, so ungeheuer traurig in diesem Moment, da es doch alles, was ich einst hoffte, zunichtemacht, sodass ich eigentlich nur schweigen, still in mich oder Dich oder wen auch immer hineinschweigen möchte.
Derweil vermutest Du mich unten, weit unten, wo es nicht einmal mehr einen Funken gibt, keine Eisfläche mehr, aus der einzelne Halme noch hervorragten, gelb und borstig wie Haare.

0:49

Und weißt Du, wie ich mir vorstellte, Du würdest meine Nachrichten in der Nacht noch lesen, warum ist diese Vorstellung nun leer? Mehr Zeit brauche ich. Mehr Raumverlust. Hinüberfliegen zu Dir und Dich wecken. Neulich in einer Nacht habe ich Nele geweckt und wusste nichts zu sagen. Nichts. Ich träumte ja nur und konnte es nicht sagen. Von Dir habe ich geträumt, aber Du hattest Stens Augen und seine blonden Haare. Und von Sten habe ich geträumt, aber er hatte Dein Sterben.
Ich beende dies nun. Ich habe Angst. Wenn ich die Dinge auspresse wie eine Zitrusfrucht, fühle ich mich zumin-

dest nicht allein. Im Zwischenbereich der Wolken wären die letzten Tropfen einfach nur noch bitter. »Panik«, ich werde es nicht vergessen, dies letzte Wort eines Menschen, der stirbt.
Dein Wort.
Den Hörer nehme ich nicht ab und rufe auch niemanden an. Sehe auch nicht die verschränkte Sonne überkommener Eisfelder, meinen Schatten im Rot dampfender Äste.

4:23

Ein letztes Mal, bevor ich es sein lasse, streife ich mein Postfach, finde Deine Worte wieder, ist es ein Jahr, sind es zwei Jahre her, noch Berlin, schon Island, ein Traum nur, und wieder Berlin, der Ort, an den sie Dich brachten, ja schoben, finde Deinen Halbsatz wieder in die leere Stille hinein, winde mich in Deinen Worten, Deinem Halbsatz in die leere Stille hinein, erahne Dich zeitgleich auf dem weißen Laken, im Schneidersitz, zum Umfallen müde, weißt gar nicht mehr, was Du da schreibst, siehst und hörst nicht mehr die Tastatur, den Bildschirm auf dem Schoß, und glaube jedem Buchstaben, jedem einzelnen, den ich empfange, im Moment, da ich ihn schreibe.
Der Stern flackert auf, erlischt, und ich höre die bösen, höre seine Schritte auf der Treppe.
Ich schreibe mir zum Trost Deine E-Mails selbst.

24. September – 23:56

Plötzlich, erzähle ich, war Sten bei mir und sprach mit mir, als wäre er nie fort gewesen. Wir befanden uns in einer Art Jugendherberge, in der aber sonst niemand war. Allein in der Küche, scheinbar dem einzigen Raum, in dem

noch schwaches Licht brannte, lag ein Mädchen oder eine junge Frau im Weg herum, deren Alter nur schwer einzuschätzen war, da ich zu wenig sah: lange Haare, einen Arm und ein Bein, beide unbekleidet. Ich vermochte nicht zu sagen, ob ich sie kannte, ob es wirklich Nele war, die dort schlief oder lag und sich nicht stören ließ, selbst dann nicht, als wir über sie hinüberstiegen und in den Flur traten, der sich, links und rechts mit etlichen Türen und ohne Fenster, dunkelgrau, ja fast schwarz vor uns öffnete. Woher das wenige Licht drang, sodass wir gerade noch gehen konnten, ohne irgendwo anzustoßen, ließ sich nicht sagen, die Küche war, wenn wir uns umdrehten, nur mehr ein heller, völlig belangloser Punkt in einer vagen Ferne.
Irgendwann, es dauerte ewig, und auch der Punkt in der Ferne war inzwischen verschwunden, blieben wir vor einer Tür stehen und versuchten, etwas umständlich, die etwa auf Augenhöhe aufgeklebte Nummer mit der Nummer des hölzernen Schlüsselanhängers zu vergleichen, gaben es bald auf, beschlossen, den Schlüssel einfach auszuprobieren, er passte nicht, glitt stattdessen Sten aus der Hand und kam, keineswegs schnell, sondern wie in Zeitlupe, scheppernd und zugleich dumpf und klanglos auf dem Linoleumboden zum Liegen. Langsam bückte ich mich, tastete umher, über Stens Füße hinweg, bekam staubige Hände, wollte aufgeben, fand ihn dann aber plötzlich, verharrte in kniender Stellung und bewegte mich weiter nicht.
Lange Zeit geschah nichts weiter.
Später befanden wir uns in einem Raum, der viel zu groß schien für uns, und wir betrachteten, soweit es erkennbar war, das spärliche Mobiliar: ein wandhoher Kleiderschrank, zwei riesige Betten, dazwischen ein schmaler Spalt, am Kopfende ein winziger Nachttisch, darauf eine Lampe, die nicht funktionierte. Das nächtliche Herbstlicht, das von draußen hereinfiel, war unerheblich, die Luft stickig, feucht

und kalt. Auch die Bettdecken, bestehend aus einem hellen Laken und mehreren Wolldecken, waren ausgekühlt und klamm. Wir legten uns unter sie und begannen zu reden, obwohl es nichts zu reden gab. Also schwiegen wir und schauten zur Decke. Ich nahm ihn nur schemenhaft wahr, nur zu ahnen waren sein Gesicht, seine Haare, die aschfarben übergingen in das Aschgrau des Kopfkissens. Wenn er den Mund öffnete, um zu gähnen oder etwas zu sagen, das ich nicht verstand und auch nicht verstehen wollte, öffnete sich ein schwarzes, nahezu kreisrundes Loch.
Dann fiel ich aber dorthin, wo ich immer hinwollte, nämlich in einen Spiegel, wo ich, das konnte ich ja nicht wissen, augenblicklich erstickte.
Diesen Augenblick einmal dehnen und vergrößern, was sähe ich dann? Ich kann es aber, obwohl ich ihn erlebt habe und so sehr ich es versuche, nicht denken.

25. September – 16:43

Liebe Solveig,
so blöd es vielleicht klingt in Deinen, so laut es dröhnt in meinen Ohren, so sehr dies alles mir deplatziert, zeitlich und räumlich verrutscht zu sein scheint und daher die Hoffnung nur umso größer ist, Dich nachsichtig zu erleben und niemals unter Zugzwang, den es schon längst nicht mehr gibt zwischen uns, so sehr ich Dir schreibe, wie ich es nun tun werde, abermals, ein Schreiben nur Dir entgegen, ein Schreiben, das fortschreitet wie eine große letztgültige Krankheit, frage ich mich doch, ob sie überhaupt wehtun muss, ob es nicht andere Wege gibt, und stelle mir vor: in einem Raum, gefliest in Orange und Braun auf dem Boden und an den Wänden, ein Sessel, zwei herabgedimmte Lampen, sonst nichts, nur ein Sichhineinwärmenwollen,

und wir reichen uns die Gläser. Dann lege ich mich wieder schief, quer mit dem oder gegen das Licht. Im späteren Licht gibst Du plötzlich, die Flasche ist leer, das Glas befindet sich noch in Deiner Hand, keine Antwort mehr. Durch einen Bilderrahmen schaue ich dann in vergilbte Farben, umfasse welkes Gras, als hätte ich so lange schon nichts mehr gegessen. Erst jetzt merke ich manchmal, wie ausgetrocknet ich bin.

Manchmal fühle ich mich auch wie jene Gedichtmaschine, von der ich Dir schrieb, die schönen Verse, wie Finger, die mich, willenlos oder widerwillig, berührten.

Und ich sitze doch nur einfach auf Deinem Sofa in Deiner Kreuzberger Wohnung, meinen Blick von einem Buch nehmend, nach dem Weinglas greifend, Deinen Blick, vielleicht, nur streifend, ihm niemals standhaltend.

Vielleicht kann mir jemand sagen, wie spät es tatsächlich ist. Was mit alledem anzufangen ist. Du wandertest herum von einem Ort zum nächsten, und es wurde nur immer kälter, und sag mir, was hast Du dabei gefunden? Und doch ist Dein Blick so schlafend, wie ich ihn sonst nie gefunden hätte.

Ich kann es, beim besten Willen und hinter vorgehaltener Hand, nicht sagen. Was vorgefallen ist. Und dass Du krank werden musstest. Stattdessen senken sich kaltblütig leuchtende Trabanten vom Himmel.

Weshalb ich Dir das überhaupt schreibe, Du wirst es besser wissen als ich. Irgendwann, weißt Du, fing es einfach an, es war kurz vor Deiner Reise. Und ich merke, wie ich Dich durch alle Erd-, Luft- und Himmelsschichten hindurch einfach anspreche wie ein endloses Echo. Ich weiß, Du kannst jetzt nicht sinken, weil das, was in Dir ist, Dich trägt. Oder es Dich so tief presst, dass es schon wieder einem Schweben gleicht.

28. September – 22:01

Liebe Solveig,
das, wonach ich mich ausstrecke, verliert an Konsistenz, wird liquide, und es greift auch auf die härteren Gegenstände über, die mich umgeben, die ich umgebe, der Blick auf Birken, deren Laub sich färbt, auf Farben, die ihre Gegenstände längst preisgegeben haben, verstärkt es nur, ich kann ihm kaum folgen, weiß selbst noch nicht, wenn es Abend wird, wie ich mich verhalten soll gegenüber dem Untergehen oder dem Auffliegen, einem Taubenschlag gleich, aber doch keinen weißen Tauben, sondern Tauben, so dunkel sind sie und so grau wie Ratten. Und doch habe ich eine Hand vor Augen, liegen Augen in meiner Hand, der ausgestreckten, die aber nur noch spätes, vielfarbiges und schließlich gar kein Licht mehr wahrnehmen, die zärtlich über etwas hinstreichen, an dem sich die Tauben tummeln mit wildem Flügelschlagen und Gegurre, das ich dann lieber nicht sehen möchte, aber ich kann es nicht beeinflussen, sehe es ja trotzdem, dunkel und rosa schaut es hindurch und schaut es mich an, wimmernd, wenn es nur nicht so schwer würde, während sie picken und tanzen mit ihren hautfarbenen Krallen und Trippelschritten und dunklen Schnäbeln, ihren gelben Rattenzähnen.

Mitnehmen würde ich Dich gern einmal, damit Du einen Eindruck erhältst, wie es dort zugeht, zwischen die Zeilen.

23:22

Erinnerst Du Dich, wie wir Stufe um Stufe hinabgingen und einen verstummten Jazzclub betraten, dessen Inneres von Orange bis Grau reichte, eine Skala wie ein Gehirn, in dem zwei leuchtende Siebzigerjahresessel standen, so leicht

und billig, dass wir sie hätten fortstoßen können mit einem Tritt. Dennoch ließen wir uns fallen, redeten, Aperolgläser in den Händen, und wussten, dass wir hier nicht mehr herausfinden würden. »Was soll's«, meinte ich, und Du hülltest Dich in Schweigen.
Der Sesselbezug war unangenehm, ich blieb mit den vom Graben aufgerauten Fingerkuppen immer wieder hängen, »was soll's«, meinte ich, doch da widersprachst Du, und ich überlegte, ob wir je zuvor gestritten hatten, bekam darüber und auch von dem Gedröhne in den Gängen und Windungen, das mir erst jetzt auffiel und nahte, Kopfschmerzen.
Unser Streit, und Nele und Sten warteten bereits, an die Wand geklebt, im Hintergrund: »Im Herbst«, sagte ich, und ich glaubte Dir, ehrlich gesagt, schon damals nicht, dass Du es vergessen hattest, »werde ich Dir, ich weiß es und bin ganz sicher, in meinem orangen Raumanzug zuwider sein. Dann aber nicht mehr im Lichtschattenrhythmus vorüberrasender Bäume, nein, die graue Haut bedeckt und orange und mit geschlossenen Augen.«

1. Oktober – 1:01

Da standest Du, liebe Solveig, am Fenster Deiner Wohnung in Kreuzberg, im vierten Stock, und blicktest in einen graubraunen Hinterhof, auf Mülltonnen hinab, aus denen blaue Säcke hervorquollen, bis hin zur Ecke, wo lange schon der Sperrmüll sich stapelte, lose Bretter, beinlose Stühle, ein irgendwie schief eingeknickter Herd, und ich stellte mir vor, ebenfalls dort und bei Dir zu sein.
Der Mond würde heute herabgesenkt im Fenster, besser, als ihn fortzuschleudern, dachte ich, war mir darin allerdings nicht ganz sicher. Damit er schön leuchtete, zündete ich ihn an für uns, schickte Dir sogar ein Foto, an dem

Du Dich verbranntest lichterloh und das Dich, ebenso wie mich in jenem und auch in diesem Augenblick, daran erinnerte, wie sie eine Leine spannten in Kreuzberg aus den dritten Stöcken zweier Altbauten von einer Straßenseite zur anderen und dann den Mond, der ohnehin schon ganz pink und müde war, hin und her rollen ließen auf der Schnur, dann selbst hinüberliefen zur jeweils anderen Wohnung, ein Lachen und Gekreische, während ich am Büffet stand und versagte, mich verletzte an den Zahnstochern im Käse oder im Lachs auf westfälischen Pumpernickeln, mich nicht, obwohl das überhaupt niemand von mir verlangte, entscheiden konnte zwischen Schlammbowle und Herrencreme, mich in Gedanken verlor an das Streichen von Gehacktem über eine Brötchenhälfte, was ich abenteuerlich und erregend fand, und viel zu spät erst bemerkte, dass Du dort saßest und, ein Glas am Mund, dem satten und äußerlich noch immer unversehrten Mond entgegensahst.
Eine ganze Weile schaute ich später, an den Rahmen der Balkontür gelehnt, Dir und dem Schauspiel noch zu, wunderte mich über nichts.

3. Oktober – 11:34

Ich eile, um Vorkehrungen zu treffen, ins Haus, nach oben, wühle im Kleiderschrank und krame eine braune Cordhose hervor, einen braunen Pullover, töne mir auch die Haare rot, hennarot, maronenrot, nehme Pinsel und Farbeimer und streiche mein Zimmer komplett orange, der Stuhl mit weinrotem Polster darf stehenbleiben, laufe wieder hinaus und eile hinüber zum Schuppen, nehme dort alle Pinsel und Farben, die ich zu fassen kriege, nehme alles und schleudere es nach allen Seiten wutschreiend diesem verdammten leeren Himmelsweiß entgegen.

Aber, so merke ich bald, das alles reicht noch nicht aus.
Es geht also hinein, mitten in das große Wasser. Da sehe ich Dich unter Eis. Über uns nur vages Licht, eine Welt am anderen Ende, die wir nicht kennen. Deine Haare aber streben fort mit unterirdischen Strömungen nach allen Seiten hin. Nun ersticken wir also, denke ich, doch Du drehst den Kopf leicht zur Seite, weist mit dem Finger auf die Stelle hinter Deinem Ohr, und ich begreife, dass Dir das Wasser nichts anhaben kann, kein Grund zur Sorge besteht, tatsächlich sieht man es kaum, und es stört auch nicht, aber die Kälte, denke ich, was ist mit der Kälte, doch Du drehst Dich um Dich selbst und bedeutest mir, dass auch die Kälte Dir nicht schaden kann.
Ich aber sperre fröstelnd den Mund auf, um zu atmen, was aber nicht geht, Wasser dringt ein, immer weiter sperre ich ihn auf, um neunzig, hundertachtzig, zweihundertsiebzig, dreihundertsechzig Grad, ein unendliches schmerzhaftes Schlucken und Würgen, bis ich nur noch in Stücken da und zugleich fort bin, mich selbst ausgespien und im selben Zuge rücklings verschlungen habe.
Es reicht nicht, das sehe ich ein.
Ich trete folgerichtig in ein nahezu völlig oranges Badezimmer. Die Konturen der Einrichtungsgegenstände – Waschbecken, Unterschrank, Badewanne, Toilette, Brillenbezug und Badvorleger, Papierrollen, Handtücher, Fliesen und Gardinen – sind nur mehr zu erahnen anhand von Schattierungen, vagen Farbverläufen, materialbedingten Lichtreflexen. Ich hangele mich barfuß auf kaltem Grund an den Fliesen der rechten Wand entlang, stoße mit der Hüfte gegen das Waschbecken, suche darüber vergeblich nach einem Spiegel, drehe mich um, komme auf einem weichwarmen Teppich zum Stehen und schaue durchs Fenster einer blendendorangen Sonne entgegen, die, den Raum zugleich dehnend und vernichtend, alles, wirklich alles

ringsum in ihrem Licht ertränkt. Einige Meter weiter und ohne Kleidung lasse ich mich auf den gepolsterten Klodeckel sinken. Mein Blick gleitet an mir hinab, verliert sich irgendwo an einem Ende, das ich nicht absehen kann, nur meine Hand bewegt sich wie über warmen Pudding, holt weit nach rechts aus, dreht den Hahn auf, lautes Plätschern, orangedampfender Wasserfall, während die andere Hand, irgendwie, einen Beutel öffnet, seinen Inhalt ausschüttet, aufblitzender Staub, hennafarbenes, fast siedendes Wasser, in das ich hineinsteige, nur das Gesicht über Wasser, in dem ich nun liegenbleibe, schwebe, für ewig und immer, unbegrenzt.
Ich tauche unter, atme tief ein, noch ein Stück tiefer, die Lunge füllt sich rasch mit brennendem Wasser, leuchtet, ein Leuchten, das ich, vor Helligkeit, nicht mehr wahrnehme.
Jemand betritt das Badezimmer, unbekleidet, geht zur Badewanne, fährt mit dem Arm durch das heiße Wasser, gleitet, tief ausatmend und mit geschlossenen Augen, ohne eine Spur von mir, hinein.
Später liege ich draußen zwischen Blättern. Kastanien glühen noch in meinen Händen, um meinen Kopf herum, bunt aufleuchtend im späten Sonnenlicht, Erbrochenes.
Kurz vor dem Erwachen oder dem Einschlafen oder beidem sehe ich etwas, das nicht zu sehen ist, schier endlose hundertstel Sekunden, wie ein Auto, schwarz in all dem Orange, nein, ein Bagger, ein Schaufelrad, nein, ein raunender Schatten, irgendetwas, ein Ding, ein böses Ding, ein Tumor, schräg von hinten, zu erahnen nur im rechten Augenwinkel, während ich, flügelsonnend, den Blick nicht abwende von ein paar Grashalmen zwischen meinen Fingern. Dann eine Grimasse, die mich schüttelt. Zerstörer. Dann etwas, an dem ich hochspringe, nein, zu dem ich mich, da ich es längst überrage, hinunterbeuge wie zu einer aufstöhnenden Puppe, aber nicht zu einem Körper

mit Geschwüren, sondern einem Geschwür mit Resten eines Körpers, vor dem ich zurückweiche, das Gras noch in Händen, wo sich ein Wald. Räderwerk. Zusammenprall wie mit einem Loch.

Erst dann ist Herbst. Das Licht malt ihn, Dich, Nele, Sten, auch mich zurück in einen Raum, in dem wir ruhig, seelenruhig spielen können. Riechst Du, es ist nicht schlimm, die kompostfarbenen Blätter? Dann aber gehe ich Euch wie eine Waffe, aber eine sanfte und leise, eher ein schleichendes Gift, im Blättergewirr entgegen, bis wir durcheinander hindurchgehen und es uns zeitgleich anweht, abnehmend und faulig wie ein Atem, aber unfassbar still.

10.

8. Oktober – 0:16

Liebe Solveig,
Du sitzt im Zug, ahnungslos, ob es dunkel oder hell ist draußen oder drinnen, weil Du die Augen geschlossen hältst, den Weg kennst, im Halbschlaf jede Biegung, jeden Anstieg, jede Verlangsamung und Beschleunigung, jedes Lauter- oder Leiserwerden des Dieselmotors wahrnimmst und exakt verorten kannst. Irgendwann stehst Du auf, schließt, die Augen noch immer geschlossen, den Reißverschluss Deiner Jacke, da Du weißt, dass der Zug gleich halten wird, was er dann auch tut. Blind erreichst Du den Ausgang, öffnest die Tür, trittst auf den Bahnsteig, biegst nach rechts ab und wendest Dich, dem Bahnhofsgebäude entgegengesetzt, der Straße zu.
Als dann keine Straße kommt und der Asphalt endet, der Weg weich wird und geräuschlos und der Geruch nach Abgasen und Feinstaub ausbleibt, öffnest Du die Augen, was sage ich: nimmst Du Deine endgültige Stellung ein, um in diesem Zustand augenblicklich, und zwar tief und fest und für immer, mit sperrangelweit aufgerissenen Augen, wieder einzuschlafen. Traumlos gehst Du weiter oder bleibst stehen, folgst dem weglosen Weg, streifst hier und dort einen baumlosen Baum, kommst an ein Tor, das keines mehr ist, Himmel und Erde, beide schwarz, liegen, ungesehen und

kaum zu erahnen, verkehrt und in sich verdreht im Raum herum, der still ist, still, dass Du Dir die Ohren zuhältst, merkst Du es nicht, wie alles wackelt?

9. Oktober – 19:09

Aber wenn ich liege, Solveig, dann liege ich, und die Hängematte gleicht die Vibrationen aus, wenn die Sonne, unerwartet und wie zufällig, durch die Äste dringt, sodass ich blinzele und flimmere.
Abends wird es kalt, und ich denke, es wird bald Zeit für das Feuer. Hier und dort raucht es schon über die Äcker. Ich hänge mit den Lippen über der dampfenden Tasse. Der Kaffee ist sehr stark und schmeckt erdig.
Frost gibt es noch nicht.
Und wieder folgen Tage von einer Wärme, mit der ich im ersten Augenblick, staunend, gar nichts recht anzufangen weiß. Ich sitze quer in der Matte, trinke gekühlten Federweißer und schaue in die äußeren Farben der Baumkronen, die beginnen, sich in das Blau des Himmels hin aufzulösen.

11. Oktober – 16:57

Weißt Du, Solveig, nach dem Streit verließ Sten offenbar noch einmal das Haus, das Meer, das Wetter, das Schilf am See, ich hörte von alledem nichts. Auch Nele gibt an (oder vor?), geschlafen zu haben, woran gewiss nicht zu zweifeln ist. Andererseits sah ich bis spät aus dem Schwarz des Flures heraus Licht in ihrem Zimmer, da sie noch schrieb (nein, der schrieb, war ich). Und wo warst oder verstecktest Du Dich die ganze Zeit über? Oder achtete ich einfach nicht auf Dich, ebenso wenig wie auf Nele, wollte nichts

wissen von Eurem Wortwechsel, hatte Euch schlicht vergessen und nicht im Sinn? Und wer hätte es ahnen können: seine bösen schweren Schritte plötzlich auf den Stufen und Dielen?
Ohnehin hätte alles ganz anders kommen können: Sten saß doch noch, obwohl es nieselte, rauchend im Gras. Zusammenzupacken gab es wohl nicht viel, er nahm (später) nur den Rucksack, weiter nichts. Auf und davon.
Ich lasse mich ablenken, bekomme es nicht mehr auf die Reihe. Und was macht es jetzt für einen Unterschied, wer mit wem oder nicht oder niemals wieder. Die Schläge, was ihnen folgte und vorausging. Ich bin müde, denke an Farben, an Muster auf Tapeten und Kleidungsstücken, im Kopf: Rosé und Violett (das Zimmer, in dem wir, Sten und ich, noch schweigend saßen), Türkis (das Meer und Neles Jacke), Schwarz (Dein Muttermal und Deine Pupillen), Orange (zwei Warnwesten), Olivgrün (Heu), Dunkelgrün (Traktor), Blau (Licht).

23:25

Das alles, Solveig, mag geschehen sein oder nicht, Du weißt es nur allzu gut, und mehr erzähle ich nicht. Und: Wann und wo immer für uns die Stimme des Zerstörers im Vagen des Laubschattens zu hören ist, werden wir schon am Ende sein. Und wie bei der Jagd oder dem Wettlauf hinunter zum Fluss darum streiten, wer als Erstes und wer zuletzt, müssen wir auch nicht mehr.

1:43

Und ich versprach ihm auf dem Steg, während alles versank in Regen, dass ich ihm folgen würde, sagte es aber nicht.

Nachmittags stellten wir das graue Telefon auf den Wohnzimmertisch. Sten, den Zeigefinger in den Löchern der Wählscheibe, wählte Neles, also auch meine Nummer, erreichte jedoch niemanden. Den Sommer über werde er arbeiten, erst auf dem Hof, später drüben im Schloss. Ich las, während er sprach, die Scherben eines herabgefallenen Glases auf. »Nein, es geht schon«, meinte ich, während ich mir das Blut vom Zeigefinger leckte, »alles in Ordnung.«

7:21

Während es draußen trüb ist und leer, erscheint hinter dem Fenster wie auf einem Monitor ein gleißendes Bild. Am Morgen aber liegt Raureif auf dem Dorf mit allen Gärten, Hecken und Wegen. Verflüssigtes Bild, rahmenlos, stillstehender Lichteinfall, orangefarbener Nebel.

13. Oktober – 17:36

Liebe Solveig,
da überkam mich heute in einem Anflug der Wunsch, passend zur Jahreszeit und vielleicht angeregt durch die drei staubigen Gartenbücher unten im Regal, einen Baum zu pflanzen. Im Schrank fand ich eine alte Jeans und einen Pullover, an denen noch Erdreste klebten, die vielleicht von einer ganz ähnlichen früheren Aktion herrührten, zog sie an und holte aus dem Schuppen einen Spaten.
Draußen Sturm, sich biegendes Grün, zunehmendes Braun. Natürlich sollte es eine Birke sein, die wachsen wild auf dem leeren Grundstück am Rand der Siedlung, und ich entschied mich für ein Exemplar in meiner Größe, sodass, wie ich meinte, mit allzu großem Widerstand nicht zu rechnen wäre. Erster Spatenhieb. Das Eisen glitt widerstands-

los ins Wurzellose. Daneben. Zweiter Hieb. Ich spürte eine Durchtrennung. Ich hebelte die Erde nach oben, kippte sie zur Seite, sah durchschnittenes Wurzelweiß, hervorringelndes Regenwurmrosa. Ein Nachbar, verwundert über meine Tätigkeit, warnte mich lachend vor der Verselbständigung des Spatens. Ich erwiderte das Lachen und wendete mich wieder meiner Verrichtung zu. Dritter Hieb, Hebeln mit ganzem Gewicht. Ein Knacken, ein Kinderspiel.
Nachher saß ich im Wind auf der Bank im Garten neben einer jungen Birke, dachte an den Sonnensommer, an einstige Überschattung.

14. Oktober – 21:05

Stell Dir, Solveig, einen Raum vor, der eigentlich groß genug ist, auf dem Tisch eine Lampe, die, ebenso wie das blaue Licht des Monitors, das Sehen erleichtert, den Schlaf jedoch unterbindet.
Dann, stell Dir vor, ringsum Fenster, dahinter Schwarz, unnatürliches Schwarz, viel zu schwarz für eine Nacht, ein umfassendes Unlicht, das nun den Raum betritt, zentimeterweise immer näher rückt. Was soll ich, sag es mir, erschöpft und zugleich hellwach und ganz unruhig vor Erwartung, jetzt tun?

22:43

Seit langem starre ich jetzt auf den Bildschirm, der mir gerade eher rosa- als blaustichig vorkommt, folge jedem Buchstaben, versuche es zumindest, oft fließen sie viel zu schnell dahin, dass sie nicht greifbar werden und entgleiten, dann wieder nicht enden wollende Leerstellen, verliere den Faden, schiebe mich in Zeitlupe vor zu den Zeilenenden,

Seitenrändern, um wieder aufzuspringen, Halt zu finden, insgesamt eine wackelige Angelegenheit.

Es ist niemand hier, sicher nicht. Aber was ist dort an des Niemands statt. Er?

Und wieder stelle ich mir vor, zum Trost: wie Du noch, um diese Uhrzeit, Deine E-Mails liest, und höre gleichzeitig etwas regenbogenfarben Hinabsinkendes, das Du ebenfalls kennen dürftest, aber nur ganz kurz, denn es folgt wieder das Nichtlicht und das Nichtdunkle, auch nichts dazwischen, gänzliche Abwesenheit, wo alles eingeht und verschwindet und selbst das nicht mehr, da alle Tätigkeitswörter ihr Tun endlich und letztgültig eingestellt haben, völlige Leerstelle und, wie ich sagte, selbst das nicht mehr, weder Nicht- noch Nichtnichtsehbares.
Und wieder sitze ich auf Deinem orangen Sofa, auf dem eigentlich immer Du saßest, lange Zeit, bevor der Sperrmüll kam, um alles fortzubringen, während ich im braunen Sessel lag, Dir gegenüber, und Du mir immerzu nachschenktest, ich hineingriff zwischen Chipstüten und Haselnussschokolade, das Glas nahm, es zum Mund führte und meine Lippen berühren ließ, meine Lippen, am Glas, Schokolade und Chips noch auf der Zunge, an den Lippen, Glas, dann Prosecco, der sprudelte und prickelte, den Du so mochtest und ich auch, auf der Zunge, am Gaumen, sprudelnd und prickelnd den Hals hinunter, längst saßest Du schon wieder auf dem Sofa, das so schön orange war, aber nicht nur einfach orange, sondern aperol- und dämmerorange im Dimmerlicht, da hörte und höre ich, wie fern Du auch tatsächlich warst und bist: Deine Stimme. Und dann noch eine, war es wiederum Deine, weit ausatmend, schon nicht mehr hörbar, so nah ich auch heranging mit dem Ohr, nichts mehr, nichts.

Wo bist Du, frage ich mich, wie soll ich schreiben, sehe fast nichts, jeder Farbton, jede Note verwaschen, bis selbst der letzte Pinselstrich, die letzte Violine in sich zusammenbricht. Ein Glockenspiel erklingt geisterhaft und längst nicht mehr, geisterhaft.

1:57

Irgendwann passt nichts mehr hinein, und sie würgen alles wieder hoch, der Arzt fragt nach den Intervallen, in denen es auftritt, die kleinen Patienten jedoch schweigen, absichtlich oder gezwungenermaßen, drehen sich, während sie sich übergeben, rückwärts und schräg hinein in ein Hinterzimmer, in dem es still und dunkel ist, einen Schutzraum wie eine Gletscherspalte, gegen den auch der Arzt, der inzwischen gewalttätig wird, ihnen die Glieder verrenkt, nichts ausrichten kann.

16. Oktober – 23:23

Liebe Solveig,
Ende der siebziger Jahre, Braun und Orange. Dann Weiß, aber mit Atemnot und unter Schmerzen. Herzfrequenzen auf dem Monitor, lärmende Schnappatmung im Vorgang des Sterbens.
Ich halte aber fest: ein Blatt zwischen Daumen und Zeigefinger, zerrieben, unendlich langsam, nach Grün duftend noch, Gelb, Orange und Braun, nach trockenem Laub, aber doch zerrieben. Achtsam und liebevoll umarme ich meinen Körper und greife in etwas Übelriechendes. Ich stelle mich tot.

21. Oktober – 23:05

Solveig, Liebe,
es wird kälter. Die Tage über sitze ich auf einem Stuhl aus Holz und Korb am Fenster. Ein ganz und gar entrückter Ort, einzelne Sonnenstrahlen, mein Gesicht ist ganz fahl vor Licht.
Ein erdrückender Ort.
Wenn es dunkel ist und drinnen noch nicht, spiegelt sich, noch immer, ein Sofa, auf dem wir sitzen, die Lehne tief herabgerutscht, wie ausgesogen auf einen Bildschirm starrend, der ganz schwarz ist. Manchmal spiegelt sich ein Stuhl aus Holz und Korb im Fenster, manchmal wir, tief hinabgerutscht auf dem Sofa. Im Türrahmen.
Noch ein Verlust, Deine Augen. Zerstreut durch den Park. Ein Blick in die Blätter, allfarbig, fahl. Vergessen haben wir, dass es schon so früh dunkel wird.
Zumindest gefragt haben möchte ich: Kann ich Dir helfen und Du mir? Als stiege ich in einen Zug in Deine Richtung. Und der Zug hätte kein Ziel. Ferne Inseln, kalt und licht.
Dass ich rückwärts zu Dir gelange. Wo Du im Elfenbeinturm wohnst, Unterwasserturm, senkrecht und kopfüber ins Meer gebaut. Höre ganz unten nicht viel, aber von allem und Dir ein langsames unendliches Echo. Aber kein Turm, eher ein Türmchen und ohne Elfenbein.
Wir erhoben uns, jeder für sich, und gingen noch einmal hinaus, in den Park. Aber dass wir uns im Flussbett. Sieh nur der herbstlichen Strömung nach.
Wenn ich meinen Arm ausstrecke, streiche ich über Raufaser. Und Dein Gesicht gleitet ganz entstellt über meine Hand.

Warum sehe ich, wenn ich aus dem Fenster schaue, nur eine Bank, auf die eine Birke schuldlos ihr ohnehin schon spärliches Laub verliert. Vielleicht sollten wir uns in der Tat aufmachen. Vielleicht aber sitzen wir noch immer unten am Bach, in dem für alle Zeit diffusen Licht, während der Abend näher rückt, der uns fremd ist und uns, zwei Figuren, verknetet zu einer zwei-, wenig später nur noch einfarbigen Masse.

22. Oktober – 22:56

Liebe Solveig,
wir trafen uns in Berlin in dem Haus, vor dem nachts in großer Eile ein Wagen hielt. Ins Krankenhaus, dunkle Gänge mit Nachtbeleuchtung, der stille Raum gegenüber, in dem man sich selbst mit Tee oder Kaffee versorgen oder nur einfach dasitzen, zusammensinken, sich hineindämmern konnte ins warme Braun der Möbel und der Bücherwände hinter Glas.

Es zieht mich dann auf die Straßen des Dorfes in einer Langsamkeit, die doch jemandem auffallen muss. Aber ich sehe sonst niemanden, ja wohnt denn hier überhaupt niemand mehr? In den Gehörgängen setzt, von innen oder von außen, wieder das Brummen ein, das mich hinüberzieht bis zum nächsten Grundstück. Der böse Mann und das inwendige Bellen seines Hundes. Und atme bei alledem dieses zähflüssige, teigige Zeug, das nicht Luft ist und nicht Wasser und diesen Geschmack erzeugt, den man nicht einfach herunterschlucken, aber auch nicht ausspucken kann.

An Allerheiligen brennen alle Friedhöfe.

Auf dem schwarzen Monitor wieder diese horizontale grüne Linie nach Eintreten des Herzstillstands. Oder war sie blau, gelb oder gar weiß? Ich saß im Zug, als Du mir schriebst und mich riefst, wie immer auf der Suche nach Sten und wie immer vergebens, stieg wohl auch irgendwo aus, wieder ein, blieb sitzen, ließ alles irgendwie geschehen. Ich bin mir nicht sicher, müsste mich entsinnen, konzentrieren, erinnern, ist es so wichtig?

Vielleicht sitze ich ja längst wieder oder noch immer im Zug, der eigentlich immer derselbe ist, kannst Du es wissen, oder wer könnte es sonst mit Sicherheit sagen, fahre immer weiter, bis, entschuldige, doch letztlich ist es so banal: bis er eben anhält und nicht mehr weiterfährt. Weil es längst Nacht ist und höchste Zeit, anzuhalten und nicht weiterzufahren. Und dennoch bleibe ich sitzen. Gewiss bin ich, denke ich, der erste Mensch, der sieht, was in Zügen geschieht, wenn es Nacht ist und der letzte Fahrgast, selbst der Schaffner und Lokführer und das Reinigungspersonal den Zug verlassen haben, schlafen gegangen sind, alles leer und dunkel ist im Zug und außerhalb des Zuges. Panisch und vor Angst schwitzend beginnt dann jemand, durch die Abteile zu laufen, immer weiter zu laufen bis zum Ende des Zuges, der aber, das konnte er nicht wissen, gar nicht endet, sodass er eben auch nicht aufhört, zu laufen und Angst zu haben, dieser Jemand, der ich aber nicht bin, da ich ja sitzen geblieben bin und für immer dasitze, Deine geschriebenen oder gerufenen Worte im Kopf, völlig reglos, und ihm nachsehe, wie er läuft.

23. Oktober – 21:31

Liebe Solveig,
das Grau verdichtet sich jetzt gerade auf erschreckende Weise über der Ebene. Ich saß also, sagen wir mal, im Zug.

Aber wohin? Weshalb fuhr ich nicht Dir entgegen? Weshalb landete ich nach etlichen U-Bahn-Stationen, Rolltreppen, Straßen, Stufen völlig außer Atem vor Deiner Wohnungstür, jedoch nur, um auf Dich zuzugehen und, wieder einmal, durch Dich hindurchzufallen, umzukehren, wieder loszulaufen, loszufahren, in die Gegenrichtung bis zur Endstation, und wieder umzukehren, Dir entgegen, durch Dich hindurch, außer Atem, zurück, immer weiter, bis ich mir, vielleicht zum Glück, eingestehen musste, dass es auf diese Weise nicht weiterging?

24. Oktober – 22:27

In braungelbem Licht saßen wir an einem nicht enden wollenden Abend zwischen Bücherwänden, oder warte, wir saßen noch überhaupt nicht, ich deckte den Tisch im Esszimmer, Du befülltest die Schüsseln, ich holte den Wein aus meinem Rucksack, die Chips, die Schokolade für nachher, öffnete die Flasche, füllte die Gläser, fing den Tropfen am Flaschenhals mit dem Finger auf, führte ihn zu meinen Lippen, zögerte, nahm den ersten Schluck aus meinem Glas, vor dem zweiten würden wir anstoßen, zwischen Bücherwänden, das Essen würde dampfen, scharf sein und salzig. Es ist ja, würde ich sagen oder denken, nicht nur ein Spiel und sicher nicht Sinn und Zweck, uns traurig zu machen, sieh, was aufzieht draußen, Novemberregen, unaufhörlicher, doch nichts kommt an gegen das bernsteinfarbene Licht hier drinnen, all diese zwecklosen Sinne, die Bücher, die wir auch wirklich fast alle gelesen haben, kein Prasseln, an den Scheiben kratzende Äste, Rotwein, gelbbrauner Nebel, abseits.
Und dennoch kam alles dann nur umso heftiger, schwereund wolkenlos, aber nicht losgelöst, und ganz zuletzt,

als wir, ganz langsam, schon fast ineinander übergingen:
»Hier, den Löffel, nimm.«
Wir schauten auf etwas Schwarzes.
»Du wirst sehen, es tut nicht weh.«
»Wer es glaubt.«
Aber wer sagte das und zu wem?

25. Oktober – 15:28

Solveig, heute früh stieg ich aus dem Bett, noch halbschlafend, und erblickte, und es war eine Freude, Sternendörfer, Lichtsegler, Sonnenlichtung. Und ich dachte, fast beglückt, an etwas unendlich Fernliegendes, das gar nicht fern genug liegen dürfte.
Vielleicht, ich will es gar nicht abstreiten, ist es auch ein Sterbenwollen. Aber ein Sterben zumindest, das nicht wehtut und auch nicht vorübergeht.

Ich erzähle: Irgendwo weit, ganz weit entfernt bei den dunklen Bäumen stand ein Haus, in dem ich wohnte und in dessen Garten es nur schwarze Blumen und Tiere gab, da das Licht, das hier fehlte, sie schwarz malte.

1. November – 17:21

Liebe Solveig,
inzwischen ist es später Nachmittag, dunkel ist es bereits draußen, die Straßenlaternen brennen, ebenso die Lichter in den Häusern.
Heute ist Feiertag, ich habe nichts davon bemerkt, habe niemanden gesehen oder wahrgenommen, obschon ich immer wieder an verschiedenen Fenstern des Hauses stand

und hinausgeschaut habe in das herbstische Einerlei. Auch Kirchenglocken habe ich nicht gehört. Vielleicht war ich zu sehr abgelenkt, saß gerade auf einem Stuhl oder in einem Sessel, las in einem Buch, einem Roman, der mich in Atem hielt, wenngleich, zumindest inhaltlich, nicht viel darin geschah. Las in einem Buch, einem Roman, der mich in Atem hielt und sich bald daranmachte, mich, und zwar mit Erfolg, Stück für Stück auseinanderzunehmen, ein schmerzhafter Vorgang, sodass ich immer wieder Pausen machen und, im Prozess der Zersetzung, das Haus durchschreiten und durch die vielen Fenster sehen musste, sodass Blicke, Gedanken- und Körperreste stückchenweise hinausbröckelten und sich verteilten wie durch ein Sieb und den Schnee verfinsterten, obwohl es noch gar nicht geschneit hatte, und hinter den Fenstern das gerade Gelesene oder Erlebte sich nur fortzusetzen schien.

23:59

Ich lösche das Licht in meinem Zimmer auf der Westseite des oberen Stockwerks, das ich, obwohl nur mehr schwarzgrau, selbst im Dunkeln stets als blau wahrnehme, womöglich des blaugrauen Teppichs wegen, der Bettwäsche oder auch van Goghs rahmenloser ›Nuit Étoilée‹ über der Zimmertür. Ohne hinzuschauen, ziehe ich die, wie ich weiß, ebenfalls blauen Wollsocken aus, um den rauen Teppich angenehm unter den Fußsohlen zu spüren. Nur einen Augenblick lang muss ich daran denken, wie früher die nackten Knie sich erhitzten, wenn sie zu schnell über den Teppichboden krabbelten.
Ich gehe hinüber zum Fenster und öffne es. Sogleich zieht kalte Luft herein, fährt mir durchs Gesicht, über den ungeschützten Hals. Ich greife neben mich auf den Schreibtisch, bekomme einen Schal zu fassen und binde ihn mir um.

Nur ein schwarzes Fliegengitter hält mich davon ab, mich vorzubeugen. Momente verbleibe ich so, Stirn und Nase gegen das leichte Federn des Netzes gelehnt. Dann löse ich es vom Klettband des Fensterrahmens, stütze mich mit den Ellenbogen auf die äußere Fensterbank, lasse mir das Kalte um Schläfen und Haare wehen. Es friert, ich sehe es an meinem Atem, der sich dampfend in der Luft verteilt, sehe es im Licht zweier Straßenlaternen an den Dachziegeln des gegenüberliegenden Hauses, die hauchdünn überwachsen scheinen mit einer Schicht samtweichen Schimmels. Der Schornstein drüben raucht und sorgt für Schneeluft, die cremefarbene, topfförmige Küchenlampe der Nachbarn brennt, eine hochgewachsene Frau mit Schürze gibt Nudeln in einen großen Kochtopf, während ein Mädchen in rotgrünkariertem Kleid und mit zwei dunkelbraunen geflochtenen Zöpfen, Gläser auf dem Tisch verteilt.
Auf dem Garagentor links vom Hauseingang wird es hell, ein Kleinbus fährt heran und kommt nur einige Zentimeter vor der Garage zum Stehen. Der Motor verstummt, die Scheinwerfer erlöschen ein oder zwei Sekunden später. Die Türen öffnen sich. Da es sonst nahezu lautlos ist, auch kaum Autos auf der Hauptstraße fahren, ist das alles sehr deutlich hörbar: zunächst, fast gleichzeitig, Fahrer- und Beifahrertür, dann, ein wenig versetzt, die Schiebetür auf der rechten Seite, aus der, rasch nacheinander und unterscheidbar an Beinkleidung und Frisuren, drei Jungen und drei Mädchen unterschiedlicher Größe herausspringen, die den zwei Männern, einem langen älteren und einem etwa gleich großen jüngeren, zur Haustür hin folgen.
Es dauert einige Minuten, ganz sicher, ich sehe es nicht, erahne es nur, Minuten des Jacken- und Schuheausziehens, des Wasserlassens und Händewaschens, bis allesamt in der Küche erscheinen und sich auf den Stühlen um den Tisch herum, ein einziges Kind sitzt in einem Kinderstuhl, ver-

teilen, um sich, nach kurzem Gebet, das offenbar einer der älteren Söhne spricht, von der Mutter, lachend und ungeduldig, doch der Reihe nach, aus dem inzwischen auf dem Tisch bereitgestellten Topf auf die ihr entgegengestreckten Teller auffüllen zu lassen.

Ich erinnere mich, während ich das alles beobachte, wie kürzlich, es kann aber auch schon ein paar Wochen her sein, im frühen Nachmittagsgelb einige der Kinder auf der winzigen Rasenfläche zwischen ihrem Gartenzaun und der Hauptstraße unter den großen Bäumen Kastanien sammelten, lachten und kreischten, als ein alter Mann aus dem auf der anderen Straßenseite gelegenen Haus in seinen Garten trat, zur Hecke eilte und, mit dem Stock in der Luft herumfuchtelnd, »Scheißrussen!« und »Macht, dass ihr da wegkommt!« brüllte, die Kinder es jedoch gar nicht zu bemerken schienen, einfach fortfuhren mit dem Sammeln, Lachen und Kreischen.

Vorne kommen jetzt zwei Männer aus der Dorfstraße und überqueren die Kreuzung. Sie gehen in meine Richtung, sodass ich mich schnell aufrichte und einen halben Schritt ins Dunkel des Zimmers zurückweiche, um nicht entdeckt zu werden. Ich sehe sie jedoch genau: Beide tragen sie Uniformmützen, dunkle Winterjacken und schwarze Hosen mit Bügelfalte, ein jeder hält in der linken Hand einen schwarzen Koffer, der eine einen kastenförmigen, der andere einen nach hinten hin etwas unförmig sich verbreiternden, und zwischen den Fingern der rechten Hand eine brennende Zigarette. Beide unterhalten sich und lachen laut gegen die ansonsten über dem Dorf liegende Stille an.

Da die Hecke des an die Kreuzung grenzenden Grundstücks jetzt schütter und nahezu laublos ist, sehe ich drüben an der Hauptstraße im Laternenlicht das Gelb einer Telefonzelle sowie eines Briefkastens, und einige Sekunden lang überlege ich, wie viele Schritte es bis dorthin sein

mögen, ich habe sie nie gezählt, wobei es natürlich darauf ankäme, ob ich es eilig hätte oder nicht, ob ich soeben noch auf dem Sofa gesessen und ganz plötzlich aufgesprungen und aus dem Haus gerannt oder ob ich zuvor schon viele Kilometer durch die Nacht gelaufen wäre. Doch ich schreibe, fällt mir dann ein, keine Briefe, und telefonieren muss ich auch nicht mehr. Aber was, fällt mir ein, wenn ich nicht wollte, dass jemand erführe, wen ich angerufen, mit wem ich gesprochen hätte? Dann könnte ich mich auf die Suche nach der Bedienungsanleitung des Telefons unten im Flur begeben, um herauszufinden, wie eine einmal gewählte Nummer wieder zu löschen wäre, doch das hinge wieder davon ab, wie viel Zeit mir bliebe. Wäre es da nicht doch schneller, gerade hinüberzulaufen? Und der böse Alte mit dem Stock, der nicht nur tagsüber, sondern ebenso in der Nacht am Fenster hockt und lauert?
Ich beginne, mich zu verheddern, ich merke es deutlich, und schaue unruhig wieder hinüber durchs Küchenfenster, wo man nun, da inzwischen sämtliche Teller mit dampfenden Spaghetti gefüllt sind, dazu übergegangen ist, auch die rote Soße zu verteilen. Oder ist die Küche, ganz anders, nicht vielmehr längst verlassen, neu gefliest oder, nicht einmal das, halbverfallen, fliesenlos, vielleicht sogar ruinen- oder rohbauartig unverputzt? Steht der Kleinbus überhaupt noch vor der Garage, und was geschieht mit dem Essen, das, nicht aufgegessen oder nicht einmal angerührt, noch immer, aber längst nicht mehr dampfend, auf dem Tisch steht, was zwar, das Licht ist inzwischen erloschen, nicht zu sehen ist, ich weiß es aber doch, und es kann auch gar nicht anders sein, wie lange wird es das noch tun, wenn niemand es fortnimmt, doch von alleine kann es sich ja nicht wegräumen oder auflösen, was aber, wenn, wie durch einen Zeit-, einen Jahrhundert- oder gar einen Jahrtausendsprung, doch?

Hastig schließe ich das Fenster, ziehe mir die Socken wieder an und noch ein weiteres Paar aus der linken, mittleren oder rechten Schublade des Kleiderschranks, noch immer kann ich mir nicht merken, in welcher der drei Schubladen die Socken, in welcher die Unterhosen sich befinden, ziehe die schwarze Jogginghose aus, eine lange Unterhose an, eine Jeans, zwei Strickpullover, es wird bitterkalt sein draußen, ich bin jetzt schon völlig verfroren, laufe die Treppe hinunter, rutsche aus, entgehe, mich am Geländer festklammernd, nur knapp einem Sturz, eile zur Garderobe, schlüpfe in die Winterstiefel, die Jacke, noch fehlen Schal und Mütze, jetzt, nach erneutem Griff in die falsche Schublade, habe ich sie, lösche das Licht und verlasse das Haus. Denn ich habe, wie mir auf einmal klar wird, viel zu lange schon gewartet.

Ich bin mit mir allein.

Draußen raucht der Atem, brennt die kalte Luft im Hals. Die Neubausiedlung liegt wie ausgestorben, hier und dort glimmt noch ein Licht in einem Zimmer, doch Menschen sehe ich keine. Das Wasser der Pfützen ist gefroren, im Laternenschein blicke ich, wenn es gelingt, durch die Spiegelungen hindurchzuschauen, bis auf den Grund. Unter meinen Sohlen knackt es beim Betreten, und das Eis wird undurchsichtig und weiß. Am mondlosen Himmel ziehen Sterne herauf, bringen sich in Position.

Aber das alles hilft nichts.

Ich schaue zur Schützenhalle hinüber, die von hier aus zwischen zwei Häusern ein Stück weit zu sehen ist. Es führt noch immer kein Weg über den Acker, ich müsste also die Siedlung in entgegengesetzter Richtung verlassen, mich links halten bis zur Kreuzung, dann wieder links gehen, der Hauptstraße ein Stück weit folgen, schon jetzt sähe ich es durch alle kahlen Bäume und Sträucher der Straße und des Grillplatzes hindurch rötlich flimmern. Allerheiligen.

Ich eile voraus mit Augen und Gedanken, doch die Erdschollen sind steinhartgefroren in dieser Nacht, querfeldein stolpern meine Beine weiter geradeaus, um sie, Augen und Gedanken meine ich, ein paar Meter hinter dem Hallenvorplatz wieder einzuholen. Ich ziehe den Reißverschluss meiner Jacke höher, die Mütze tiefer, der Wind wird stärker, lasse Halle und Soldatendenkmal links und rechts hinter mir, renne fast dem Tor entgegen, das sich quietschend öffnet, an der Kapelle vorbei. Jenseits des Friedhofs weiten sich baum- und haltlose Flächen. Hier muss es sein. Doch weshalb bin ich hier, ein brennendes Dorf, drüben der Hof, aber mitten im Eis, wen könnte ich fragen, wer gäbe mir Antwort, und ich weiß es ja auch selbst, bin mir aber nicht sicher und keineswegs bewusst aller möglichen Voraussetzungen und Folgen, nur dass ich die Orientierung verliere, es mir entgleitet, ohne dass ich es je gehalten hätte, merke ich, nehme es zur Kenntnis und wanke zwischen den Lichtern und Grabsteinen umher.
Und dann sehe ich ihn. Den Alten. Offenbar aus demselben Grund hier wie ich. Rotgesichtig und zerfurcht wie ein Fels. Er sitzt auf einem Stein oder Hocker einem schwarzen, ausgebrannten Fleck gegenüber. Reglos. Die Augen alles Mögliche spiegelnd, sodass er mich nicht sieht oder nicht beachtet. Aber ich kenne ihn und sein Gegenüber, den Grabstein, die Gravur: Sten.

Es folgen leere Seiten.

Schauplatz herber Angst.

VIERTER TEIL

Wir erfinden die Zeit,
und dann läßt sie uns sterben.

Marion Poschmann, ›Die Sonnenposition‹

11.

7. November – 10:42

Liebe Solveig,
ockerrötliche Tage. Eine Patina aus Licht legt sich auf Schreibtisch, Stuhl, Bett, Dielen und Wände, auf alles, was ich vor oder hinter dem Fenster sehe. Auf der Treppe hinab bleibe ich lange in den Farben auf einer der Holzstufen sitzen. Später leuchtende Grasbüschel am Rand und innerhalb des zugefrorenen Teiches. Ich ziehe einen Handschuh aus und lege meinen Zeigefinge für einige Zeit auf die Stelle, wo ein Stängel über- und hinabgeht ins Eis, schaue zur Bank zwischen dem Zebragras, sie ist leer, dehne mich zu ihr hinüber, bekomme sie jedoch nicht zu fassen. Das Eis knackt unter den Füßen, doch es trägt, und ich bleibe stehen. Das Licht brennt sich eiskalt und ockerrot ein in die Gegenstände, Häuser und Straßen. Allein hinten am Waldrand in der aufstrahlenden Gezweig- und Blätterwand tut sich, wo wir spielten, eine Höhle auf, vielleicht auch ein Tunnel, den ich heute nicht betrete. Die Erdklumpen auf dem Acker liegen steinhart in der Sonne, hinten der Horizont ist ein mattwarmer Hügel, optisch kaum trennbar vom nur um Nuancen helleren Himmel. Am späten Nachmittag steht zwischen Ästen ein glühender Ball, bricht auf, zerfließt leichenstarr und dunstig quer über die Ebene.

8. November – 19:37

Durch die Scheibe des Küchenfensters, die vom Dampf des Teewassers, das kocht und nicht aufhört zu kochen, beschlagen ist, sehe ich noch dem Taxi nach. Ich habe vergessen, den Wasserkocher zu schließen, der nicht mehr von selbst schließt, da der Deckel abgebrochen ist oder sich auf andere Weise aus der Halterung herausgelöst hat. Nun hört er nicht mehr von selbst auf zu kochen, obwohl das Wasser den Siedepunkt längst erreicht hat, die Scheibe des Küchenfensters ist beschlagen, und ich sehe dem Taxi nach, das hinter einem Haus verschwindet, um nach einigen Sekunden, in denen es, ohne dass ich es von hier aus habe beobachten können, vier Grundstücke, zwei bebaute, zwei unbebaute, umfahren und sich damit das Wenden erspart hat, wieder zum Vorschein zu kommen und vorerst endgültig (in einigen Stunden wird dasselbe Taxi mit demselben Fahrer wieder auftauchen, ich werde dann jedoch nicht am Fenster stehen, sondern nur den Motor hören vom hinteren Teil des Gartens aus) auf die Hauptstraße einzubiegen, als ich ihre Stimme vom Wohnzimmer her vernehme und mir alles wieder einfällt und ich mich mit einem wackligen Tablett in den Händen ihr und allem, was damit zusammenhängt, wenn nicht zuwende, so doch ein Stück weit und schrittweise nähere.
Das konnte sie dann doch nicht auf sich sitzen lassen, Neles Andeutungen, nein, sie konnte nicht anders, wollte sehen, was ich hier so treibe, hören, was, um Gottes willen, eigentlich geschehen sei und ich ihr am Telefon nicht habe sagen wollen oder können, wie ich niemals etwas habe sagen wollen oder können, woran sich bislang offensichtlich nichts geändert hat. Ob es, fragt sie, noch immer? »Nein, nichts«, antworte ich. »Nein, nichts«, wiederholt sie, während sie, den Stock in der Linken haltend, mit der

Rechten über die grünbeblümte Lehne streicht, die Bezüge aber seien, meint sie, noch dieselben, fast unversehrt, dann lässt sie sich in den Sessel fallen. »Wir hatten es hier doch auch ganz schön.«
Weiße Dauerwellen, denke ich, auf dunkelgrüner Blumenwiese, das muss wohl so sein, und schaue herab auf ihre Haare, die clownhafte Schminke, wohl wissend, dass sie hier, aus dieser Tieflage, nicht mehr alleine herauskommen wird.
»Schreiben könntest du mal.«
In meinem Kopf blitzt es auf wie ein Schmerz, nein, noch nicht einmal, wie eine Enttäuschung, ganz kurz nur, Bildersatz: ein Staketenzaun, dahinter Stockrosen, Wäscheleine inmitten von Grün, ein Gewehe, weißes Lachen, weißer Riese, der dafür sorgt, dass sich der Garten zur Wiese weitet, die nie aufhört, da auch die flatternden Laken niemals enden. Und im selben Moment bin ich mir sicher, dass ich es ihr nie verzeihen werde, dass sie über alledem einfach so alt geworden ist.
Wie es ihm gehe, fragt sie. Knurrt und hockt in seiner Ecke, denke ich und antworte: »Frag ihn doch selbst.« So wichtig sei es ihr dann doch nicht. »Siehst du, mir auch nicht.«
Nach Keksen und Kaffee gehen wir spazieren oder versuchen es, nur ein paar Schritte bis ins Feld, wo es zugig ist und friert und der Himmel genauso aussieht wie die Äcker, braunrot mit weißen Flecken, brechen dann aber ab, weil sie nicht mehr kann und ich auch nicht.

10. November – 2:39

Wir pressten, erinnerst Du Dich, Blätter und klebten sie ans Fenster des Kinderzimmers. Das durften wir, weil es Herbst und der Sonneneinfall bunt und herbstlich war.

Saßen auf Kinderklappstühlen wie hinter braungelbem Sonnenbrillenglas und spielten Schwarzer Peter. Bis draußen, ganz plötzlich, die Sonne ausging und der Abend sich dem Schwarz überließ.
Wer ihn überhaupt einließ, ich weiß es nicht.
»Du bist dran.«
»Nein, du.«
Es gab Clownsgemüse, angebrannt. Nichts übriggelassen, nichts drin behalten, alles wieder ausgespien. Rieben uns die Kastanienbäuche, Kastanienköpfe, Bucheckernaugen.
Dann fiel die Tür zu, und wir kamen, so einfach ist das, nicht mehr heraus. Er schloss die Türen und Fenster unseres Zimmers, setzte sich in seine Ecke, rauchte und zwang uns, dass wir schliefen. Nicht die Augen schlössen, sondern schliefen. Blinzelnd sah ich, auch wenn ich längst gehorsam war und schlief, Staub und Rauchschwaden im gelbtrüben Licht einer Stehlampe stehen.

11. November – 1:10

Nichts sehen, nichts hören, nicht schreien: Mein Name ist Hase. Tom und Jerry. Pumuckl. Benjamin Blümchen. Masters of the Universe. Udo Jürgens. Biene Maja. Schwarzwaldklinik. Forsthaus Falkenau. Der Landarzt. Asterix und Obelix. Peter Lustig. Ich heirate eine Familie. Dieter Thomas Heck. Major Tom. Words Don't Come Easy. 99 Luftballons. Wum und Wendelin. Die Schlümpfe. Raumschiff Enterprise. Aktenzeichen XY… Ungelöst. Die drei ???. Der fliegende Ferdinand. Neues aus Uhlenbusch. Unter der Sonne Kaliforniens. Michael Schanze. Sesamstraße. Die Sendung mit der Maus. Die kleine Farm. Lassie. Flipper. Fury. Ohrenbär. Die Kinder aus Bullerbü. Brüderchen und Schwesterchen. Dirty Dancing. Timm Thaler. Der Club der toten Dichter. Lindenstraße. Die kleine Meerjungfrau. Hilfe, die Herdmanns kommen. Löwenzahn und Seidenpfote. Diese Drombuschs. WDR 4, Musik zum Träumen. Oh, wie schön ist Panama. Die Kinder vom Mühlental. Der Poltergeist. Die letzten Kinder von Schewenborn.

3:21

Jemand krallt sich fest unter meinen Achseln, schüttelt mich, schreit meinen Namen, schleift mich von einem Zimmer ins andere, biegt meinen Kopf unter fließendes, eiskaltes Wasser. Ich wehre mich nicht und wache nicht auf, sehe aber etwas Verzerrtes, das mich anstarrt, das ich nicht kenne, der Schrecken soll die Angst vertreiben, dann packt er mich wieder, geht es von vorne los, unter den Achseln, durch die Wohnung gezerrt, durch alle Räume, hört nicht mehr auf, verrenkt mir die Glieder, es ist der Sandmann, der Traum und Nichttraum durcheinanderbringt, sie sich rauchend und sabbernd durch die Zähne presst.

13. November – 23:43

Was wohl geschieht während der Kremierung.
Island. Lavafelder.
Krähen. Höre Krähen, suche den Himmel ab, vergebens. Letzter Blick, weißer Segler, glitt vielleicht auf schiefer See in Richtung Mond. Wenn Du mich suchst, wirst Du im Fenster meine Umrisse sehen, die Schreibtischlampe. Und doch wirst Du mich nicht finden, da ich längst nicht mehr hier bin. Deine Schieflage oder meine. Wenn ich einfach alles, wirklich alles aufschriebe, was ich von Dir weiß?

0:34

»Der unbewusste Versuch, sich mittels einer Krankheit zu suizidieren, stellt eine Problematik dar, die bei nicht wenigen unserer Patienten anzutreffen ist.«

14. November – 22:05

Gewusst. Haben wir. Alle haben es gewusst. Nur, ein Denkfehler: die Unterscheidung von Möglichem und Tatsächlichem. Es lässt sich nichts verhindern.

0:12

Am Telefon nicht Du, Solveig, dafür Nele: »Was ist denn noch?«
»Wieso, ich wollte nur fragen: Wieso?«

16. November – 22:42

Liebe Solveig,
unser Familienausflug, endlich, Altweiberwiesen, offene Fenster, Nele und die Kinder, und wir fahren, ich sitze am Steuer, bestehe darauf, selbst zu fahren, staubige Straßen füllen sich mit Blättern, wirbelnde Blätter auf den Straßen machen das Dahinrasen fast schwerelos. Zwischen Spinnweben tanzen die Kinder auf der Wiese. Wir fahren. Haare und Gräser leuchten in der Sonne wie Apfelschorle, mit Krümelmündern springen sie von der Decke auf und waten zwischen Halmen und Herbstblumen durch den weichwarmen Raum, hin zum Wagen, denn »Kommt, es geht los, wir fahren!«

Album rückwärts. Ich passiere eine Bushaltestelle, während ich rede, ich weiß nicht, was ich da rede, höre mir selbst nicht zu, viel zu stark ist das Licht, doch hier fahren keine Busse, hier fahre nur ich, während ich, gegen die Sonne, nach draußen schaue, »Hört ihr mir zu?«
Vinylplatte rückwärts gedreht, von der Mitte nach außen hin wird sie schneller, rast, rückwärts, nach vorn, auch das Fahren, das Tanzen erfolgen nun rückwärts und wieder nach vorn, rückwärts und wieder nach vorn, so schnell oder so langsam, dass nur ein einziges Bild entsteht, wieder und wieder die gleiche Stelle: ich, am Steuer, das warme Wehen trockener Blätter, ohne dass die Grashalme jemals knickten, Licht und Farben halten sie aufrecht, noch immer. Vor der Kurve bremse ich nicht, da wir, mit Vollgas, stillstehen im Bild. Staubstraße, Blätterstraße. Die Zeit erhält einen Sprung.
Ich senke meinen Kopf. Für einen Moment ist es still, Straße, Wiesen und Waldrand liegen träge im Mittagslicht, das ich, vor Blinzeln, in den oberen Augenwinkeln gerade noch wahrnehme. Dann plötzlicher Lärm. Ein Auto rast an uns vorüber. Zunächst sehe ich nur Beige, doch dann formt es sich zu einem knatternden Ding, einem Ford Escort, der nur, und sonst nichts, an uns vorüberrast, doch ohne zu fahren, nein, er fährt nicht, Blätter wirbeln auf, aber sie bleiben, indem sie aufwirbeln, ganz und gar regungslos, ja, er rast einfach, steht und rast, wie ich es sage und nichts weiter, an uns vorüber.

Wir gelangen durch ein Waldstück an eine Straße. Kein Wind, nur hier und dort ein kaum vernehmbares, vielleicht auch irrtümliches Knacken oder Rascheln. Irgendwo dahinten, soweit durch verbliebenes Laub und an Stämmen und Ästen vorbei zu erkennen, tun sich gelbgrüne Weiden auf, letzte grellweiße Champignons neben Kuhfladen, ver-

einzelte Kühe, die kauend und mit großen Augen zu uns herüberschauen.
Wir bleiben stehen, und ich halte, reflexartig, die Kinder fest: Ein Motor durchbricht das Lautlose, heult jäh auf, rast auf eine Kurve zu. Ich drehe mich um, stehe, gerade noch und nur halbwegs sicher, neben der Fahrbahn auf Waldboden, der, trotz Sonne, feucht und blättrig nachgibt unter meinen Sohlen, und sehe ihn, in einem Moment, vorüberfahren. Er rast, wirbelt in schrägwinkligem Herbstlicht Blätter auf, die Scheiben blitzen, ein einziges Aufflammen, Schatten- und Lichtflimmern, gelb, orange und: haarscharf an uns vorbei.
Die Frage, weshalb so eilig und mit welchem Ziel, stellt sich mir nicht oder beantwortet sich von selbst: auf die nächste Kurve zu. Die er aber nicht erreicht. Auf der Rückbank nehme ich, gegen das blendende Leuchten, zwei Kindersitze wahr, ob Kinder darin sitzen, ist nicht auszumachen, wenn ich auch meine, ein Stück Honigblond zu sehen. Der Fahrer, mit Vollbart und schulterlangem Haar, trägt eine Sonnenbrille mit übergroßen Gläsern, sein Ellenbogen ragt aus dem offenen Fenster, in seiner linken Hand, zwischen Zeige- und Mittelfinger, eine brennende filterlose Zigarette.
Etwa zeitgleich sehe ich, wenn ich den Blick wende, zwei Wollkapuzen, die sich längst aufgemacht haben, sich, haltlos, durch das Laub den Waldhang hinaufzukämpfen. Ich eile ihnen zur Hilfe, schiebe von hinten, etwas zu stark wohl, sodass wir auf einmal alle in den Farben liegen, die verschwinden unter unseren Schatten, gleich steigt es kühl und feucht unsere Bäuche herauf, es riecht modrig und erdig und nach Moos, doch kein Grund, zu verzagen, sie richten sich wieder auf und setzen quirlig und quietschend ihren Aufstieg fort, Nele, bis eben außer Sichtweite, kommt ihnen von oben entgegen, während ich mich nicht rühre, mit dem Blick an den Spinnfäden hafte, die, kaum

zählbar, in der Luft stehen und nur hier und dort an Blättern oder Astwerk hängenbleiben, beginnen oder enden und aufleuchten im Nachmittagslicht einer Sonne, deren Strahlen, nun fast greifbar, lang und spitz durch die kahlen Baumkronen stechen.
In der Lichtung oben wird es schnell warm. Wir ziehen ihnen die Filzjacken aus und die braunorangegestreiften Mützen, setzen uns auf einen Baumstamm, während sie loslaufen und sich im späten Gras verlieren, die Große, denke ich noch, mit Neles braunroten Locken, ihr Bruder mit meinem Blond, etwas heller noch, vielleicht auch Stens. Mein Blick fällt. Meine feuchte Cordhose trocknet rasch in der Sonne.
Später sinkt eine andere Sonne in Laub und Äste, jäh wird es kühl. Bunte Wolkenscheiben schieben sich quer in das Dunkel der Wipfel über dem Hügel. Ich werfe noch eine Hand voll Ahornsamen in die Luft, die, propellernd inmitten von Orangerosa und Blaugraulila, für Momente aufbrennen und funkeln, bevor sie, indem sie den Boden berühren, restlos erlöschen.
Wir ziehen ihnen die Jacken wieder an und auch die Mützen, während sie noch immer umhertanzen oder -hampeln, unbeirrt, auf dem Heimweg, den sie nicht mehr laufen wollen, aber eigentlich auch gar nicht wahrnehmen.
Und irgendwann tritt es dann doch ein, einem Spielzeugauto gleich, das man nach hinten hin aufgezogen, fast schon überdreht und eine Zeitlang festgehalten hat, um es dann ganz plötzlich los- und davonschnellen zu lassen: Der Fahrer tritt noch einmal aufs Gaspedal, schaltet mit Geheule. Und ich sehe dem Wagen nach, ein beiges Vorüberrasen nur mehr, bis die Kurve ihn aufnimmt, mein Blick ihn freigibt.
Ohne zu bremsen, rase ich auf ein riesiges Tor zu, das sich im Moment, in dem der Aufprall bereits unvermeidlich scheint, beginnt zu öffnen. Die Torflügel nur knapp verfehlend, komme ich irgendwo auf knirschendem Kies und

kurz vor einer Mauer zum Stehen. Über den Rest, also das, was folgt, kann ich nur mutmaßen.
Über herbstfeuchte Kieswege streife ich kreuz und quer durch einen Park, in dem jetzt keine Sonne mehr ist, an graugrünen Statuen und fahlbunten Hecken vorüber, setze mich auf das Moos einer Bank, schaue auf einen wasserlosen Brunnen voller Blätter.
In einer Nische am Rande des Bosketts steht, vergessen und mit platten Reifen, ein verwahrlostes Fahrrad. Die Blumenrabatten im Parterre liegen braun und welk, die Broderien bis zur Unkenntlichkeit verwildert. Zwischen Gestrüpp und Buchsbäumen sitzt, sandsteinfarben und mit geschlossenen Augen, eine junge Frau. Hinter ihr erhebt sich, gleichfarbig, das Schloss. Einige Menschen gehen dort schweigend auf und ab, stehen oder sitzen, ein weißer Diener verteilt etwas von einem runden Tablett, das ich von hier aus nicht erkenne. Ich nähere mich dem Gebäude. Blickt man schräg über sie hinweg, scheinen auch die Wege grün, eine einzige Wiese mit Gräsern, Klee und Disteln. Immer wieder trete ich auf Kastanien, die bereits schwarz und faulig sind, stoße sie mit dem Fuß beiseite, auch Bucheckern, Eicheln und Tannenzapfen. Ich höre das schwarze Geschrei eines Vogelschwarms im bleichen Spiegelbild des Teiches, werde dann aber abgelenkt durch den Anblick der Orangerie, einer hirnförmigen Glaskuppel beachtlichen Ausmaßes. Ich trete heran, viel gibt es nicht zu sehen, das Glas ist von innen grün veralgt und beschlagen, ich versuche einzutreten, doch die Tür ist verschlossen.

17. November – 23:11

Liebe Solveig,
oft fragtest Du, wie es mir gehe, und ich blieb Dir eine

Antwort schuldig. Jetzt, wo Du fern bist, schreibe ich Dir, was ich hier tue oder sehe oder höre, das, wie Du siehst, mal mehr ist und mal weniger, und bei allem habe ich das Gefühl, als handelte es sich um die letzten und darum kaum bemerkten Dinge, die Dir vertraut sein mögen, sich mir aber nähern in einer Fremdheit, in der ich mich, nur mehr sprachlos, spiegele.
Beklommen bringe ich den Schreibtischstuhl zum Drehen, zum Fenster hin, wo schwarz die Nacht vernieselt. Ich sehe einen Wald, folge auch, in einer braunschwarzen Bartóknacht wie dieser, einer Violine, die sich sinn- und lieblos hinschlängelt, sich verliert in Höhen und in Tiefen, wieder auftaucht oder einfach nur vor sich hindämmert über dem Land, das sich fast lautlos dehnt, um dann aber, ganz plötzlich, übergriffig zu werden, zuzuschlagen, zuzubeißen, das Geklimper unter sich zu zertreten und zu begraben, Stille, nichts mehr, und sich dann, unschuldig, als wäre nichts geschehen, und mit einer Eleganz, die schaudern macht, schräg zur Seite hin zu verflüchtigen.

Hast Du schon einmal ernsthaft darüber nachgedacht, wie viel von alledem, was ich die ganze Zeit über von mir schreibe, tatsächlich von Dir handelt, dass ich zunehmend verschwinde in dem Ausgerichtetsein auf Dich, so unscharf umrissen Du auch immer sein magst?
Manchmal will ich ansetzen und sehe hinten einen Wald verschwinden, in Nebelfetzen, sehe auf der kalten Tischplatte draußen meinen Arm, der alles, was dort liegt oder steht, nämlich nichts, mit einem Mal hinunterschiebt. Dann wache ich auf und träume, dass ich aufwache und beginne zu träumen.
Gestern auf dem Weg wand sich spiralenförmig und schräg nach oben hin ein Staub und regnete nieder als Blätter. Am Waldrand sah ich Sten und Nele oder uns beide, wie sie

oder wir, Teil des Bildes, verschwanden, sonnenblond, kastanienrot, bevor alles herum, was dann aber, da wir ja fort waren, niemand mehr sah, unter- und verlorenging. Und wo blieben wir?
Aus einem spätgelben Sessel heraus schriebst Du mir, der Glasbausteine im Treppenhaus wegen, spätgelbe und daher unsichtbare Briefe.
Ich erdachte mir dagegen braunblasse Punkte und fiel in sie hinein wie in ein Sommersprossenfeld, wie in einen orangefarbenen Sternenhimmel. Ich lief im Fahrtwind, schwingengebreitet, sank hinauf, drachenflugs, spiegel- und herbstverkehrt.
Aus meinem unsichtbaren Sessel heraus schreibe und schicke ich Dir jetzt unzählige leere Seiten.
Und immerzu habe ich den Eindruck, im Zug zu sitzen, vieles, doch längst noch nicht alles, fahren und zusammenfallen zu lassen mit dem Blick aus dem Fenster, stäubender Schnee gegen das Licht wie schlitternde Töne einer Zither, es kippt, fällt, doch ohne Aufprall, Standbild. Nicht länger muss ich Euch suchen, da ich Euch, bewegungslos, entgegenfahre im warmbraunen Licht am Nachmittag. Weder suchen noch finden. Die Ferne jenes Horizonts, näher und unhaltbarer, als wir es für möglich hielten und uns vorstellten, wie wir mit abgeschrägtem Blick zur Seite hin zerstoben. Am Holzstapel lehne ich mich dem Rost entgegen. Fern und unerreichbar sind die Häuser am Abend.

18. November – 12:23

Liebe Solveig,
das weiße Vormittagslicht draußen vor dem Küchenfenster: eine zu helle Sonne, die durch blassgraue Wolken dringt, sich spiegelt in Pfützen und regennassen Dachziegeln, ein

Lichtzustand, eine Lichtzumutung, wie wir sie einmal, weißt Du noch, auf dem Deich zwischen See und Meer erlebten. Schon beim Blick wie jetzt aus dem Küchenfenster war mir alles, wirklich alles klar, schlug die Tür ins Schloss und mir dies Licht ins Gesicht wie eine kaltweiße Hand, was mich, damals, allerdings nicht davon abhielt, während Ihr drinnen strittet, das Haus zu verlassen, aus Angst oder Neugierde, vielleicht auch aus Unglaube. Ich zog mich an, machte mich auf durch die leere Siedlung, vorbei an schmucklosen Backsteinhäusern, nahm jedoch nicht den Weg zum offenen Meer, sondern jenen zum stillgelegten Hafen, wo drei Stufen hinabführten zum Strand. Dieser war nahezu vollständig bedeckt von Muscheln, Steinen, Seetang, Einzelteilen von Krabben oder Krebsen. Es roch faulig, Wind gab es keinen, über mir schrien Möwen. Ich wollte meinen Blick heben, ihnen entgegenschauen, blieb aber auf halber Strecke stehen, da es vor meinen Augen und nirgends sonst geschah: nämlich gar nichts. Ein Vormittagshimmel, der sich weiß auf einer leeren Fläche spiegelte. Die Ernüchterung tat körperlich weh, ich schloss die Augen, wartete, bis ich an irgendeinem anderen Ort mich wiederfand, ich es riskieren konnte, sie wieder zu öffnen und den Blick auf irgendetwas hin auszurichten.

Ganz ähnlich stellt sich der jetzige Zustand dar, über den ich nichts weiter zu sagen weiß, außer vielleicht, dass er mich hier stehen lässt, dafür sorgt, dass ich hier stehe, die Hände still auf der Arbeitsplatte abgelegt habe, dass er mich abhält davon, etwas anderes zu tun als zu stehen und, ohne jede weitere Bewegung der Augenlider, hinauszustarren ins Helle, obwohl oder gerade weil dieses ganze Erstarrte mich offensichtlich nicht will und nicht mag, mich ab- und fortweist von sich und zugleich vordringt in jeden Spalt und jede Ritze, sich auf jede unbedeckte Zelle meines Kör-

pers legt. Erst nach Stunden fallen, ohne Vorankündigung, meine Augen zu, schließen sich einfach. Auch meine Hände regen sich wieder, greifen nach dem Wasserhahn, lassen heißes Wasser ein in die Spüle, wo es nichts zu spülen gibt, legen sich hinein in das Heiße und bleiben liegen, um ihm, dem Heißen, lange nachzuspüren. Mir wird schwindelig. Ein leichter, angenehmer Schwindel.
Früher, gefühlt sehr viel früher, stehe ich wieder dort, die Hände im warmfettigen und kaum mehr schaumigen Spülwasser, den Schwamm mit Essensresten noch in der Hand, dabei ein Zusammenkrampfen des Magens, das hochzieht bis zum Rachen, aber nicht säurebedingt, eher wie ein Kurzvordemlosschluchzenwollen, das aber nicht kommt, da ich es wieder hinunterschlucke, woraufhin es wieder hochdrängt, wieder und wieder, ein Hoch und Runter, Hin und Her, das mir ebenso sinnlos wie albern vorkommt, gegen das ich aber nichts auszurichten weiß. Immerhin beschäftigt es mich eine Weile, neben den lästigen und kaum herauszubekommenden Fäden und Stückchen geschmolzenen Käses im Gewebe des baumwollenen Spüllappens, als plötzlich, ich sehe sie nicht, doch anders kann ich es mir nicht erklären, die Sonne irgendwo über und hinter dem Haus, das heißt auf dessen Nordseite, die Wolkenwand durchbricht und vor meinen Augen auf der anderen Seite der Spielstraße den roten Klinker des Nachbarhauses zum Aufglühen, was stark untertrieben ist, zum Aufbrennen, ja gegen das Tiefgrau des Himmels zum farbigen Aufschreien bringt.

19. November – 7:32

Noch gegen neun oder zehn Uhr abends sitze ich im Sessel, halte den Schalter der Stehlampe in der Hand und knipse das Licht an und aus und wieder an und wieder aus, unschlüssig, ob es draußen dunkler sein soll als drinnen oder umgekehrt, und denke vorerst gar nicht daran, mich zu entscheiden. Erst gegen Mitternacht stehe ich auf, taste mich durchs Dunkle bis zum Flur, schalte das Licht an und öffne den großen Schrank.

In den oberen drei Fächern befinden sich, neben einzelnen Puzzles, größtenteils Gesellschaftsspiele: Sagaland, Hase und Igel, Monopoly, Deutschlandreise, Cluedo, Spiel des Lebens, Spiel des Wissens, dessen Farben immer so gut nach den Farben der Planeten rochen, Memory (von Ravensburger), mit dem Tomatensoßenfleck auf der Rückseite des Clowns, ein Roulettespiel, noch eingeschweißt, Risiko, Die Siedler von Catan, Mau-Mau und Vier Gewinnt. Das unterste Fach enthält, ich muss mich auf die Fliesen knien, um hineinschauen zu können, Weinflaschen, dicht aneinandergereiht, ohne Etikett und, wie an den nur zur Hälfte in die Flaschenhälse getriebenen Korken leicht zu erkennen, offenbar selbst abgefüllt. Nacheinander nehme ich einzelne Flaschen heraus und halte sie gegen das Licht der Deckenlampe, sehe trübe und klare Flüssigkeiten in unterschiedlichen Farben, in Blutrot, Beerenrot, Orangerot, Kiwigrün, Grünbeige, Creme- oder Bernsteingelb. Ich entscheide mich für Beerenrot, stelle die übrigen Flaschen zurück, schließe die Schranktür, gehe in die Küche, ziehe die große Schublabe neben der Spüle auf und wühle in einem Sammelsurium von Suppen- und Salatlöffeln, Teesieben, Dosen- und Flaschenöffnern, Untersetzern, Strohhalmen und Rouladennadeln herum. Ich greife nach dem Korkenzieher, gebe der Schublade mit der Hüfte einen Stoß, sodass sie sich mit einem mittellauten Geräusch, für das mir gerade keine Beschreibung einfällt, oder doch, es ist ein Klappern, ein leichtes Schlagen mit dem scheppernden Nachhall durch den Aufprall leicht aneinanderstoßender metallener Gegenstände, schließt, drehe den Korkenzieher in den Korken, hebele ihn heraus und führe die Flasche zur Nase und die Nase zur Flasche. Der Inhalt verströmt einen beißenden Geruch nach Alkohol, mein Mund füllt sich mit Speichel. Ich nehme einen Schluck, lasse ihn, bevor er den Gaumen und schließlich den Rachen erreicht, über und unter die Zunge gleiten, der Geruch bestätigt sich im Geschmack: scharf und von fader Süße, leicht tranig, sicher hochprozentig. Nun öffne ich den Schrank unter der Schublade, umfasse den schwarzen Kunststoffgriff eines Aluminiumtopfes, stelle diesen auf die linke der beiden vorderen Herdplatten, schalte den Herd ein, Stufe neun, entleere die Weinflasche in den Topf und warte, bis mir aus demselben nicht nur Geruch, sondern auch heißer Dampf entgegensteigt, entnehme dem Hängeschrank rechts neben dem Herd eine schwarze Thermoskanne sowie eine grün-gelbe Tasse, fülle den Wein in die Kanne und drehe den Deckel sorgfältig zu. Nachdem ich Kanne und Tasse vorsichtig in ein Geschirrtuch gewickelt und in meinem Rucksack verstaut habe, ziehe ich mich an, nehme mir sehr viel Zeit für all diese Vorgänge, vergesse auch den Schirm nicht und trete hinaus.

Es ist noch gar nicht so dunkel, wie ich dachte, das milchige Grau in der Luft erinnert eher an einen nicht allzu späten Nachmittag. Es nieselt, das Thermometer am Fenster auf der Rückseite des Hauses zeigt ein bis zwei Grad über Null. Ich öffne, der feuchten Kälte ausweichend, den Schuppen, finde nichts Auffälliges, umfasse für einen Moment nur das kalte Holz des Spatens, greife nach rechts in einen Blumentopf, öffne ein weißes Döschen, nehme einen Schlüssel heraus, den Ersatzschlüssel für die Haustür, befühle seine Zacken und Rundungen, versuche, mir alles genau einzuprägen, lege ihn zurück, drücke das Vorhängeschloss zu, verstelle die Zahlenkombination, trete unter das Carport zu den Mülltonnen, öffne sie der Reihe

nach, die graue, die grüne, die große blaue, und streife die zwischen den Tonnen und dem Holzstapel etwas wirr und offensichtlich recht achtlos abgelegten gelben Säcke flüchtig mit den Augen, vielleicht auch mit der Hand. Ich schrecke auf. Wende den Blick, beziehungsweise erst den Kopf und dann den Blick, aber selbst das ist, eigentlich, noch viel zu ungenau und erfasst den Vorgang nur notdürftig. Die Straßenlaternen sind angegangen, so früh schon, denke ich, führe meine rechte Hand zum Kopf, ein metallenes Surren hinter der Schläfe, nehme den Weg zur Schützenhalle, denn auch dort brennt, wie ich bereits weiß und kurz darauf sehe, um diese Uhrzeit Licht.
Allerdings brennt es nicht im eigentlichen Hauptsaal, ebenso wenig in der sich an denselben in meine Richtung anschließenden Küche, sondern im kleinen, im Seiteneingang mündenden Flur links daneben sowie, sehr viel heller noch, im von hier aus nicht einsehbaren Probenraum, dessen Neonweiß, in krassem Gegensatz zum übrigen schmutzigdämmrigen Einerlei hier draußen, auf den schmalen Kiesweg, die braune Böschung und den seitlichen Rand eines Ackers fällt.
Ich atme aus. Nein, es ist kein Seufzen, noch ist es das nicht, sondern, wie ich sage, bloß ein Ausatmen, und dann, zwar sehe ich es nicht, doch immerhin kann ich es hören und mir folglich auch bildlich vorstellen: ein marschähnliches, etwas träges Durcheinander von Posaunen, Tubas, Trompeten, Klarinetten, Schlagzeug, eine nachdrückliche Stimme, Pause, ein unwilliges Raunen, gefolgt von erneutem Ansetzen, Blasen und Schlagen. Durchs Fenster sehe ich, ja, nun habe ich mich doch herangeschlichen, Frauen und Männer, Jungen und Mädchen des Dorfes, darunter etliche aus der Siedlung, und ich versuche, soweit es von hier aus und ohne entdeckt zu werden möglich ist, die einzelnen Gesichter den entsprechenden Häusern zuzuordnen, was

mir in einigen Fällen sogar gelingt, hangele mich weiter entlang an den Dingen, Notenständern, Notenblättern, Jacken und Mänteln über den Stuhllehnen, an Turn- und Lederschuhen, grauen Uniformjacken und -hüten in einem übergroßen Wandschrank mit geöffneten Schiebetüren, einer der Jacken fehlt ein Knopf, einer anderen vielleicht, vielleicht aber auch nicht, sogar zwei, ich bin mir nicht sicher, weiter an Notenheften, viele Notenhefte in Schwarz, Dunkelblau oder Dunkelgrün, die Einbände vermutlich aus Kunstleder, ich greife nach ihnen, wiege und wende sie, in Gedanken, in den Händen, was gar nicht so leicht ist, denke mich hinüber zu den raumwarmen Staubmäusen in den hinteren Ecken der Regalböden.
Vom Stehen wird mir kalt, ich setze mich in Bewegung, umrunde das Gebäude und sehe, von der Hauptstraße aus, weit hinten, irgendwo jenseits irgendeines Feldes und leicht verschwommen im Dunst des wohl tatsächlich erst beginnenden Abends, einzelne Lichter des nächsten Dorfes, beschleunige meine Schritte in dessen Richtung, da es mir plötzlich scheint, als hätte ich ein Ziel, und das habe ich auch.
Über die leicht ansteigende Ebene gehe ich ungeschützt. Keine Bäume oder Sträucher. Der Schirm taugt nichts, es ist kaum windig, dennoch schlägt er mir bei jeder kleineren Böe um. Irgendwann erreiche ich mit durchweichter Hose und kaltnassen Füßen das Ortsschild, überschaue von hier aus ein letztes Mal den Nadelwald, der etwa in gleicher Höhe jenseits des Tals beginnt und dessen Schwarz mehr und mehr emporsteigt zum Himmel, sich hineingießt, bis es, grenzenlos, keinen Himmel mehr gibt. Ich folge nicht der Straße ins Innere des Dorfes, sondern dem Weg, der hinter ihm entlangführt, an trist ummauerten Gärten vorbei, steil zwischen Fichten hinab in ein dunkles Loch. Eine schwarze Taube flattert auf am Wegrand, geängstigt wohl durch meine Schritte und das leichte, aber deutlich hörbare

Hinundherreiben des Ärmelstoffs über den Taillenstoff, schlägt sich ins Gebüsch wie in Atemnot, um, wie ich vermute, dort zu sterben.
Ich passiere eine winzige evangelische Kapelle, in der, wie ich im Vorübergehen dem leeren Schaukasten entnehme, nur zu besonderen Anlässen Gottesdienste stattfinden, überquere die Hauptstraße, die sich durchs Tal schlängelt und auf der niemals Autos fahren, weshalb sollten sie, führt sie doch ins Nichts, bleibe stehen für Momente, lausche und rieche hinein in die Berührung von Regentropfen und modrigen Blättern, Erde, welkem Gras und Moos, vernehme ein Plätschern, sehe jedoch weder Fluss, Bach noch Rinnsal. Wenige Straßenlaternen, die sich irgendwo im Wald verlieren, zeigen an, dass sich hier ein weiteres Dorf oder eine Siedlung befindet, vielleicht ein Dutzend Häuser, grob und etwas willkürlich hingestreut zwischen die Bäume. Sie alle sind, soweit ich es erkennen kann, unbeleuchtet, vielleicht auch unbewohnt. Ich überquere einen kleinen Parkplatz, registriere, ohne genau hinzuschauen, eine Wanderkarte, fixiere stattdessen, weiter hinten, das Gelb einer Telefonzelle, nähere mich, ohne meinen Blick abzuwenden, ziehe die Tür auf und trete ein.
Auch hier drinnen dampft mein Atem gegen das Licht. Ich nehme den Hörer ab, wähle halbabwesend einige Nummern, wundere mich über den Signalton, hänge ihn abrupt wieder ein. Ich stelle den Rucksack auf das aufgeschlagene Telefonbuch, lehne mich vorsichtig gegen das Telefongerät und schaue eine ganze Weile auf die weiß-, grün- und gelblichen Rotzflecken an den Innen- und Außenscheiben, beobachte, wie nun auch vereinzelte klebrige Schneeflocken am Glas hängenbleiben. Ich hole tief Luft: Das Einatmen durch Mund und Nase macht den Geruch zum Geschmack nach feuchtem Papier, kaltem Zigarettenrauch, Bier und Urin. Ich öffne den Rucksack, nehme Tasse und

Thermoskanne heraus, öffne den Drehverschluss, fülle die Tasse fast bis zum Rand, führe sie zum Mund und warte einige Momente. Sehr bewusst inhaliere ich den heißen und etwas beißenden Dampf, lasse ihn über Lippen, Nase, geschlossene Augen und Stirn gleiten, nehme den ersten Schluck, den zweiten, folge ihrem Weg über Rachen, Speiseröhre, Magen und wieder hinauf bis zum Hirn und dem Schädel. Ich bekomme eine Gänsehaut, leichten Schwindel, spüre ihnen nach, will sie gar nicht loslassen, trinke weiter, gieße mir nach, folge der sinnlosen Violine, aber nicht dort, sondern hier, im ungewissen Raum, wo ich dies denke oder schreibe, folge ihr, bis sie nachlässt wie ein Schmerz, aber nicht aufgibt, nur ruht für eine Weile, bis sie dann wiederkehrt und, wiederum mit Verstärkung, gegen die ich nicht ankomme, alles, hier wie dort, was sie zu fassen kriegt, langsam, brutal und langsam zerschneidet und unter sich begräbt.

Ich verlasse die Zelle und überquere Bahnschienen, die sich in beide Richtungen in einem Wirrwarr von Disteln und Gestrüpp verlieren, komme vorbei an einem dreistöckigen Haus mit schwarzen, zum Teil auch zerbrochenen Fenstern, bleibe stehen am Ende der Straße, da es hier nicht weitergeht, da sie hier aufhört, zweifellos: Was da ins Dunkle, ins ganz und gar Lichtlose führt, ist keine Straße oder Fortsetzung derselben, sondern ein böses Hindernis ohne Vorwarnung, ein matschiger, triefender Pfad in den Wald.

Von hier an sehe ich doppelt und dreifach nichts mehr. Die Szenerie entgleitet mir. Nasse Füße habe ich, doch am Rand, welchem Rand, geht es einigermaßen, hängen mir tropfenschwere Fichtenzweige oder was auch immer im Gesicht herum. Ich zweifele, ob ich überhaupt vorankomme auf diese Weise, habe jedes Ziel aus dem Blick verloren, brauche es nicht länger, oder drängt sich da, im Gegenteil, vor oder hinter mir im Kopf nicht zugleich und allmählich

doch etwas Neues auf, hoffnungs- oder angstzerstört, vage und finster? Eine Nacht, irgendwann im Herbst, kommt mir in den Sinn, und ich warte mit Sten auf Hirsche, sie sollen röhren, er will sie mir unbedingt zeigen oder besser mich hören lassen, doch es kommt kein Hirsch und auch sonst niemand, also sitzen wir nur stundenlang fröstelnd und wortlos in Dunkelheit und Stille, um uns nichts als konstantes Tropfenrieseln auf Zweige und Blätter und Nadeln, nur ein einziges Mal ein Knacken im Geäst, ein feuchtes, ein gedämpftes, wie die Rippen eines Brustkorbes, die, umhüllt noch von Blut und Gewebe, jäh zerbrechen.
Ein großes durchdringendes Schwarz, das ich, komme, was wolle, durchschreite. Eine Stille, die ich durchbreche mit dem Streifen unkenntlicher Nadeln und Äste über Haut und Stoff, dem Hineinstapfen und Wiederherausziehen der Stiefel aus einem faulig blubbernden Morast. Aber der Pfad nimmt bald ein Ende, mündet oder öffnet sich in ein wie indirektes Schimmern, und ich strecke mich erschöpft auf dem nassen Waldboden aus, taste, mit den Fingern erst, dann auch mit der Zunge, nach dem, was sich dort weißlich, woher auch immer, in einem Rinnsal spiegelt, Diamanten, denke ich, sie müssen sich, es kann nicht anders sein, verflüssigt haben, weißtrüber, schleimiger Honig.
Zuletzt sitze und lehne ich halbwegs und etwas schief mit den Schulterblättern an einem Baum, lausche dem Regen, den ewigen Geräuschen des Tropfens und Versickerns, Tropfens und Versickerns, hinter mir, ich kann ihn nicht sehen, dem Plätschern eines Baches und zwischen alledem noch immer und immer wieder jenem Klang, der hindämmert in der Nacht und nur erwacht, um auszuholen und zuzuschnappen und zu zerstören und dann, nach getanem Werk, wie unschuldig, und als wäre nichts geschehen, zurückzusinken und leise grummelnd wieder einzudämmern.
Irgendwann sehe ich dann doch ein, nein, zwei Lichter

sehe ich, mit denen ich nicht gerechnet habe, die nicht absehbar waren, kommen sie von oben oder von unten, doch Sterne können es nicht sein, die gibt es hier nicht, ebenso wenig eine Straßenlaterne oder ein beleuchtetes Haus. Sie scheinen näher zu kommen, auch einen Motor höre ich jetzt, er durchschneidet die Nacht, schreckt aber nichts auf, da sich hier niemand und nichts befindet, das aufzuschrecken wäre, außer mir, kein Zweifel, ich muss meine Position verlassen, mich tiefer hineinschlagen zwischen die Bäume, verdrehe die Augen, um den Scheinwerfern, die mich blenden, auszuweichen, als sie, samt Motor, schon wieder erlöschen. Zwei Türen öffnen sich. Für einen Moment nur schaue ich auf das graue Innere eines Wagens, eines alten Golfs vielleicht, keine Ahnung, vielleicht rot, vielleicht in einer anderen Farbe. Zwei Personen steigen aus, knallen die Türen zu. Die Szene wankt zurück in das Schwarz des Raumes, schon schließe ich die Augen, sinke zurück in die Lichtferne, das stete Hinplätschern dieser Nacht, als mich das Klirren eines Schlüsselbundes erneut herausholt aus dem Halbschlaf, gefolgt von einem dumpfen Knacken und Schleifen, einem ruckhaften Auf- und Wiederzuziehen. Jetzt werde ich doch neugierig, starre einem tanzenden Lichtkreis nach, der bald abgelöst wird durch ein Flackern. Noch eines. Ich bewege mich einige Schritte auf einen Schuppen oder eine Hütte zu und erblicke wie auf einem Bildschirm auf einem Tisch eine Kerze, auf dem Boden eine weitere, davor hockt, mit großen Augen, eine wohl männliche Gestalt, einige Meter weiter, kniend, eine zweite, offenbar bemüht, den Kamin in Gang zu bringen, was ihr, nach einigen Anläufen, auch gelingt, woraufhin sie einem Beutel Flasche und Becher entnimmt, sie öffnet und füllt, sich ebenfalls vor die Kerze setzt, trinkt und starrt, sonst nichts, über Stunden.

Noch immer stehe ich am Fenster, als plötzlich neben mir

die Tür auf- und, mit einem Knall, wieder zufliegt und eine der beiden Gestalten mit deutlich hörbaren, zügigen, dann sich verlierenden Schritten hinter dem schwarzen Wagen in Blättern und Geäst verschwindet.
In meinem Kopf ein schmerzendes, metronomisches Pochen, während ich, die Hütte im Rücken und den Geschmack von Wein und noch etwas anderem auf der Zunge, hinter dem schwarzen Wagen in Blättern und Geäst verschwinde. Um erst ganz allmählich und beschädigt wieder aufzutauchen. Ich beginne zu laufen, viel zu langsam und doch geht es nicht schneller, durchquere den Wald, die Siedlung, schleppe mich am Freibad vorbei den Hang hinauf, gelange zur Dorfstraße und über die Kreuzung, erreiche die Einfahrt und betrete, nach Luft ringend und durchnässt von Regen und Schweiß, das Haus, reiße die Tür auf, trete ein und lasse sie hinter mir, mit einem Knall wie vor Wut, wieder ins Schloss fallen. Öffne sie noch einmal, einen winzigen Spalt, wähne etwas huschen, etwas Flüchtiges, mir Wohlbekanntes, und schlage sie abermals zu. Hole mir, noch immer in Eile, etwas zu trinken aus dem Kühlschrank. Schlage die Tür zu. Lasse mich auf den Schreibtischstuhl fallen und fahre den Rechner hoch, scrolle im Weiß herum, rauf und runter und wieder rauf. Sonst nichts. Unten knallt eine Tür, und sie hört nicht auf zu knallen. Bis es hell wird draußen. Aber es wird nicht hell, dafür werde ich schon sorgen.

21. November – 22:48

Liebe Solveig,
wieder und wieder lege ich den Hörer auf und verbleibe für Stunden reglos. Das Haus ist groß. Alle Viertelstunde hallt der Schlag des Big Ben durchs Treppenhaus und erinnert

an eine große, allumfassende Abwesenheit. Mir fällt nichts dagegen ein.

Draußen liegen Sterne herum, als handelte es sich um gewöhnliche Kiesel. Dabei hat, da bin ich mir ganz sicher, jemand sie absichtlich hier verteilt.

Obwohl kalte Nacht ist, gelange ich bis zum Schuppen am Ende des Gartens. Ich öffne das Schloss, taste umher, finde nicht, was ich suche, nehme etwas anderes.

Ich gehe zur Wiese, lege mich glatt auf den Rücken, taste mit den Händen im Gras umher, lasse den Raureif zwischen den Fingern knacken und schmelzen, taste die Schenkel hinauf, lasse die Hände dort für eine Weile schlaff und müde liegen, lasse sie wieder hinunter- und auf den Rasen gleiten. Greife den Farbeimer aus dem Schuppen, es ist Monate her, denke ich, seitdem ich ihn zuletzt benutzt habe, und halte ihn mit ausgestreckten Armen dem mondlosen Himmel entgegen. Öffne die Augen, sperre sie auf, ja, spüre eine Hand auf der Stirn, Finger am Rand der Augenhöhlen, die sich beidseitig festkrallen und die Augen weit aufreißen, sie wie in einem Comic nach oben und nach unten und so weit es eben geht (und es geht immer noch weiter) überdehnen, während ich den Eimer langsam kippe und dieses undefinierbare Grau, das am Tag wieder ein leuchtendes Orange oder ein Gelb sein wird, einfach ausschütte, immer in diese Augen, in diesen Kopf hinein, bis er voll ist, nichts mehr hineinpasst, bis er überquillt.

Ich finde mich wieder, Farbreste im Kopf, inmitten eines Sonnenblumenfeldes. Die Blüten sind fad und vorüber, das Gelb im Topf längst eingetrocknet, welkes Blond hinter meinen Augen, und alle Köpfe hängen ergeben, gesichtslos und fremd.

22. November – 23:02

Liebe Solveig,
wir trafen uns in seiner Stadt. Ich war nicht in seiner Nähe, aber fuhr ihm, seiner E-Mail folgend, entgegen. Dann die Dachterrasse, die Dämmerung, unleugbar, aber dehnbar. Ungezählte Stunden in diesem Halblicht, und es konnte, wie ich zunächst gedacht hatte, längst nicht mehr Sten sein, der mich hierhin eingeladen hatte.
Seine Wohnung war winzig und verwinkelt. Wir durchschritten etliche Räume, stiegen immer wieder einzelne Stufen hinauf. Wir gingen sehr langsam, und ich wunderte mich noch, wo die Zeit geblieben war. Auf einem Schreibtisch lagen Bücher und Zeitungen, von der Toilette führte ein Fenster in ein Schlafzimmer mit großem, ungemachtem Bett. Auf der Dachterrasse lagen uns Gärten und Dächer zu Füßen. Er brachte Weißwein, setzte sich, während ich versuchte, sein morgengraues Hemd, das bald schon wieder weiß sein würde, zu fixieren.
»Warum«, fragte er, »hast Du Nele nicht mitgebracht?«
Er schien nicht sehr interessiert an einer Antwort, zündete sich eine Zigarette an, lehnte sich nach hinten und behielt ohne jede Bewegung des Mundes oder des Brustkorbs den aromatisierten Rauch ausgiebig lange zwischen seinen Lippen und auf der Zunge, bis er sich, seinen Kopf unkenntlich machend, seitlich und nach oben hin verflüchtigte. In diesen Augenblicken konnte ich durch ihn hindurchschauen, spürte ich, wie durch einen Spiegel, dass wir vertauschbar waren, während er, mit halb geschlossenen und halb auf mich gerichteten Augen, mal die erste Silbe, mal die zweite betonend und ohne das Rauchen und die damit verbundene Bewegungslosigkeit zu unterbrechen, von »wiederholen« sprach.
»Wie kann denn«, versuchte ich, ihn zur Rede zu stellen,

obwohl wir uns eigentlich einst einig darin gewesen waren, dass derartige Fragen zu nichts führen, »wie kann denn«, fragte ich also, »das alles möglich sein?« Ich bat ihn mehrmals um eine oder mehrere Antworten, die er mir jedoch, klug genug, schuldig blieb. »Ich werde ihm!«, meinte er nur wie zu sich selbst, mich nicht ansehend, und »Na warte!« Plötzlich fuhr er auf und setzte sich schief, griff in seine Hosentasche, vermutlich, dachte ich, nach dem Feuerzeug, aber dann holte er viel weiter aus: öffnete die Hand und schleuderte, »Da, die gehören Solveig!«, bunte Steine quer über die Tischplatte in meine Richtung, dass es knallte, etwas zerbarst.
Ich richtete meine Stimme noch einmal an das Gesicht dort drüben im Spiegel, dachte oder sagte jedoch bereits nichts mehr. Mein Blick fiel, während ich vornüberkippte, rücklings zu Boden. Erhob sich wieder, doch erstarrt und erblichen. Ich kippte noch immer. Von Glassplittern keine Spur.

0:52

Er kam, und ich dachte es noch als Vorwurf, als ich ihn verließ, nicht zum verabredeten Ort. Er war nicht da. Kam oder erschien mir einfach nicht.
Ich irrte durch die Stadt, ging an einem Schloss vorbei, streifte durch den Park, passierte eine Senke, wo zwei Gestalten im Laub, flüchtete in Richtung Hauptbahnhof, der Schweiß rann mir die Stirn, die Achseln und den Rücken hinab, gelangte, zumindest in Gedanken, zu dem Punkt, an dem alles bis dahin Geschehene zusammenlief und geschah, es schien mir wie ein Hilferuf oder wie ein großes Erschrecken: wir vier. Und er.

12.

26. November – 22:33

Der Ersatzschlüssel im Schuppen, er ist fort. Ich lege mich ins Bett, doch nicht, um zu schlafen.

27. November – 23:15

Liebe Solveig,
am Ende ist es nicht mehr als ein Herbst. Und einmal gingen wir, ja, Nele und ich, und es war so warm, dass wir die Jacken über die Schultern, und als der Wind mit der Sonne, war es warm, Blätter, dass mir fast schwindelig, verloren, ganz gleich, was wir sagten, hoffte ich nur.

1:25

Du sagtest, Du willst es nicht hören, auch nicht in Stücken, willst es nicht hinnehmen, wie die Dinge nun einmal, ganz ohne unser Zutun, ohne den Funken, den Blitz in Deinem oder meinem Kopf, der immer noch dasitzt auf seinem Rumpf, als zöge er es vor zu. Vom Wald her. Sind das im Nebel etwa?
Und ich werde alles noch einmal von vorn, auf der anderen Seite, werde, vielleicht ein letztes Mal, den Versuch wagen.

Aber was weiß ich schon. Hinten bei den Bäumen, unter den Bäumen wirst Du, werden wir warten.
Ich lehne mich weit, weit zurück, während sich auf dem Acker schreiend die Krähen in die Lüfte, da sie ein feines Gespür und immer als Erste wissen, wenn eine Taube, vor Kälte, stirbt.
Wenn ich jetzt gehe, grüße ich zwar, doch verstehe ich nicht, wie er an mir vorbei, wie der Traktor, als wäre nichts geschehen.
Du hast ja gesehen, dass sie flüssig waren. Uns zwischen den Fingern, die gespreizt an der Stirn klebten. Flüssig.
Dort hinten, weißt Du, und jetzt erzähle ich ein Märchen, unter den Bäumen am Wald liegt ein Schatz, so fürchterlich verborgen, dass Du Dir schon etwas wirst überlegen müssen, dort hinten bei den Bäumen, wo sich unsere Scheißkindheit und unsere Scheißjugend kreuzten oder abspielten oder spiegelten, wo jetzt schwarze Tauben liegen oder aufsteigen, die ich noch immer für Krähen halte, doch ganz sicher bin ich mir nicht, da ringsum ebenfalls alles schwarz ist und ich ohnehin nichts sehe, sie nur höre, ihren ungemeinen, ungeheuren Flügelschlag.

29. November – 21:34

Ich schreibe, liebe Solveig, wie wild, als müssten wir uns beeilen, als könnte ich am Ende doch noch etwas wie einen roten Faden, aber stattdessen wir, immer nur wieder in unserem Beisammen und Auseinander, Restbestände.
Und Dein Atmen ging ja, Du schriebst es mir, wieder ein wenig freier.
Sicher, gestorben sind wir nur an einem einzigen Tag und an allen übrigen nicht, wir beide werden also morgen aus dem Bett steigen wie gewohnt, werden laufen, die anderen

zu wecken, vielleicht sind sie schon wach, erwarten uns schon.
Denn was geschehen wird, ist ja bereits geschehen.
Bald wird es wieder schneien, und wir werden uns wieder die Münder vollstopfen mit Schnee, da er so schön weiß ist, sodass wir gegen alles Wissen fast den Glauben verlieren möchten daran, dass er uns früher oder später umbringen wird.
Und wir werden laufen, immerzu schneewärts.

30. November – 23:43

Liebe Solveig,
erster, zweiter oder dritter Advent. Ich zündete eine oder mehrere Kerzen an. Hinter der Theke, unten im Partykeller, wo lang nicht mehr gefeiert, lange schon kein Bier mehr gezapft worden war, standen benutzte Schnapsgläser in der Spüle und um die Spüle herum. Im Aschenbecher auf dem Tresen verrauchte noch immer der Rest einer filterlosen Zigarette. Hinter mir führte eine Eichentür in die weiteren Kellerräume, wo ich lange im Dunkeln stand, zusah, zuhörte oder wartete, während sie oben saßen bei Kerzenschein, Dominosteinen und sich windenden Glöckchen.
Oder nein: Wir waren es, die oben in der Stube saßen, stollenkauend, und aus dem Radio drang WDR 4 mit irgendeiner Adventsmusik, während sich, für geübte Ohren, und unsere Ohren waren geübt, unüberhörbar, im fernen Hintergrund das Garagentor wie von selbst und quietschend öffnete und wieder schloss.
Hinten im Keller schlug eine Tür zu, nein, der Keller war kalt, ich hatte zu viel getrunken, mich über die verbotenen Gläser und Flaschen hergemacht, nein, jemand trommelte gegen die Tür und wollte heraus, nein, wir, Nele und ich,

standen draußen vor der Tür und wollten hinein, nein, er sollte herauskommen, mit oder ohne Gebrüll und Schaum und Sabberfäden um den Mund, nein, bloß nicht, lass uns die Stühle und Tische vor die Tür, damit er nicht heraus, damit er drinnen bleibt. Und dann auf den Wänden, sprossengekreuzigt, Blaulicht und Rufe aus der Einfahrt, Männer in Orange und Weiß und von irgendwoher, durch uns hindurch und über uns hinweg: »Schert euch zum, sonst!«

1. Dezember – 23:01

Der Rauch dringt mir aus allen Poren, als wäre ich selbst der Teufel.
Nachts dringt er in alle Räume und alle Poren ein. Wenn ich sage, er solle gehen, windet er sich wie ein Wurm. Er versteckt sich auch in dem, was ich atme und esse. Er ist überall.

2:21

Liebe Solveig,
dabei hatten die Leichen in den amerikanischen Cartoons und Serien, zu denen wir uns an den Nachmittagen trafen, zu viert und kaum mehr sichtbar in den dunkelbraunen Plüschpolstern, aus denen immer noch der Rauch und aus denen es kein Entrinnen, hatten die Leichen doch immer auch etwas Tröstliches. Und nach dem geschnörkelten Schriftzug ›The End‹ ging es, zu unserem Glück, gleich weiter. Und ich wollte, war es der Vor- oder Abspann, der brüllende Löwe im Guckfenster sein.

2. Dezember – 21:22

Liebe Solveig,
noch immer erzähle ich Geschichten. Als wir klein waren. Geschichten aber, die längst versickert und kaum mehr aufzuspüren sind, vielleicht auch Geschichten wie eine Leiche, vor Zeiten nur halbherzig oder in Eile vergraben und mit Erde überschüttet, sodass einzelne Partien hier und da noch erkennbar sind, jedoch nur bei genauem Hinschauen, da sich auf dem Ganzen längst Moose, Schimmel- und andere Pilze angesiedelt und ausgebreitet haben und einen unscheinbar gleichmäßigen Teppich bilden und aus der Erde, auf dem einstigen Körper und zwischen den Extremitäten Blumen und seltsame Gräser emporwachsen, die das Auge erfreuen, besonders wenn Wind hineinfährt und alles hin und her wogt wie ein verwaschenes Gemälde, und die Nase nur in Andeutungen an das Hirn die Botschaft sendet, dass zwischen und unter alledem etwas verborgen liegt, etwas Gewesenes.

3. Dezember – 22:01

Dass es Schlimmeres gibt, Solveig, glaube ich gerne. Und ich trinke Kaffee und zerbeiße, etwas hektisch, Weintraubenkerne, während ich dies schreibe, und denke daran, wie ich auch damals im Nebenraum Kaffee trank und, etwas hektisch, Weintraubenkerne zerbiss, bis man mich rief.
Und dann, nach langer Nacht, hieß es leerräumen, man wartete ja schon. Es würde ein warmer, gelber, ein Forsythientag werden. Ich war für den kleinen Ausklapptisch neben dem Bett zuständig, an dem ich aber, den Tisch immer fest im Blick, zunächst irgendwie vorbeimusste, fasste, dort angelangt, was eben zu fassen war, es war nicht viel:

eine Brille, einen Handschmeichler aus geschliffenem Lavastein, eine Packung Taschentücher (die konnte ruhig dableiben), ich ließ also die beiden Sachen in meinen Rucksack gleiten oder versuchte es zumindest, es gelang mir nicht auf Anhieb, ein Brillenbügel stellte sich quer, »so, jetzt hab ich es, ich komme.«
Im Treppenhaus roch es nach Gummibärensaft, was mich stutzig machte. Es war ein warmer, gelber, wie gesagt: ein Forsythientag.

4. Dezember – 15:58

Liebe Solveig,
man kennt es, doch gewöhnt habe ich mich daran nie: Das Jahr geht auf ein Ende zu, die Angst steigt, alles wird enger, konzentrierter, rast auf einen Nullpunkt zu. Und je mehr Du mich auslöschst, so die stille, nie ausgesprochene Vereinbarung zwischen uns, desto mehr lösche ich auch Dich aus. Dabei vermute ich Dich ganz weit unten, wo Wolken- und Himmelsfarben sich abends ineinanderschieben, weite Fahrt kopfüber und über uns das dunkle Land, das den Kopf schwer macht, das Blut nach unten hin staut.
Sogar Schnee braucht Licht und schauende Augen, um weiß zu sein. Dein langes Schweigen habe ich erwartet.
Aber eines muss ich noch erzählen: Die sonst rote Gießkanne liegt farblos im Schatten, stattdessen aber der gefrorene Holzstapel in winterlichem Dunkelgelb.
Vielleicht werden wir aneinander denken, beklommen und ratlos. Aber, was meinst Du, was geschieht, wenn Schönheit nur ihr Vorzeichen ändert, bleibt sie dann weiter schön?
Und dazu eine Sprache, als wollte sie sich mitteilen und die sich, im entscheidenden Moment, kurz vor dem Verstehen, doch verschließt, dunkel wird und zugleich farbenschwer.

5. Dezember – 19:44

Noch einmal, liebe Solveig, ging ich hinaus bei dem Wetter. Die Siedlung war still geworden wie alles sonst um mich her auch. Im Schneeregen an dunklen Äckern vorbei, ohne Schirm, am Waldrand ein einziges hohles Getropfe, das Einzige, was zu hören war. Den Hang hinunter, wo es nach Ästen roch, nach modrigem Laub, bis es, für mich, nicht mehr weiterging. Glück, dachte ich, kann nicht wehtun.
Von einem Hochsitz aus spähte ich, ohne etwas zu sehen und fernab der Weite eines fernen Horizonts, über die Landschaft, die schwarz unter einem schwarzen Himmel sich breitete. Ich erzählte Dir von einer Reise. Hab noch Geduld, ein wenig.
Jetzt sitze ich am Küchentisch und trinke, mit verzogenem Gesicht, Wermuttee.

6. Dezember – 23:32

Liebe Solveig,
es folgen, längst sichtlich verrutscht, blaue Nächte. Das Windspiel über dem Fenster habe ich irgendwann abgehängt, doch der blecherne Halbmond daneben, den Sten mir einst schenkte, es war noch vor unserer Fahrt, dieser gelbbepinselte Halbmond, er baumelt noch, und erwartungsgemäß schleichen, sichtversperrend und die Nacht verdunkelnd, zugleich Nebel vom Wald her ins Tal, sitzen, auch nachts und ohne, dass ich sie sehe, Krähen an braunschwarzen Äckern in entlaubten Ästen.
Ich fuhr auf, fuhr hinaus, denn vielleicht wirst Du schon gestern nicht mehr ansprechbar gewesen sein.
Elektrische Sterne sind schließlich gerade so gut wie die, welche schon immer da waren, frage mich also nicht mehr

nach dem Lied, ich werde dazu schweigen und nichts sagen, höchstens auf indirektem Wege, also gib Acht und sei stets auf der Hut.
Es ist ja immer eine Fortvon-, nie eine Hinbewegung. Die Platte auf dem Plattenspieler dreht sich im Kreis, das ist ihre Aufgabe, doch irgendwann kommt der Tonarm über eine bestimmte, mir allerdings nicht näher bekannte Rille einfach nicht hinweg, die Nadel hängt, da ist nichts zu machen, zurück kann sie aber auch nicht.
Wie ein Orchester auf eine Schellack- oder Vinylplatte passt, so passt das Herz als ein zuckender und pochender Muskel auf den Monitor eines Geräts zur Messung der Herzfrequenz. Eigentlich ein Wunder. Staunend sehe ich dem pulsierenden Leben bei seinem Tag- und Nachtwerk zu. Mit einer Rosenschere befreie ich es vom Gestrüpp, den Auswüchsen, die aber, ermutigt durch die jähe Luftzufuhr, sich nur umso schneller wieder ausbreiten.
Dir, kurz vor unserer Auslöschung, im Sessel gegenübersitzen. Mehr, eigentlich, nicht. Stattdessen aber fühle ich meine Hände gespreizt gegen eine Glasscheibe, hinter der etwas flimmert, das ich nicht sagen, nein, noch nicht einmal denken kann. Am Morgen wachen wir wieder und wieder auf in gelbem Licht, aber draußen die Wellen sind ganz starrgefroren.
Eine Ferne zu Dir, als würde es leichter durch ihre Verringerung. Vergiss den Löffel nicht. Haare. Du behältst Dein Lachen, während ich nicht tanze unten, sondern nur dasitze und zuschaue aus der Ferne. Verwesungsschmerz.
Auf welcher Seite stehst Du eigentlich.

8. Dezember – 22:33

Es ist zwecklos, Solveig: Ich werde dort sein, wenn Du hier bist. Wir werden von den Resten leben, es ist genügend übriggeblieben. Die Suppe hat eine beispiellos schwarze Haut, auf der ich Dich jetzt zu sehen glaube.
Und auch wenn Du schweigst, ich erfahre es ja doch und weiche nicht von Deiner Seite. Die zugehörigen Bilder formen sich ohne mein Zutun. Und selbst wenn er, der Schalk, Dir nichts mehr anhaben kann und Ihr, Sten und Du, wie man so sagt, in Sicherheit seid, so sitzen wir, das weißt Du, zugleich noch immer dort im verriegelten Zimmer, die unsicheren Karten zwischen den Fingern, und fragen uns, ob es nun im oder gegen den Uhrzeigersinn weitergeht. Aber auch ich werde nun bald schweigen und nichts mehr von dem zu sagen wissen, was man so sagt, und, während wir zugleich noch immer dort und allzu nahe beieinanderhocken, im Kreis erst und dann der Reihe nach, auch mir meinen Teil nicht mehr denken.

1:56

Ja, iss, Du musst davon essen.
Später drehst Du Dich aus dem Licht, dem schönen, um endlich einzuschlafen, um einfach, regelmäßig atmend, einzuschlafen.

15. Dezember – 15:05

Liebe Solveig,
mit unzähligen Nadeln durchbohrt von jemandem, den wir alle sehr gut kennen, falle ich nur noch vornüber in den Schnee vor der Schaukel, wir sind aber keine Kinder

mehr, falle hinein in Dich, und ich sehe Dich nicht, spüre aber wieder Deine Wange, die sogleich ganz nass wird, doch Du lässt Dir, verschmiert, nichts anmerken, lächelst sogar. »Darf ich, später, noch einmal fallen, wenn ich mag?«, frage ich, »Ich überlege es mir«, gibst Du mir zur Antwort, dann schließen wir beide die Augen, pressen die Zähne aufeinander, während wir nicht aufhören, an ihn zu denken.
Ich kann nichts dafür, doch so war es.
Wo sollten wir uns schon verstecken.
Dabei ist, ebenso gleichzeitig, alles ganz ruhig, mehr noch: geradezu tonlos und ohne Schutzwand in die Weite des weißen Raums gestellt. Von einer Fahrt ins Endlose war die Rede. Wir warten noch, vergebens.
Genau jetzt, hörst Du, müsstest oder könntest Du mich auffangen, selbst wenn Du noch so sehr. Du zerrinnst mir zwischen den Händen, versehrt.
Übriggebliebene Vögel hängen derweil im Geäst, das sich emporstreckt wie Finger gegen den Hang. Schlehen unter Raureif, kurz vor dem Pflücken. Der See, eine blanke Fläche, in der sich nichts und zugleich doch alles spiegelt, und auch das Fenster ist nur der Rahmen, jemanden oder etwas herbei oder fort von hier zu malen mit Worten.
Du unterdessen findest schon einen Weg, wie ich mich verletzen kann. Wo hole ich dann nur meinen Atem her. Ich sehe hinter dem Hügel bereits ein Licht, und bald vergesse ich, dass ich am Ende niemals auf den Gedanken käme. Ob alles, fragst Du, in Ordnung ist. Im Zwischenbereich der Wolken. Was ist dagegen eine große schöne weiße lichtferne Leere?
Aber ich schweife ab. Vom Winter wollte ich schreiben, und ich tue dies, des Wetters ungeachtet. Dabei presse ich die Dinge wie Zitronen aus, um der Geschichten willen, die gemeinsam, vielleicht, einen Roman ergeben, zum Vorle-

sen für die Kleinen. Wie ich ihnen und uns auch ein Gebet sprechen werde, später, Du wirst sehen. Am allerliebsten halte ich mich nicht inmitten, sondern, obwohl es wehtut und einem dabei fröstelt, in den Ecken und Windungen der Buchstaben auf.

Spät ging ich noch, ich weiß nicht, weshalb, doch an Dich denkend, an Deinem Haus vorüber, wurde später buchstäblich an den Haaren aus einem zugeschneiten Graben gezogen, fand zu Hause eine schmerzende dunkelviolette Stelle am großen Zeh, klebte ein Pflaster drauf.

Ein Ingalindströmhaus, unser Haus zwischen See und Meer im Winter, wie eine Insel. Jemand in Stens Badeschlappen kommt aus der Dusche, die Treppe hinunter. Jemand sitzt auf dem Sofa, einzelne Akkorde auf seiner Gitarre greifend. Schwarze Vögel am rosa Himmel dort draußen. Hier unten ist alles sehr fern von dort, weshalb wir schweigen. Auch an die Wipfel der Bäume ist nicht zu denken.

In der Nacht im Bett ein exakt siebzig Kilo schweres stinkendes Stück Fleisch.
Ich setze mich hinter die Obstweinflaschen auf dem Tisch. Bunt und schräg verzogen wie Erinnerungen ist der Blick hindurch zur Terrasse und in den Garten voller Schnee. Da warten verschiedenste Rot-, Grün-, Gelb- und Brauntöne auf mich, allein für Blau scheint kein Platz mehr zu sein zwischen den Farben. Meine Sonnenbrille färbt nachher die Landschaft wie Honigwein. Hinten auf der Kante des Hügels fährt ein rotes Auto, zieht einen leeren Schlitten hinter sich her, ich winke, laufe ihm nach, lachend vor Sonne.

Zurückgelehnt im braunen Sessel, staubig, als säße ich dort schon hundert Jahre lang. Durch die Schlitze der geschlos-

senen Fensterläden dringt das grelle Gelb künftiger Wintersonne. Ich verbringe meine Zeit allein, und nur hin und wieder fällt mir ein, dass das Zimmer keine Türen hat.
Der Fernseher läuft.
Ich öffne alle Poren, atme tief durch die Nase ein und zerstäube mich in einen diarrhoefarbenen Nachmittag.

16. Dezember – 21:24

Liebe Solveig,
»das wird nichts«, sagte ich zu Dir am Ende des Traklseminars, von dem Du mich abholtest, und rutschte fast aus auf dem Gefrorenen am Eingang der Rostlaube, während Du lachtest und mich am Ärmel hieltst. Nachher, so die Abmachung, würden wir zu unserer Insel fahren, zwischen See und Meer. Sten und Nele wollten nachkommen, ich fragte nicht, weshalb.
Du, in meinem Wollpullover, blinzeltest an gegen die Sonne im Abteil, ich wiederum blinzelte an gegen das Glühen Deiner Haare im Winterlicht, gegen das Vorbeirauschen gelber Hecken und zertretener Wiesen, spiegelnder Eispfützen und erster Deiche, gegen den Schnee, der immer nur dichter wurde zur Küste hin.
Am Bahnhof war die Luft so kalt, dass sie auf den Zähnen und im Rachen brannte und die Lungen sich mit heftigem Husten gegen das Atmen wehrten. Ein Taxi brachte uns zum Ferienhaus. Einer Nebelmaschine glich der Auspuff des Wagens beim Davonfahren, lange sahen wir ihnen nach, dem Wagen und dem Nebel, der sich nur langsam zum Deich hin verflüchtigte. Das Haus, eine dreieckige Hütte gleich hinter dem Deich, stand jetzt in prallem Sonnenlicht. Die Häuser der Siedlung unterschieden sich kaum, der kurzgeschnittene Rasen auf den Wegen knisterte beim

Hinüberlaufen. Du warst schon bei der Tür angelangt, der Schlüssel steckte von außen. Autos in den Einfahrten sah ich nicht.
Der Wohnraum erschien warm nur durch die Farben, dunkelbraunes Holz, orangefarbene Polster und Gardinen. Auch hier dampfte unser Atem gegen das einfallende Licht. Ich hantierte am Gasherd herum, wollte Wasser aufsetzen, fand einen cremefarbenen Emailletopf mit rotem Deckel, auf dessen Boden noch eine getrocknete Nudel klebte. Es gelang mir nicht, sie zu entfernen, stattdessen riss ich mir den Nagel meines Daumens ein, hielt Finger und Topf unter den Wasserhahn, »nicht so schlimm«, sagte ich, »die Nudel wird sich beim Erhitzen lösen.«
Du sagtest, es gebe im Flur je einen Schalter für warmes Wasser und für Strom, für eine Heizung jedoch nicht. Wir suchten gemeinsam, fanden im rechten Giebelzimmer einen kleinen Elektroheizkörper, nahmen ihn mit nach unten, schlossen ihn an. Dann saßen wir auf dem Sofa, tranken mitgebrachten Fencheltee, planten den Einkauf. Schlossen die Augen, die Füße auf dem Heizgerät, ich, noch immer blinzelnd, hindämmernd im warmen Licht der Gardinen.
Wintervögel, unsichtbar, weißer Flügelschlag gegen das Weiß des Tageslichts. Würde es mehr Sinn machen, sich etwas auszudenken? Stell dir vor, du wärst. Angst vor den Krähen in der Nacht: Ich lachte, ja, wir taten so, als lachten wir. Gegen etwas an. Erst nachmittags wieder ein Einlenken, an Lichthecken vorbei, ein paar Stufen hinauf, bis der Deich den Blick freigab.
Wo blieben die beiden anderen?
Zwei Hände schüttelten mich. Ich schreckte auf, leistete aber, erleichtert, keinen Widerstand, sah einen braungrünen Himmel mit schwarzen Satelliten, in dem sich Deine Augen spiegelten. Du schautest mich fragend an, wiesest den Deich herab, hinüber zum Meer, eine Fotografie, ein

Aquarell: die Brandung einfach stehengeblieben bei endlosen Minusgraden, erstarrter Schaum, reglose Wellen, als einzige Bewegung die Reflexe des zu- und abnehmenden Lichtes sowie, nur gezackte Schemen, das Spiegel- und Schattenspiel vereinzelter schwarzer Möwen. Weit hinten, wo einzig das Eis vielleicht endete, erblickte ich ein stehendes Schiff: als wartete es, vergeblich, auf Einlass in einen längst aufgegeben Hafen.
Vor Jacken und langen Unterhosen konnten wir uns kaum rühren, bewegten uns wie in Raumanzügen die Treppe hinab zum Strand, der aber verschwunden, verschneit und gefroren war. In Zeitlupe strich ich weit über den Himmel, malte ins Blau Kometenschweife, Rauchfahnen in den Farben des Sonnenstandes.
Später zog es sich zu. Einzelne körnige Flocken purzelten über Filz und Wolle, blieben auf der Brille hängen und schmolzen, wenn ich in den Schal hineinatmete und die Gläser beschlagen ließ. Allein folgte ich, ohne recht voranzukommen, dem Deich, der irgendwann in einen Spielplatz mündete. Auf einer Schaukel saßen ein brauner Mantel und eine gelborangegestreifte Wollmütze, in denen ich mich lange spiegelte. Im Gewölk darüber ein blassroter Streifen, nannte sich Abendröte. Auf einer Schaukel saßest Du, ich näherte mich von hinten, sah, als Du Dich umdrehtest, dass Deine Augen tränten. Ich ließ dagegen die Beine baumeln, ich weiß nicht, wie lange, bis ich eine Hand auf meiner Schulter spürte, mich umdrehte. »Deine Augen tränen«, sagtest Du, »Lass uns nach Hause gehen«, erwiderte ich.
Selbstauslöser: inmitten von Weiß zwei verschwommene Gestalten, auf halbem Weg zueinander.
Ich schreckte auf, schlug mit den Händen um mich gegen ein heftiges Atmen, ein lautes Hecheln, das aber von mir selbst herrührte, ja schlimmer noch: Ich merkte, dass ich

lief und kaum Luft bekam vor Kälte der Luft, obwohl ich bereits fürchterlich schwitzte unter dem Gewicht der fünf oder sechs Schichten Wolle um mich herum, dass ich lief zwischen und über dem Meer und der Siedlung, wo der Weg hinabführte zum See, wo ich stehenblieb am Pfosten einer Schaukel, um zu verschnaufen. Es dämmerte bereits, farb- und klanglos.
Dicht an der einzigen Heizung tranken wir Glühwein. Die heiße Tasse wackelte ein wenig in meinen Händen. Dann lagen wir auf den Matratzen, die wir von oben, der Kälte wegen, heruntergeholt hatten.
Wie von einem Schiff aus sah ich die erstarrte Küste, den Deich, Giebelspitzen einer Siedlung. Vier Gestalten im Eis, schwarz wie Striche. Ob im Hintergrund auf Deck noch getanzt wurde, ich hielt es für möglich, doch es musste ein schiefer, verzerrter Tanz sein, ein mühsamverzogener, hohläugiger, munchesker Tanz, dazu keine Musik, allerhöchstens Reste einer gerade noch, aber fast schon nicht mehr erinnerten Melodie. Frostiges, panisches, ruhiggestelltes Miteinander.
Schon verwelkte alles Licht, ich hängte es kopfüber, damit es trocknete.
Ein Strauß getrockneten Lichts ziert jetzt meine Wohnung.

17. Dezember – 23:12

Liebe Solveig,
nur langsam löse ich mich vom Lärm wie von etwas Süßem und Klebrigem. Trete hinaus.
Unter dem Eis liegt der Sommer, erstickt oder erfroren, doch, so mein Vertrauen, in konservierter Schönheit, nur von mir aus gesehen unkenntlich.

Ich muss mich konzentrieren, das Knacken im Eis zu hören. Auf diese Weise soll, so hoffe ich, alles zusammenbrechen, während die anderen nicht aufhören, sich zu fürchten.
Der Winterschlaf unterdessen geht weiter. Noch heute werde ich, im Traum, nicht mehr erwachen. Für das Subtile ist es längst zu spät. Jetzt geht es, und zwar mit Getöse, ums Ganze.
(Von wegen. Ich leuchte als Testbild. Erlösche im Schnee.)

18. Dezember – 23:55

Aber es ging ja, Solveig, noch weiter, ich war noch nicht am Ende: Beim Tanzen auf Deck, erinnerst Du Dich, während der Tage im gefrorenen Meer, schon fast nahe, so hatten wir es uns ausgedacht, den nördlichen Inseln, waren wir alle, Sten und Nele waren schließlich doch noch eingetroffen, noch einmal anwesend, und wir schwankten nach allen Seiten hin, während sich das Schiff, umgeben von Eis, nicht regte. Musik wurde nicht mehr gespielt. Mit dem Tonbildverhältnis stimmte offensichtlich etwas nicht: Wir redeten gleichzeitig, hörten jedoch nichts. Dann vernahm ich Deine Stimme, während ich die Lippen bewegte. Hörte mich reden, während Sten, vermeintlich, sprach. Irgendwann stieß, in Atemnähe, mein Unterkiefer hart wie gegen einen Schädel. Ich tastete, da es für mich nahelag, nach Deinen Lippen, doch sie waren, wie mir schien, bereits fort. Stattdessen blickte mir Nele entgegen, fragend, vielleicht auch schmerzverzerrt.
Zuletzt las ich auf der Schaukel am Deich und mit eisigem Blick immer wieder, er war nicht lang, Stens Brief, hörte dazu Deine Musik und malte mir aus, wie zum Trost, noch ein Stück weit neben Euch zu gehen. Ja, ich sah Euch deutlich vor mir, während ich schwand, und wie Dein dun-

kelgrünes, teilweise löchriges T-Shirt vieler vergangener Frühlinge Dich schützte gegen die Kälte, sah Euch grellleuchtend auf dem anthrazitfarbenen Pier, der vage hineinragte in das erstarrte Meer und sich verlor. Getanzt wurde auf Deck trotz allem noch immer, wenngleich gefroren zu einem Bild und verzerrt, und ich spürte auf meinen Lippen Lippenreste, vergraute Fläche, dunkles, lachendes Weiß.

19. Dezember – 21:21

Obschon ohne jede Regung, Solveig, bekomme ich meine Hand nicht mehr still. Du musst einfach vorsichtig über mich hinweggehen. Nun geh schon. Über mich. Hinweg.
Versuche, Dir einmal Folgendes vorzustellen: ein dunkles, stockfinsteres Weiß, aber kein Grau, keine Schlammfarbe, sondern, wie ich es sage, Weiß, nichts anderes, nur Weiß, aber dunkel eben, ganz, ganz dunkel, sodass es fast, aber eben nur fast in Schwarz übergeht.
Ich scheue genau davor zurück. Und werde es auch nicht tun, noch nicht. Es ist ja etwas vollkommen Unsagbares, aus dem all das hier, dieser Aufenthalt, meine Wahrnehmung, sich speist.
Wie kriege ich diese Akkorde in die Worte hinein, dass Du sie hörst?

20. Dezember – 23:47

Liebe Solveig,
starker Schneefall, wir hatten beide keinen Hunger, stiegen in den Doppeldeckerbus, der hinausfuhr bis nach Grunewald. Von dort oben aus konnten wir den Menschen auf die Köpfe sehen, doch es gab keine Menschen. Stattdessen

schauten wir den wenigen Autos auf die Dächer, doch sie verloren sich gleichermaßen, wurden unkenntlich, je mehr wir uns der Endstation näherten.
Beim Aussteigen musste ich Dich halten, und Du hieltst mich auch, da wir taumelten und etwas mühsam durch den Schnee wateten. An dunklen Villen vorüber. Nur hier und dort hatten wir Einblick in das ein oder andere Zimmer, ein Kronleuchter, eine Wand in Bordeaux, ein Sekretär, an dem jemand schrieb, eine Frau in Schwarz, gelehnt an einen Türrahmen aus dunklem Holz.
Irgendwann bliebst Du an einem Bushalteschild stehen, fast unsichtbar im Schneegestöber, während ich ein Stück weiter ins Licht des gläsernen Häuschens vortrat, um einen Blick auf den Fahrplan zu werfen, jedoch an ihm vorbei- und zu Dir hinüberschaute, wie Du dastandest im Glas, nicht mehr blass oder weiß, sondern durchsichtig, doppelt und abnehmend, Schemen einer Mütze, darunter nur Schnee und zwei Kohlestücke wie ein Paar fremder Augen. Schautest in den Schnee, fülltest Deine Augen mit Schnee, bis die Pupillen verschwanden, sprachst noch und schon leiser werdend vom Verschwinden.
Wir vermieden es, nach Hause zu gehen, wo ich wortlos an Deinem Tisch säße, während Du, ebenso schweigend und kältestarr, leuchtende Zitrusfrüchte zerschnittest.
Ein anderes Mal stand ich am offenen Fenster und atmete Schneeluft, wartete auf ein Ende der Stille. Autos keine, mein Atem nur, Flocken im Gesicht. Unten auf dem Weg vernahm ich Schritte, die Stiege hinauf, schneegedämpft.
Wir saßen auf dem Bett bei geöffnetem Fenster, ohne Licht, jeder ein Weinglas in der Hand, sahen, tonlos und nur des Titels wegen, ›Eyes Wide Shut‹ und hörten dazu Alfred Schnittke.
Abrupt und viel zu spät fanden wir uns in einem rotplüschigen Café wieder, redeten im schummrigen Licht

und schrieben uns in Gedanken. Beobachteten durch die Scheiben, was trüb war und Angst machte und was gefährlich war zu dieser Jahreszeit. Wie sollten wir nur nach Hause finden?
Wir versuchten, den Kuchen auf unseren Tellern wie die Angst zu teilen und sahen zu, wie er sich vervielfachte. Später tauschten wir unsere Bücher, lasen sie aber spiegelverkehrt, stapften und irrten in zeitloser Nacht durch das dumpfe Weiß der Stadt. Wer wen besuchte, an welchem Ort und zu welcher Zeit, ist, darüber waren wir uns einig, nicht erheblich. Eine Nacht umfängt die andere.
Was mir ebenfalls Angst bereitet: dass ich in einer Silvesternacht in irgendeiner Diskothek oder Bar plötzlich vom Sofa, auf dem ich so lange schon gelegen haben musste, da inzwischen alle Stühle und Hocker hochgestellt worden waren, nur irgendwo hinten auf einem Tisch noch Gläser standen, eine Flasche, Rauchschwaden im Lichtkegel einer Lampe, dass ich plötzlich aufgesprungen bin und zu tanzen begonnen habe zu einer Musik, die schon längst nicht mehr gespielt wurde, da überhaupt keine Musik mehr gespielt wurde, und mich im großen Spiegel, der ein Fenster war, beobachtete und sah, wie ich, bis ins letzte Detail, so tanzte wie Sten. Und Du saßest nur ein paar Meter weiter im Plüsch und schautest ihm zu.

Eine Nacht umfängt die andere.

21. Dezember – 20:11

Im Haus gegenüber sehe ich auf einem Schreibtisch für gewöhnlich den ganzen Abend über und die Nacht hindurch einen himmelblauen Bildschirm, und ich frage mich, weshalb dort niemals jemand sitzt und arbeitet, Filme anschaut oder herumsurft, der Monitor auch zu keiner Zeit in den Ruhezustand sinkt, immer nur in gleicher Weise leuchtet, ein greller blauer Kasten inmitten sonstiger völliger Lichtlosigkeit.

Von alledem nehme ich allerdings heute nur Bruchstücke wahr, da es vor Stunden schon begonnen hat zu schneien: erst schwere, tropfnasse, knallerbsengroße Flocken, später dann, mit sinkenden Temperaturen, kleine, globuliartige Kügelchen. Wie es inzwischen aussieht draußen, kann ich nicht sagen, da die Dachfenster zu beiden Seiten meines Schreibtischs völlig zugeschneit sind, mein Blick also nur bis zu den Fenstern reicht, was ich aber nicht als beengend wahrnehme, eher ist mir heimelig zumute, ja, stell Dir vor: ein winziges Zimmer fast nur aus Holz, Dielen, Stuhl, Tisch, ein Bücherregal, braune Buchrücken, einige gelbe Reclamhefte, eine Wanduhr mit defekten Zeigern. Und über mir und über allem das Gelb des Herrnhuter Sterns. Sodass ich nicht mehr sicher sagen kann, ob die Zeit nach vorn vergeht oder nach hinten oder beides gleichzeitig, gleich einer Gabelung, wo sich das linke Auge vom rechten trennt, ich aber einfach in der Mitte sitzenbleibe.

23:06

Achtes Streichquartett, nur mehr weißverdrehte Augen.
Das Largo leitet zugleich das Ende ein.
Ich lese, was Du schreibst, und mir wird angst und bange.
»Du bist dran.«
»Und wenn er kommt?«
»Dann laufen wir.«

22. Dezember – 22:22

Liebste Solveig,
ich möchte Dir danken, weißt Du, habe dafür aber keine Worte. Wie nah Du den Dingen bist, wenn ich Dich lese, es verstört mich und schleift mich, müde und aufgebracht und halb schon bewusstlos, hinter sich her. Und ich möchte genau dies: keine Geschichten mehr und auf Deine Sprache antworten allein mit jemandes Sprache. Auf Wahrnehmung nur noch mit Wahrnehmung.

Reglos sitze ich die ganze Zeit am Fenster wie vor einem Bildschirm und schaue dem Schneetreiben zu. Um mehr zu sehen, reiße ich die Augen so weit auf, bis sie ganz und gar und rundherum geöffnet sind: zwei einzige weiße Kugeln, ein einziges großes Schauen, nicht endendes, geisterhaftes Panorama.

23. Dezember – 23:45

Liebe Solveig,
auch weiterhin bestehen sie auf meinen Geschichten. Oft halte ich ihnen jetzt lieber Fotos vor die Kamera, sage dazu dies und jenes. Ob sie dabei Unterschiede der Farben, Kleidung, Frisuren wahrnehmen, kann ich nicht sagen. Was ich ihnen zeige, ist zumeist reichlich vergilbt. Bald wird auf den Fotos, und ebenso in meinen Erzählungen, nichts mehr zu erkennen sein.
Die Lehrerin in der Grundschule bat mich, die Gardinen hinter mir zuzuziehen. Es wurde und blieb orange und dämmrig im Klassenzimmer.
Im selben Licht übte ich auf dem Schulhof vergeblich Bockspringen, während Sten mit einigen anderen drüben

stand und lachte, bis es klingelte und ich blind vor später Sonne über das Licht zurück zur Klasse glitt.

Rechts unten sagt mir der Laptop in jedem Moment, wie viel Uhr es ist. Ich mag es immer weniger glauben.
Ich wache auf in der Nacht, die jetzt und seit langem schon Tag heißt oder umgekehrt, die Lichtverhältnisse sind andere, immer dieses Bernsteinlicht oder diese Dunkelheit, und es ist auch nicht Morgen, sondern vielleicht früher Nachmittag, wie mir die Farben ringsum verraten und weil ich mich erst morgens hingelegt habe, da war es aber noch dunkel, was es jetzt, wenngleich nur noch für kurze Zeit, eben nicht mehr ist, im Gegenteil: Die Sonne fällt bereits schräg über Dächer durch Baumkronen und Fenster ins Zimmer, dass es warm wird und alles darin an Substanz verliert, so sehr, dass das Aufstehen kaum Mühe bereitet und gar kein Aufstehen ist, sondern ein Hinüberfließen zum Badezimmer, wo Schneeluft hereindringt, die aber nichts auszurichten vermag gegen die Wärme dieses Lichtes. Vielleicht sollte ich meine Augen beim Betreten des Wohnzimmers aus dem Dunkel des Flures heraus besser schließen. Denn der Schnee auf der Terrasse und hinunter in den Garten, nicht mehr weiß zwar um diese Stunde, aber dennoch grell, macht, wenn auch ohne wehzutun, die Augen blind. Das Zimmer ist nicht länger Zimmer, nichts als heller Raum, die roten Terracottafliesen brennen über die Birkenmöbel, unzählige Staubpartikel schweben aufblitzend gegen die abgeschrägte Sonne. Oder doch nur das elektrische Licht?
Erst allmählich bemerke ich auf dem bastfarbenen Teppich vor der Terrassentür einen mittelgroßen Karton mit aufgeklapptem Deckel. Ich entsinne mich, solche Kartons in der Dachkammer gesehen zu haben, und tatsächlich hängen noch einzelne Spinnweben von ihm herab, verteilen

sich hier und dort Staubmäuse über den Fußboden. Auf dem Teppich und den Fliesen ringsum liegen, ausgebreitet, teils neben-, teils übereinander, Fotografien und Negative. Es müssen Hunderte sein. Ich knie mich hin, beuge mich über sie und bin mir keineswegs sicher: ein Kindergeburtstag auf dem Rasen, ein orangeblaues Planschbecken, eine Wäschespinne, behangen mit Würstchen, herum springen Kinder sowie ein Mann in Hawaiishorts, mit Vollbart und langen Haaren; ein Junge an einem winzigorangen Waschbecken in einem ganz und gar dunkelbraunen Badezimmer, auf einem dunkelbraunen Hocker stehend, das Wasser und alles ist dunkelbraun und riecht nach Orangenseife, bevor es rasch wieder hinausgeht in die Hitze zu den anderen; Schulfotos, Lehrer in Kunstlederjacken und mit riesigen Sonnenbrillen, Jungen in XXL-T-Shirts mit dilettantischen Gelfrisuren, Mädchen mit langen Ohrringen und schrägtoupierten Ponys; die Universität, der Rasen eines Innenhofes, im Hintergrund die Mensa, die aber längst geschlossen hat; eine rotbeige S-Bahn mit Schiebetüren; unzählige Flaschen, ein Zeltplatz irgendwo zwischen See und Meer, und ich kneife, Sonnencreme zwischen den Händen, die Augen zusammen. Ich niese, vielleicht des Staubes wegen, und bin mir, wie gesagt, nicht sicher, wandere langsam durch den Wechsel aller Jahreszeiten: Luftmatratzen zwischen Dosen, Gaskocher und Gepäck, als es noch nicht regnet, dann das eine der beiden Zelte oder was davon übrig blieb nach dem Unwetter; im Musikexpress, später mit Biergläsern vor einer Fischbude; ein Feld nach der Ernte, kein Traktor weit und breit, Picknick im Schatten eines Mirabellenbaumes, man braucht sich nur auszustrecken, Du reichst Sten die Proseccoflasche, doch er hat den ganzen Mund noch voller Erdbeeren, Nele, sich an ihn lehnend, später Du und Nele oben auf dem Strohballen, während Sten und ich unten auf der Decke, und schließlich wir vier im Abendlicht, als es eigentlich schon viel zu dunkel und alles leergetrunken ist, so nah aneinandergerückt, dass es keinen Unterschied mehr gibt zwischen uns und Nacht und zwischen uns und uns.

25. Dezember – 16:56

Liebe Solveig,
nein, ich denke nicht, dass ich gestern, an Heiligabend, alleine war.
Ich wartete, ich erinnere mich genau, in der Einfahrt und hielt mir die Strickjacke zu, beobachtete den Wagen, wie er am Zaun zum Stehen kam, in einer Dampfwolke, die sich rasch in die Rosenhecke hin und dem Rasen zu verteilte, sah, wie die Fahrertür sich öffnete, Nele erschien und zu den hinteren Türen ging, um die beiden loszuschnallen. Sie kamen mir sofort entgegengelaufen, nacheinander hob ich sie hoch, merkte auch, wie meine Lippen sich formten, sie zu küssen, vielleicht sogar etwas zu sagen, wie sie es dann aber wohl doch nicht taten. Wir gingen hinein und stellten die Sachen im Flur ab. Nele begann zu erzählen, gleichzeitig redeten die Kinder auf mich ein, und ich antwortete zwar, hörte und verstand das Gesagte jedoch nicht. Ich bat Nele, ihren letzten Satz zu wiederholen, doch sie nickte nur, wortlos, nahm die gelbe Tüte und stellte sie in den Vorratsraum.
Am Nachmittag schmückten wir zu dritt den Weihnachtsbaum. Nele war in der Küche, ich ging zu ihr, sagte etwas, nahm dann die Schachtel mit den roten Kugeln aus dem Flurschrank, die beiden waren ganz aufgeregt, sie sollten nur aufpassen mit den Kugeln, schon holte ich das Kehrblech, »kein Problem, es macht nichts«, fegte auch gleich die heruntergefallenen Nadeln fort. Daraufhin verschwan-

den sie nach oben, und ich räumte, etwas verwirrt, die Kartons beiseite, stieg ebenfalls die Treppe hinauf, zog mir ein frisches Hemd und den braunen Pullunder an, ging wieder nach unten zu Nele, wieder nach oben, und diesmal folgte sie mir, half den Kindern beim Umziehen, während ich den braunen Pullunder gegen einen schwarzen austauschte.

In der evangelischen Kapelle folgte ich mit dem Blick den Liedtexten auf dem Zettel, kam aber nicht mit, tauchte immer nur auf und unter, auf und unter, schloss die Augen und öffnete sie, vergaß, wenn ich einmal stehenblieb, was ich gerade tat und wo ich gerade war. »Dann kamen sie ans Ziel. Es ist so fern, zum Aufgeben und Verzagen fern. Der Himmel bricht, ich höre vom Wald her das Poltern. Nacht, weißer als der Tag, Dunkelheit, die durch die Nacht verschwindet. Dunkel muss nicht kommen drein, denn wer möchte schon im Dunkeln sein.«

Ich weiß nicht, was folgte, doch es verlief reibungslos. Der Tisch war gedeckt für vier. Wieder sich bewegende Lippen. Ich zündete die Kerzen an, reichte Nele den Salat, hob das Lätzchen auf, wischte Münder ab, wechselte mit den anderen hinüber zum Baum, unter dem bereits die Geschenke lagen. Ich half beim Aufbauen von Brettspielen, sorgte für Chips und Erdnüsse, von der Irritation, die zeitgleich emporstieg in mir, da ich nicht begriff, was hier eigentlich vor sich ging, merkten die anderen nichts. Als die Kinder schliefen, tranken wir Wein auf dem Sofa, Neles Kopf auf meiner Schulter. Sterbensmüde schliefen wir ein.

Es folgte ein klarer kalter Wintertag. In der Nacht musste es wieder geschneit haben. Sie purzelten gleich los in den Schnee, während sich um uns wortlos noch über den fernsten Blick hinaus eine Landschaft dehnte, so weit und konturenfrei, dass selbst das schnellste Laufen noch aussah und sich anfühlte wie ein Kriechen oder Stehen im Raum und

wir über uns in einen Himmel schauten, der offen lag wie ein Schädel, aus dem Lichtstrahlen empor- und niederstoben wie von unzähligen Regenbogen.
Beim Essen dann entglitt mir auch das Bild. Ich stand auf, ging, ohne etwas zu sehen, einige Schritte, nahm eine Schüssel in beide Hände, trug sie zum Tisch, stieß mich dabei nicht. Ich schmeckte den Vanillepudding auf der Zunge, spürte mich lachen mit weitaufgerissenem Mund. Ich nahm warme Haut wahr auf meiner Wange, die Vibration einer zufallenden Tür, ging wohl über die Terrasse in den Garten, blickte in eine absolute völlige farblose weder dunkle noch helle Leere.

27. Dezember – 23:31

Manchmal, Solveig, kommt es mir vor, als suchte ich die ganze Zeit über nur nach einer Farbe, liefe hinter ihr her, verfolgte sie und verpasste sie manchmal nur knapp, jedoch ohne sie jemals zu sehen und ohne, dass ich sie näher beschreiben könnte.
Dann wieder immer diesem Gelb hinterher. Aber was besagt das schon. Und eines Tages ein Licht draußen, das ich nicht verorten kann, das mir Angst macht, ein Lichteinfall von geradezu beunruhigender Wärme, panisches Licht, Heere von gestorbenen Sonnenblumen, dass ich mich hineinlegen möchte, drüben, wo es hinabgeht zum Bach.
Ein älteres Ehepaar mit Nordic-Walking-Stöcken und Golden Retriever verschwindet in der Wiese. Ein Rot auf dem Acker, dass ich merke, wie hungrig ich bin. Gerümpel, Müllsäcke, Bauschutt, ein Wohnwagen, zwei oder drei Schafe auf einem umzäunten Grundstück, Dächer einer fernen Siedlung wie hingestreckt. Der Rest eines Hagebuttensaums, rostige Schienen, die nicht anfangen und nicht

enden. Auf unterholzfarbener Böschung ein grüngelber, umgestürzter Traktor, Lichtböschung, Lärchenhang, vor dem ich kapituliere.

2:37

Ich sehe etwas schreien und höre es nicht, höre es schreien, doch ohne es zu sehen. Lautloser, unsichtbarer Flügelschlag im Schwarzen, alles hier: ein rat-, hilf-, ein zielloses Entgegenstrecken.
Aber ich fasse sie schon. Fasse sie und breite sie weit über mich.

31. Dezember – 23:00

Liebe Solveig,
die Lautlosigkeit lässt mich nicht einschlafen, und von der Stille werde ich wach. Der Lärm hingegen drückt mich nieder in den Schlaf, eine natürliche Schutzfunktion des Körpers, vielleicht.
Fernes Knallen, irgendwo verhallt ein zu frühes Feuerwerk, verdrehte, lidlose Augen spiegeln noch lange einen Farbenregen, unzählige Funken auf der Netzhaut, auch wenn der Blick selbst schon längst erloschen ist.
Ich sitze auf der Bettkante und frage mich, ob die Nacht, die doch eigentlich immer weitergeht, wie sollte sie nicht, schon vorüber ist, wundere mich über das grelle Licht, das durch die schweren Vorhänge fällt, frage mich, ob es sich dabei wirklich um Tageslicht handeln kann oder ob es ein Scheinwerfer ist, in dunkler Nacht von außen auf mein Zimmerfenster gerichtet, der Scheinwerfer eines Fußballfeldes, Scheinwerfer an einem Drehort, Scheinwerfer eines Operationssaales, Scheinwerfer eines Wagens, dessen Mo-

tor läuft, da es entsetzlich kalt draußen ist, da er wartet, auf mich wartet, dass ich komme und es endlich losgehen kann.
Zeit, zu packen, denke ich. Wenn ich nur wüsste, wo ich den Koffer hingestellt habe. Auch meine Sachen befinden sich nicht im Kleiderschrank. Ich werde unruhig, sehe unter dem Bett nach, öffne sämtliche Schubladen, doch alles ist leer, als wäre ich nie hier gewesen, oder noch schlimmer: Alles ist vollgestopft mit irgendwelchen Sachen, die nicht mir gehören, die ich nicht kenne, nie zuvor gesehen habe, wo bin ich hier nur gelandet, ein Haus mit tausend Zimmern, ich muss mich schlichtweg geirrt haben mit allem, finde aber den Punkt nicht mehr, den Moment, von dem aus es hätte richtig weitergehen können, sinke, schwitzend und außer Atem, auf einen Stuhl und horche: von fernher, wie aus dem Keller, wieder ein Klopfen und Pochen. Mehr noch: ein wildes Gegendietürhämmern.
Ein Feuerwerk steigt und sinkt.
Ich wache wieder auf oder schlafe ein von einem Lärm, aber es ist noch immer nicht Tag, kein Traktor oder Baufahrzeug, kein Rufen irgendwelcher Leute über die Straße hin. Es ist Nacht, finstere Nacht, und ich habe etwas gehört, nein, nichts geträumt, gehört habe ich etwas, es kam von unten her oder aus dem offenen Treppenhaus: ein Trampeln, ein Laufen, stampfende Fersen auf Fliesen, sich entfernend, verlaufend in andere Räume und Flure. Dann kommt es wieder näher. Ein Türenaufreißen, Türenzuschlagen. Dann Geschrei. Jetzt wird geschlachtet, denke ich und ziehe mir die Decke über den Kopf, was natürlich nicht hilft, genauso wenig wie die Ohrenstöpsel, die nur pochen und schmerzen, aber nichts ab- oder fernhalten, also schalte ich die Leselampe neben dem Bett an, horche ins Haus hinein: höre schon kaum mehr etwas, fast nichts, nur ein Leiserwerden durchs untere Treppenhaus

zur Garage oder wieder zum Keller hin, allmähliches Verstummen. Ich schließe die Augen, dämmere eine Zeitlang zwischen Wachen und Nichtwachen, als es erneut einsetzt: Getrampel, Geschrei, vielleicht eines Mannes, dazwischen, vielleicht, die Stimme einer Frau oder eines Kindes, bemüht, beruhigend zu klingen, zu besänftigen, jemanden aufzuwecken, herauszuholen aus einem Wahn, offensichtlich aber ohne Erfolg.

Ich setze mich auf die Bettkante, suche nach meinen Hausschuhen, hoffe, sie nicht zu finden, finde sie aber unverzüglich, schlüpfe hinein, erhebe mich, gehe ein paar Schritte, mein Magen brennt, meine Knie geben nach, gelange zur Zimmertür und tue, was ich niemals, hörst Du, Solveig, was ich niemals hätte tun sollen: drücke langsam die Klinke hinunter, trete vorsichtig hinaus, schaue auf die Treppe im Rampenlicht, die braungrau und steinern hinabführt, sehe etwas oder jemanden liegen, reglos, auf den Stufen, doch atmend, kein Blut, vielleicht nur schlafend mit offenen Augen, wer von Euch ist es, ich weiß es, ein Stück weiter unten, wie hingeworfen, ein Paar grüne Stiefel, und von hier an schiebe ich den Blick Zentimeter um Zentimeter weiter in Richtung Vorhang, der nun offen steht, dahinter: ein Grauen.

Ich wanke zurück, bekomme die Türklinke zu fassen, schiebe die Tür zu, Gebrüll und Gestampfe sinken allmählich zurück und verformen sich zu einem Bass, einem Raunen, einem vielstimmigen, unendlich tiefen Atmen, die Knie geben nach und diesmal richtig, das sind also, denke ich, weiche Knie, gut, dann knie ich eben auf dem Boden, denke ich, knie, um nicht mehr stehen zu müssen, nicht mehr aufzustehen und für Momente, Stunden, Wochen, Monate, Jahre, da mir sonst nichts, ein riesiges brutales Weiß vor Augen, rein gar nichts mehr einfällt, auf diese Weise zu verharren.

1:24

Er zermalmt mich, Solveig, und ich habe Angst, dass nun auch mir nichts anderes übrigbleibt, als krank zu werden und zu sterben.
Ich stülpe mich um und befinde mich in einem falschen Garten, beginne zu pflücken, wieder diese Beeren, diese ganz schwarzen Beeren, die ich wahllos verteile, allen anderen und mir zu essen gebe, die augenblicklich, noch im Mund, im Rachen, Speiseröhre, Lunge, Magen, Darm, beginnen zu keimen und zu sprießen, alles schmerzend zu durchwuchern, sodass kein Weh hilft und kein Ach.
Bräunlich und wässrig verschwimmt der Horizont, und die Hand wird schlaff, der Mund bleibt offen. Fortschreitende Finsternis, ja, finster wird es in der Dunkelheit. Bekannt, aber unkenntlich. Endstadium. Holt einen Arzt.

13.

1. Januar – 20:21

Liebe Solveig,
sehr viel später, es ist noch früh am Tag, vernehme ich unten im Wohnzimmer von alledem nichts. Ein wärmendes Licht erfüllt den Raum: Braun- und wieder Gelbtöne, wie ich sie nicht mehr vermutet hätte, sinken von draußen herein oder von drinnen hinaus, legen sich angenehm auf meine Augen, meine Kleidung, auf den Kamin, den Holzkorb, den Gläserschrank, ebenso auf die Polstergarnitur und die dunkle Kommode mit den drei goldumstickten, grau- und dunkelgrün- und etwas wirr- oder auch paisleygemusterten Deckchen, die bei diesem Licht und vom häufigen Rauchen in diesem Zimmer ganz vergilbt sind, die, sofern man sich ihnen nähert, den Geruch von Aschenbecher und schweißigen Händen verströmen und zum Schutz des Holzes vor den drei ebenfalls hölzernen Affen dienen, die sich Mund, Nase und Ohren zuhalten. Auch erfassen die Farben und mit ihnen meine Augen die deckenhohen Bücherregale, in deren einem sich ein Fotowürfel befindet. Ich nehme ihn in die Hand und besehe ihn von allen Seiten. Oben ist ein weißes papiernes Herz zu sehen, darauf, an wen auch immer gerichtet, vielleicht an mich, und vielleicht war es Nele, doch viel zu vergilbt ist das Herz, die es schrieb: »Damit Du uns nicht vergißt.«

Die vier übrigen Seiten zeigen Fotos, darauf Personen in unterschiedlichen Konstellationen: die beiden Kinder auf beigem Teppich in rotweißgestreiften Nickis und Latzhosen aus braunem Cord, ein Mann, in olivgrünem T-Shirt, mit Vollbart und schulterlangem Haar, Wange an Wange mit einem Mädchen mit langen, rötlichen Haaren, dann wieder der Junge, wohl am selben Tag fotografiert, jedenfalls in gleichem Aufzug, diesmal reitend auf einem großen Rücken, lachend in voller Breite und mit der Lücke zwischen den oberen beiden Schneidezähnen, schließlich beide Kinder auf einer Picknickdecke auf einer orangeflirrenden Wiese, zwischen ihnen eine Frau im Schneidersitz, in weißer Bluse, mit halblangen, geglätteten und ringsum rundgeföhnten Haaren, die rotblond aufglänzen im Licht des Frühlings- oder Altweibernachmittags.

2. Januar – 23:11

Liebe Solveig,
über gelbe Wiesen gehe ich vorhin zum Weiher, bewege mich durch Schilffelder, die ganze Zeit und überall nur Schilffelder, der Bohlenweg schützt vor dem Versinken, vielleicht auch das Eis. Dann falle, oder nein, dann springe ich, allerdings nicht von hier, von der Seite aus, sondern von irgendwo da oben, frontal und ganz in Schwarz, mit ausgestreckten Armen und Beinen, geradeflugs ins Gelb. Ich muss ja nicht aufprallen, denke ich, von aufprallen war nicht die Rede.
Eine Holztafel erinnert an die Geschichte von der Frau mit den strohhalmgelben Haaren, die sich hier ertränken wollte, jedoch bemerkte, dass der Weiher gefroren war. Panisch begann sie, nach einem Ast oder Stein zu suchen, mit dem sie, als sie einen gefunden hatte, wie wild auf das Eis einschlug,

solange, bis es brach, bis das Loch die Größe eines Fußballs hatte. Sie kniete sich vor das Loch und steckte den Kopf hinein, sonst nichts, sie steckte ihn einfach hinein, Blasen stiegen auf, nach einigen Minuten ging noch einmal ein Zucken durch ihren Körper, besonders an den Fingern fiel mir das auf, dann blieb sie einfach nur noch knien, einen Tag und eine Nacht, bis Männer vom Dorf kamen und sie wegholten. Sie brauchten aber Spaten und Kreuzhacken, da Kopf und Haare inzwischen festgefroren waren.
Schon von weitem zu hören ist auf dem Rückweg das Glockengeläut vom Kirchturm her. Durchdringend schallt es über die Ebene, wird herbeigetragen von einer Sonne, die blendet, aber nicht wärmt, von einem Wind, der mir eisig ins Gesicht fährt, sodass ich den Blick senke, die Mütze tiefer in die Stirn, fast bis über die Augen ziehe und vergeblich versuche, meinen Gang zu beschleunigen. Doch ich trete auf der Stelle, komme kaum vom Fleck, beginne, unter den Achseln und am Rücken zu schwitzen, während meine Nase vor Kälte brennt, ich noch tiefer mich hinabbeuge, reglos verharre und sich loser Schnee, auch ein paar struppiggelbe Grasbüschel an Schuhe und Schienbeine heften.
Im Windschutz der Linden und Häuser im Dorf lehne ich mich endlich an einen Baum, folge noch immer oder wieder dem Läuten der Glocken. Menschen, Erwachsene wie Kinder, erscheinen auf der Dorfstraße, nähern sich, sodass ich mich nach einer Möglichkeit umsehe, ihnen auszuweichen, mich bestenfalls ungesehen davonzumachen, doch sie beachten mich nicht weiter, streben nur der Kirche zu, auf deren Vorplatz, etwa fünf Meter von mir entfernt, ein kleines, an einsamen Tagen im Wind hin und her schnarrendes Holztor führt.
Sekunden später stehe ich dann aber doch in der Reihe, lasse mich weiter nach vorne schieben, immer dem einzigen

Eingang entgegen. Ein Mann hebt die Hand zum Gruß, fragt über ein Dutzend Köpfe hinweg, ob ich etwa zur Messe wolle, ich antworte ihm, etwas verwirrt und nicht sicher, der Gemeinte zu sein, nicht, bemühe mich aber, noch das frostige Gelb, das Schilf, die Ebene im Kopf, zu lächeln.

Drinnen ist es stickig, es riecht nach Weihrauch und verbrannten Kerzen, nach Parfüm, Haarspray, Blähungen und schlechtem Atem. Im Mittelschiff finde ich Platz zwischen zwei alten Frauen mit Dauerwellen und großen Hüten, die Wärme ihrer Arme und Hüften geht rasch auf mich über, mir wird etwas übel und schwindelig, und ich merke, dass ich Hunger, jedoch keinen Appetit habe, schaue nach vorn, wo aus einer kleinen Seitentür ein greises Paar hervortritt und, Platz nehmend, im Chorgestühl verschwindet, während in einer anderen Tür der Priester und zwei Messdiener erscheinen, um sich, nach einem Knicks vor dem Tabernakel, auf drei seitlich bereitgestellten Stühlen niederzulassen und das Ausklingen der Glocken sowie das Orgelvorspiel zu erwarten.

Auf dem Kirchhof später braune Scherben. Fast hätte ich das Gelb vergessen, doch da ist es wieder, schattenlos liegt es auf dem Kirchvorplatz, auf Bänken, gekalkten Wänden, Steinwegen, welkem Rasen und leeren Blumenbeeten, ein Gelb, so spät, dass es niemals blendet, dass sich die Augen von alleine öffnen und nicht mehr schließen wollen, und wenn schon, es lässt sich nicht stören vom Schließen der Augen, da es sich einprägt auf der Netzhaut und auch hinter den Lidern lange noch bestehen bleibt. Eine ganze Weile stehe ich unter der Linde, schaue zur Krone empor, an deren Ästen hier und dort, bei genauem Hinsehen, das Gelb nahezu übergeht in ein Orange, als ich Schritte höre, ein Schlurfen vielmehr, verbunden mit einem regelmäßigen Aufticken, wohl eines Gehstocks, das näher kommt, an mir vorüberwandert, sich wieder entfernt. Erst jetzt senke ich den Blick und sehe von hinten einen etwas gekrümmten, auf seinen Stock gestützten alten Mann in Anorak und Anzughose, mit einer Mappe unter dem Arm, der sich gerade anschickt, das quietschende Tor zu öffnen und auf das Pflaster der Dorfstraße hinauszutreten, als er sich umdreht, für einige Momente zu mir herübersieht, auf sein Vorhaben, vorerst jedenfalls, verzichtet und winkend auf mich zukommt.

Herrlich, meint er, diese trockene Luft, und gut sei es, mich in der Kirche zu sehen, es hat sich so ergeben, wie lang ich noch bleiben werde, keine Ahnung, ich sei ja immerzu unterwegs draußen, seit Monaten allein, sicher, Weihnachten mit der Schwester und den Kindern, aber ob ich den Baron gesehen hätte mit seiner Frau, sie kämen kaum noch vom Schloss herüber, ach ja, die Krähen da oben in den Bäumen, Gäste seien übrigens stets willkommen, die evangelische Kapelle unten sei ja immer geschlossen, es lohne sich einfach nicht, nur die Eucharistie, ich wisse schon, aber Schwamm drüber, vielleicht gelegentlich zum Gemeindestammtisch, jeden Mittwoch, es gebe auch Kuchen, und wenn ich Lust hätte, der Turm sei den ganzen Tag offen, später vielleicht, danke, eine wunderbare Aussicht von dort über unsere Landschaft.

Wohlwollend nickt er mir zu und schlurft in die Richtung fort, aus der er ursprünglich gekommen ist. Ich gehe durch das Tor und hinüber zum Wirtshaus auf der anderen Seite der Straße.

Wie von einem feuchtwarmen Atem beschlägt mir beim Betreten die Brille. Ich nehme sie ab, um mich zu orientieren, und taste mich mit tränenden Augen sehr langsam durch den fast ausschließlich mit Männern gefüllten Raum vor. Ich schlucke heftig gegen ein Brennen im Hals an, erwäge, wieder umzukehren, tue es aber nicht, sondern dränge mich

an Gesichtern vorbei, die mir fremd sind, an Händen mit Zigaretten, Gläsern, Messern oder Gabeln, ziehe mir Jacke, Mütze, Schal und Pullover aus und setze mich an einen Tisch, an dem sonst niemand sitzt. Ob man mich ansieht, über mich spricht, ich weiß es nicht. Ich versuche zu atmen, doch die Luft, bestehend aus Rauch, dem Geruch von Bier und Frittierfett sowie dem Dunst von gebratenen Zwiebeln und Fleisch, ist so zäh, dass sie nur mühsam und eigentlich gar nicht durch die Lungen passt. Die Wirtin stellt ein großes Bier vor mich hin, fragt, ob ich etwas essen möchte, ich danke, nehme einen großen Schluck, bin erleichtert. Es wird laut gelacht und geschimpft, ein einziges Durcheinander, von dem ich hier und dort etwas aufschnappe, von Düngeverordnungen, Windkraft und Steuern, von Asylschmarotzern, Anschlägen, Wahlen in Amerika oder Wintersport, während ich suchend umherschaue.
Nach einer Weile tritt die Wirtin erneut an meinen Tisch und deutet mit dem Kopf auf eine der hinteren Ecken hin. Ich folge ihrem Blick, und ja, tatsächlich: Dort sitzt er, unrasiert und rotnasig, aufrecht im Neunziggradwinkel auf einer Eckbank, den Bauch, wie mag er dort nur hineingekommen sein, gegen einen viel zu nah gerückten Eichentisch gepresst, vor sich ein Glas Bier, ein Glas mit klarem Schnaps, ein Korb mit Brot und einer langen, dünnen und denselben am vorderen und hinteren Ende weit überragenden, dunkelrotgeäderten und vermutlich geräucherten Wurst, ein Teller mit einem überdimensionierten Krautberg, ein Aschenbecher mit einer brennenden Zigarette. Ich grüße hinüber, er grüßt zurück mit einem Blick, der, ohne jede Berührung, quer hindurchfällt durch den Raum, mich durchbohrt, sodass ich mich blitzartig abwende. Mutlos bestelle ich noch ein Bier, lasse etliche Stunden verstreichen, ohne den Platz zu wechseln und zu sagen, was ich zu sagen habe.

Draußen, wo ich die Ruhe eines neuerlichen Abends erwarte, wird das Brummen wieder stärker. Dunkel ist es inzwischen. Ich presse die Hand vor die Stirn, stolpere nach vorn, zur Seite, im Kreis, es kommt aber nicht von innen, da drinnen ist nichts zu vernehmen, sondern von außerhalb, irgendwo da draußen. Ich lehne mich gegen eine Mauer, die jedoch nachgibt, da sie keine ist, schlage mit dem Kopf gegen einen Zaunpfahl, halte mich an diesem fest, um von hier aus in den schwarzen Dunst zu starren, in dem alles um mich her verschwunden ist. Seltsame Innenschau. Ich komme mir vor wie auf links gedreht. Dichter Nebel weitet das Dorf ins Unermessliche. Etwas Rundes, Stachliges ragt mir von hinten über die Schulter, vielleicht das welke Gesicht einer Sonnenblume. Ein schwarzes Huhn, das ich gar nicht sehe, starrt mich aus seiner Höhle an, als störte ich es beim Träumen. Am Aufprall kleiner harter Kügelchen im Gesicht merke ich, dass es schneit. Im lichtfernen Raum: unsichtbarer Flügelschlag, nahendes, nicht weiter auszumachendes Poltern und Nachhallen, System von Tunneln, riesiges Uhrwerk, scheppernde Rohre, sehr vage, elektronisch verzerrt.
Die Kirche ist offen. Eine Seitentür gleich hinter dem Eingang führt in ein Treppenhaus. Über knatschende Holzstufen, eingeklemmt zwischen kältestrahlendem Mauerwerk, zwänge ich mich hinauf. Einmal bleibe ich stehen, um zu verschnaufen, atme hinein in einen unkenntlichen Raum, vernehme nichts als die Ausdünstungen alten Holzes, feuchter Wände, steige weiter, die Treppe wird noch schmaler, noch steiler, gelange zu einer Leiter, lasse mich an ihr hinabsinken, bleibe, zwei Sprossen im Rücken, sitzen. Nun riecht es metallisch, vor mir, ganz nah, muss sie sein: die Glocke. Vielleicht sind es auch mehrere, ein großes Verstummen, ich höre nun nichts mehr.
Ich muss nichts tun, nicht einmal warten, es kommt, nach

einer langen, finsteren, einer unergründlichen Zeit, ganz von allein: ein Knacken wie von einem Schalter, ein hölzernes Schnarren, leichter Luftzug, ein lauteres Schwingen. Dann ein erster Glockenschlag, ein weiterer, noch einer, reflexartig halte ich mir die Ohren zu, doch der Reflex verpufft, die Arme sinken, ich lasse es bleiben, rücke, ganz Ohr, noch ein Stück näher heran, setze mich auf die Hände, damit ich sie stillhalte, schwinge, zittere am ganzen Körper mit, während alles dröhnend durcheinanderfällt.
Ich weiß nicht, ob ich ausrutsche, stolpere oder einfach das Gleichgewicht verliere, mich auf dem Rück- oder Hinweg befinde, ob ich gerade über mich, wen anders oder gar nichts nachdenke, jedenfalls liege ich plötzlich da, das heißt, zuerst kommt natürlich der Fall, also der eigentliche Sturz, und dann, viel bemerkenswerter, der Aufprall, und der ist ordentlich: Einen richtigen, wenngleich dumpfen Knall gibt das, begleitet von einem Knacken und einem Schmerz in der Schulter, der Hüfte, auch am Knie. Und dann liege ich eben dort, halbwegs ausgestreckt in einem Vorgarten, Blut schmecke ich an den Lippen, liege dort, kratze fluchend und wie wild in oder an der steinhartgefrorenen Erde herum und frage mich, ganz außer mir, nein, nicht mich, sondern in den Raum und die Nacht hinein oder doch nur einfach gegen die undurchdringbare Erde vor meiner Nase, die so nah ist, dass ich anstoße, meinen Atem rieche, wo denn nun, zumindest, der Schlamm sei, weicher Unrat, matschiges Rinnsal, irgendetwas, in das ich hineinfallen, in das ich eindringen könnte.

4. Januar – 23:05

Liebe Solveig,
eingehüllt in einen Stapel Decken, gab ich der Hängematte

eine letzte Chance. Ich ließ schwarze Vögel den abwechselnd himbeer- und aprikosenfarbenen Himmel durchziehen, vernahm ein Rufen wie eine chromatische Harmonie, sah, von dort, der Hängematte, aus, noch einmal unsere vier Gesichter, erkannte sie jedoch bereits nicht mehr.

8. Januar – 20:13

Lieber Sten,
nun schreibe ich Dir doch noch. Dass Du überhaupt je daran hast zweifeln können.
Manchmal, aber nur manchmal, denke ich an ein Wiedersehen mit Dir an Orten, die wichtig für uns waren oder es hätten sein oder werden können, an unsere letzte Verabredung, bei der so vieles schiefging, wir uns verpassten und hinter der alles abbrach und immer noch bricht. Ich denke an gemeinsam Erlebtes oder Versäumtes, aber meistens nicht.

0:56

Sten? Nein, Solveig, ich habe ihn seither nicht mehr gesehen noch irgendetwas von ihm gehört. Auch Nachforschungen zu betreiben, habe ich nach Möglichkeit vermieden.

11. Januar – 23:11

Nebel, verschränkte Hügel, Äcker, Bäume, nur Schemen. Es fliegt nur so vorbei, doch im Raumlosen merke ich nichts von der Geschwindigkeit. Ja, weißt Du nicht, Solveig, dass ich die ganze Zeit über fahre? An Wald- oder Wandhügeln immer wieder Leerstellen, weiße Kästchen, Spuren.

12. Januar – 23:55

Liebe Solveig,
inzwischen habe ich mich weit verstiegen, steige taumelnd irgendeine Leiter auf und ab, leuchte, jetzt, auf mit ihr im Gold des blauen Abends.
Mit einer unsagbaren, unermesslichen Traurigkeit schreibe ich Dir dies alles. Mit einer unsagbaren Traurigkeit sehe ich Dich: nicht fragend, doch ratlos und mit aufgeklappten Augen, in denen sich alles spiegelt, Töne, in die ich mich einsenke, mit denen ich, selbst blau und golden, aufsteige, um nichts, auch Dich nicht mehr, wahrzunehmen.
Dann hänge ich unter einer schwarzen Decke und falle nach oben. Diese Fäulnis im Mund und im Mond. Und diese Stille, diese Ruhe: »keine Erlösung, sondern nur das böse Ende.«

1:34

Das Brummen und Raunen des Schlafenden ist nun verstummt. Gmork ist aufgewacht, streckt sich in seiner Ecke, schnüffelt umher. Nimmt meine Fährte auf.

13. Januar – 22:33

Ich erinnere mich auch an Glockenschläge, wie schief gegen einen Kiefer. Kalte Stunden. Solange wir lebten, nicht. Wir liefen ums Sofa herum, völlig losgelöst, der Plattenspieler, kindergroße Boxen, ›Major Tom‹, voll aufgedreht.
Zwei, meistens vier plattgedrückte Nasen am großen Fenster. Nachher die Jagd oder der Wettlauf hinunter zum Bach zwischen die Weiden bei leichtem Schneefall, wo wir uns stritten um die Plätze eins bis vier, wer durfte der Letzte

sein, wer hielt am längsten durch, der Ausgang blieb bei alledem ungewiss. Dann übten wir uns in Paarbildung, bis wir verzweifelten.
Und die Reihenfolge, jetzt?

Dennoch werde ich zuletzt Deinen Kopf zwischen meinen Händen halten und zusammenpressen, bis sich unsere Hände falten. Oder wirst Du wünschen, ich solle endlich aufhören, herumzufingern in Deinem Raum? Doch stehe ich seither im selben Raum, der schwarz ist, hier und dort nur leuchtet manchmal etwas Gelbes auf: unsere Schatten. Hier werden wir uns ausruhen, warten und vergessen, dass er näher kommt, um uns zu holen.
Siehst Du überhaupt, wie ich immerzu nur fort- und auf der Stelle laufe?

Gäbe es Euch, würde ich weitererzählen und weiterreisen, bis ans Ende der Welt würde ich reisen und erzählen.

15. Januar – 23:59

Mit gesenktem Kopf stehe ich vor einer weißen Wand. Warte auf den Zerstörer. Höre das Klirren, spüre seinen Atem im Nacken.

16. Januar – 21:44

Landschaft. Quer. Schwarzweißfilm. Gestöber. Schnee.

17. Januar – 23:21

Keine Nacht ohne das Lächeln gesichtsloser Wesen.

Mir gehen die Versatzstücke aus.

Dass Du mir halfst, die Lichtmauern einzureißen.

18. Januar – 22:01

Ein Nachmittag wie auf einer südlichen Dachterrasse, die Sonne so tief, dass man sie nicht sehen, aber ihr Licht, dass man darin baden kann, das einebnet und glättet, sich auf alles legt in gleichmäßiger Eintönigkeit, auf den dunkelblauen Liegestuhl, die Lärchendielen, die einstmals weiße Wand eines benachbarten Bungalows im Hintergrund, die kahlen Äste eines Strauches. Allein hinter dem Haus ist der Rasen noch voller Schnee oder Raureif.
Meine Hände zittern, ich bekomme sie nicht ruhig. Dann merke ich, dass meine Hände völlig in Ordnung sind, dass es der rasende Untergrund ist, der die Schrift, das ganze Bild verwackeln lässt. Eine Schlaufe, Traktorenlärm, eine Spirale, die sich jäh in die Tiefe windet, knackendes Eis, windschiefe Dächer.
Dann noch einmal: ein Nachmittag wie auf einer Dachterrasse. Ein anderes Leben, in dem ich nichts wiederfinde und zu suchen habe, während Du sprichst von Farben durch ein Prisma, dort, an der Wand, es ist der Himmel.

Von unserer Geschichte spüre ich nur den Schrecken. Benennen kann ich kaum etwas, und doch lasse ich nichts aus. Irgendwann, bevor wir begannen zu malen, ich Dich, vielleicht, nur falsch verstand und begann, alles zwischen meinen Fingern zu zerreiben, sodass es glühte, ja, eine Sonne, in der wir, ohne dass sie wärmte, verglommen. Das alles ein Dahinschweigen. Temperaturen sind unerheblich, allein noch Farbwerte, die zählen.

Wen hätte es nicht geängstigt. Von Nele, vielleicht die Einzige, die er noch hält, kein Wort.
Die Sonne sinkt derweil so schief, wie sie nur kann. Ich stehe am Wald vor einem aufleuchtenden Strauch, versickere in seinen Ästen.
Die Halme am Weiher klirren erfroren, ragen noch immer als Haarbüschel und gelb aus dem Eis. Wieder und wieder dieselben Baumreihen, jeder Moment eine stille Warnung. Vom Hügel weht es orange, während wir gehen, Du Dich bergauf bewegst in Richtung Sonne. Die Vögel, nur Striche, senken sich mit der Stirn schräg nach unten, und wir lehnen wie Licht gegen das Rot einer Mauer.
Die Fahrt ist lang. Hast Du die Leere auch bedacht vor dem Eintreten? War es nicht Nacht, als ich Dich traf, nach so langer Zeit, sodass ich Dich gar nicht sehen konnte?
Man darf Reisende nicht aufhalten. Und nicht hinter den Vorhang sehen. Wenn Du mich nicht siehst und ich Dich auch nicht, greife ich vorsichtig nach Deiner Hand. Im Schilf sinkt und singt keiner mehr, nur noch quer über das Eis.
Durch die gefrorene Scheibe sehe ich Dein Gesicht, steige ihm nach. Durch die gefrorene Scheibe siehst Du mein Gesicht, steigst mir nach. Du wirst nun gehen, und ich auch.

19. Januar – 23:46

Liebe Solveig,
einst oder zuletzt, ich werde nun immer weniger. Merkst Du nicht, wie ich, im Sessel und auf der gefrorenen Erde,

immer schwerer und zugleich allmählich leichter werde, verschwinde, mich verflüchtige?
Entschuldige das Verschwiegene, aber es zerstiebt und erstarrt, nur diesen Satz: Ich muss mich beeilen und komme doch nicht voran. Nicht mehr viel. Vielleicht bin ich taub, vielleicht ist alles um mich her auch stumm geworden.
Koffer, Bahnhofsnähe.
Das Album klappt zu. Auch der Raum wird damit dunkel, dunkel und still.
Ganz ohne Umschweife möchte ich zu Dir sprechen, dulde dann aber keine Worte mehr in meiner Nähe.

»Und in einem Hui wurde es stockfinster, und mir so fürchterlich ums Herz, daß ich zu Boden fiel.«

14.

21. Januar – 21:32

Liebe Solveig,
alles Gegenwärtige denke ich schon nicht mehr, aber nehme es doch wahr, als bloße, nicht vorhandene, immer wieder fehlgeschlagene Selbstverteidigung. Doch ich will nicht länger schwer sein, lass es getrost in Bewegung, ich werde es tun, geh ruhig nach Hause, sei ganz unbesorgt.
Dann, das Wichtigste, vom Verschwinden, sommers wie winters. Ein Fernsehbild, das einfach immer schlechter wird, sich mit Schnee vermischt. Er schlägt wütend von oben auf das Gerät ein, es nützt nichts, jetzt laufen die knittrigen Bilder durch, immer mit diesem schwarzen Balken dazwischen, schneeig und vielfach, nein, es nützt nichts.
Der Schnee, Winternacht mit Sternen, Polster von weichem Schimmel, wo es keinen Grund mehr gibt, Knacken, das zu einem Brummen wird, bald wehtut in den Ohren, bald am ganzen Körper, hier und dort auch ein Glitzern. Laut ist das Knirschen des Schnees unter meinen Füßen, die ich mir nackt vorstelle, schwarzfleckig und zerfroren. Manchmal meine ich den Weg zu kennen, manchmal scheint mir gigantisch der Eindruck einer enormen Weite. Im blaugrauen Morgenlicht liegen die Hügel ernüchternd übereinandergeschichtet. Missratenes Aquarell. Auf einem weißen Gitter balanciere ich über Äcker durch einen fins-

teren Kühlschrank, suche nach dem Ausgang in Küche und gute Stube. Das Meer ist nah. Es ist gefroren. Der Traum verdient seinen Namen nicht mehr.
Das Haus, in dem ich mich aufhalte, von dem ich mich eigentlich nie allzu weit entfernt habe: Nicht erst jetzt merke oder, zumindest, ahne ich, dass es sich dabei um ein Spiegelbild in einem Gewässer handelt, in das Wind hineinfährt und um das gefrorene, vielleicht auch gestorbene, zum Sterben gebrachte Elfen tanzen.

22. Januar – 21:01

Ich sitze aufrecht im Neunziggradwinkel auf einer Eckbank, den Bauch gepresst gegen einen viel zu nah gerückten Eichentisch. Ich habe keine Ahnung, wie ich hier hereingekommen bin. Vor mir auf der dunkelbraunen Tischdecke stehen zwei Gläser, ein großes mit Bier, ein kleines mit klarem Schnaps, ein Korb, ein Teller. Ich kaue und schlucke an gegen das Bittere im Mund, gegen den Magen, der sich sträubt gegen alles, was sich ihm nähert, nur einige wenige Männer sitzen an der Theke, es ist noch Vormittag, ich kenne sie nicht.
Die Wirtin kommt an meinen Tisch, ohne dass ich sie hergewunken oder -gerufen hätte, nein, überhaupt nichts habe ich gefragt oder gesagt, mich gewundert vielleicht für einen Augenblick, jedoch nichts gesagt. Jetzt steht sie plötzlich dort und fragt, ob ich schon gehört hätte. Da ich nicht reagiere, sie nur anstarre, beginnt sie zu reden, mit gedämpfter Stimme zwar, doch laut genug, dass die Gestalten an der Theke, einschließlich des Wirts, sich jäh herumdrehen zu uns. Er, sagt sie, ich sei doch seinetwegen da. Er komme nicht mehr. Man habe ihn im Stall gefunden, auf dem Weg zum Melken, hinter dem Traktor. Abscheulich.

Ob ich die Polizei nicht gehört hätte am frühen Morgen, ich schliefe doch zur Straße hin.
Ja, das ist richtig, ich schlafe doch zur Straße hin.

23. Januar – 23:59

Liebe Solveig,
im Zimmer streiche ich über das warme Winterlicht auf der Fensterbank, den Holzmöbeln, der Wand, den Dielen, meiner Kleidung, streiche es fort mit der Hand und mit den Augen, breite es, nach Belieben, wieder aus. Ohne Licht, denke ich, was bleibt den Dingen von ihrem Sinn. Ich setze mich in den Sessel, solang es noch anhält, schreibe Dir von Dunkelheit und von Farben, nicht mehr und auch nicht weniger. Das ist nicht zu viel. Zu genau wirst Du es dabei, so hoffe ich, nicht nehmen. Sei nicht betrübt, aber auch nicht zu streng, und sieh, wie wechselnde Luftschichten die Farben streuen, meine Hände auf dem Schoß zerfließen, bereitwillig, vielleicht sogar dankbar, und die Gegenstände um mich her tun es auch.
Was nun folgt, ist eigentlich nicht mehr so wichtig. Irgendwann stehe ich auf, schiebe einen Stuhl vor den Kleiderschrank und hebe den Koffer herunter, stelle ihn auf den Boden, öffne ihn. Dann öffne ich auch den Kleiderschrank, öffne sämtliche Schränke und Schubladen, greife recht wahllos hinein, lege die Sachen in den Koffer und wundere mich über dieses und jenes, was sich angesammelt hat mit der Zeit. Dann streife ich durch alle Zimmer, räume leer, trage zusammen, packe ein, bis der Koffer voll ist und fast zu schwer, um ihn zu tragen oder zu ziehen. Ich schließe den Reißverschluss und hieve ihn die Treppe hinunter. Vor der Haustür in der Einfahrt lasse ich ihn stehen.

Wieder gehe ich nach oben. Lehne mich, außer Atem und mit pochendem Herzschlag, an das Treppengeländer, schließe die Augen, spüre dem gedankenlosen Pochen, dem leichten Schwindel nach. Sehr lange verbleibe ich in dieser Haltung, ohne die geringste Bewegung.
Erst viel später schaue ich den Flur entlang, einen endlosen Flur, auf den das Licht der Zimmer fällt, da alle Türen offen stehen: ein Licht-, ein Farbenflur.
Ich durchstreife alle Zimmer, und noch einmal leuchten die Gegenstände auf in ihren Farben, die nicht ihnen gehören, und ich nehme diese Farben behutsam auf, ziehe sie vorsichtig hinter mir her auf dem Weg nach unten, vielleicht folgen sie mir auch von selbst. Was sie zurücklassen, sehe ich nicht.
Im Wohnzimmer trage ich zusammen, was an übrigen Getränken zusammenzutragen ist, viel ist es nicht: einige Flaschen Bier, eine angebrochene Flasche Rotwein, ein Rest Pflaumenschnaps. Aus der Küche hole ich mir ein Glas sowie einige klamme Salzstangen, lasse mich in den großen Ohrensessel sinken und warte, dass die Sonne im Ungewiss der alten Kastanien und der Dächer des Dorfes verglimmt, warte, dass es dunkel wird.
Durch die Forsythienhecke, welche die Terrasse umsäumt, um den im Frühjahr oder Sommer Sitzenden oder Liegenden vor Sonne, Wind und Blicken zu schützen, dringt noch etwas Licht von einer Straßenlaterne her, die ich von hier aus nicht sehen kann. Wenig später geht hinter dem rauchenden Schornstein eines Nachbarn ein Halbmond auf. Dunkler wird es nicht, denke ich, erhebe mich, gehe, nur für einen Moment etwas wankend, zum Kamin, öffne die halbrunde Glastür, greife hinein und lasse meine Hand für eine Weile in der weichen, lauwarmen Asche liegen. Ich entnehme dem Holzkorb einige lose Zeitungsblätter, zerknülle sie, lege sie dorthin, wo, wäre es hell, noch der

Abdruck meiner Hand zu erahnen wäre. Es folgen Holzstücke unterschiedlicher Größe, sorgfältig schichte ich sie über- und aufeinander, bis nichts mehr hineinpasst. Mit einem Feuerzeug entzünde ich das Papier an mehreren Stellen, jäh flammt es auf, ich schließe die Tür, öffne sie wieder, sehe einstigen Tagesmeldungen nach, die in den Flammen rasch zerkräuseln, beobachte die an den Rändern des Holzes entstehende, sich mehrende Glut. Eine Weile beobachte ich noch, wie das Feuer auf die einzelnen Scheite übergeht.

Auf der linken Seite des Flurschranks befinden sich, oberhalb des Weinfachs, etliche kleinere und größere Kartons mit Kerzen aller möglichen Farben und Formate, teils neu, teils bis zu einem Viertel oder zur Hälfte abgebrannt, offenbar über Jahre hinweg gesammelt. Nacheinander trage ich die Kartons ins Wohnzimmer und stapele sie auf dem Teppich vor der Terrassentür. Eine Nacht, fährt es mir durch den Kopf, wie bei Oma Drombusch, als man sie, ich glaube, es war die letzte Folge, alleinließ im großen Haus. Doch in Gedanken, so mein Vorsatz, folge ich von nun an nur noch meinen allernächsten Handlungen.

In einem der Kartons entdecke ich gleich zuoberst eine Schachtel Zigaretten. Ich nehme und schüttele sie leicht, sie ist fast leer, schiebe sie mit Zeige- und Mittelfinger auf und ertaste drei Filterzigaretten, um die es mir plötzlich leidtut. Ich stecke die Schachtel in die Tasche meiner Strickjacke und wende mich wieder den Kerzen zu. Ich öffne einen weiteren Karton, er enthält fast ausschließlich Kerzenhalter. Die werden kaum reichen, denke ich und nehme sie einzeln heraus, bestücke sie mit passenden Kerzen, verteile sie auf alle Fensterbänke, alle Ablagen, auch in sämtliche Bücherregale und zünde sie, der Reihe nach, an. Lichthell wird der Raum, weihnachtlich, festlich sieht er aus. Dann nehme ich eine der brennenden Kerzen und bringe mit einigen Tropfen ihres Wachses die dünneren Kerzen zum Stehen. Es sind Dutzende, es werden Hunderte, bald gehe ich zur Küche über, zum Flur, zum Vorrats- und Heizungsraum, fahre fort mit der Treppe und den oberen Zimmern, selbst den Dachboden lasse ich nicht aus. Als ich wieder im Wohnzimmer ankomme, sind die ersten Teelichter bereits heruntergebrannt, was nicht schlimm ist, es sind genügend. Ich setze mich wieder in den Sessel, lege die Beine auf den Tisch, nehme das Weinglas und richte den Blick auf das allseitige rote Funkeln und Flimmern. Pyrope, denke ich, verflüssigt, und Rubine.

Bloße Handlungen. Ich führe das Glas zu meinen Lippen, nehme einen Schluck, behalte ihn einen Moment lang auf der Zunge, die ich etwas nach unten wölbe, um ihn dann, indem ich die Zunge langsam in Richtung harter Gaumen bewege, über die Zungenseiten hinab zu den Speicheldrüsen und von dort, bei gleichzeitiger Luftzufuhr durch ein leichtes Schmatzen, über den weichen Gaumen hin zum Rachen gleiten zu lassen, wobei mir der sich entfaltende größtmögliche Geschmack eine Gänsehaut bereitet, die ich, ohne weiter darüber nachzudenken, mit erinnerungsschwer, hellwach und zugleich endlos müde assoziiere. Ich entsinne mich der Schachtel in meiner Tasche, hole sie heraus, entnehme ihr eine Zigarette, streiche mit Daumen und Zeigefinger das dünne Papier entlang, das seine Form nur durch den innenliegenden Tabak erhält und umgekehrt, führe sie zur Nase, atme tief den Geruch des Tabaks ein, merke, wie mein Mund sich mit Speichel füllt, nehme den Filter zwischen Daumen und Zeigefinge, knicke ihn mit einer abrupten Bewegung ab, höre ihn zu Boden fallen, führe die unversehrte Seite zu den Lippen, zünde die andere, ausgefranste Seite an, ziehe langsam, fast zaghaft, und lasse wie zuvor den Wein nun auch den scharfen Rauch über Zunge, Speicheldrüsen und Gaumen gleiten, nur dass das Ziel des Rauches, zumindest größtenteils, nicht die Speise-, sondern die Luftröhre, nicht der Magen, sondern die Lunge ist, warte eine Weile, um ihn sich weitestmöglich in meinem Körper verteilen zu lassen und, was zuletzt nicht übergegangen ist in den Blutkreislauf, wiederum sehr, sehr langsam auszuatmen, sodass ich spüre, wie er an meinem Gesicht emporsteigt und dabei warm meine Lippen und Wangen streift.

Es beginnt im oberen Stockwerk. Irgendwann riecht es nicht mehr nur nach Kerzen, Kamin und Zigarettenrauch, sondern deutlich nach verbranntem Kunststoff. Es ist Zeit zu gehen.

Als ich mich husten höre, stehe ich auf, gehe durch den Flur zur Garderobe, ziehe mir Schuhe, Jacke, Schal und Mütze an, nehme Portemonnaie und Schlüssel aus der obersten Schublade der Kommode, streife, für ein letztes Mal, mit meinem Blick den Spiegel: sehe, inmitten von Halblicht und Nebel, einer dunklen, nur sehr schwach konturierten Gestalt entgegen. Ich öffne die Tür, trete hinaus, lasse sie ins Schloss fallen und schließe sie ab. Ich fasse den Teleskopgriff des Koffers, ziehe ihn heraus. Und gehe.

Am Beginn der ersten Seitenstraße, hinter einer Ligusterhecke, einer Stelle, wo das Licht der Straßenlaternen nicht hingelangt, bleibe ich stehen und schaue zurück. Im Inneren des Hauses höre ich ein Krachen, etwas, das in sich zusammenstürzt, zerplatzendes Glas, sehe in den Fenstern eine Vielzahl von Sonnen und Sternen, die nach außen drängen. Nachbarn, auch Kinder in Schlafanzügen treten auf die Straße, starren in das, was es zu sehen, zu hören und zu riechen gibt, stehen herum mit rotflackernden Gesichtern, weit aufgerissenen, flimmernden Augen, als verbrennten sie allesamt mit. Niemand lacht, niemand fragt nach mir. Laut zu hören ist die Feuerwehr in der Dorfstraße, zwei Minuten später steht sie vor dem Haus. Männer steigen aus, unter ihnen der Mann der Nachbarin, noch immer mit schiefsitzendem Helm und viel zu enger Feuerwehrjacke. Als die Polizei eintrifft und weitere Signalhörner ertönen, wende ich mich ab und gehe weiter, nehme, den Koffer hinter mir her schleifend, den holprigen Weg über den gefrorenen Acker, an der Rückseite der Schützenhalle vorbei, hier wird mich niemand sehen. Nach etwa hundert Metern stoße ich auf den Feldweg, wo der Schnee knöcheltief liegt und das Ziehen nahezu unmöglich wird. Geschwitzt und außer Atem lasse ich mein Gepäck an einer Wegkreuzung stehen. Atme freier. Weit hinter mir liegt, an einem rötlichen Schimmer über dem Hügel noch zu erkennen, das Dorf, hörbar in Aufruhr, der sich bald wieder legen wird, vor mir die Felder, ein letztes Gehöft sowie ein weiter, nie gesehener Sternenhimmel.

Ich weiß nicht, wie lange ich gehe, der Blick in die Landschaft verändert sich nur schattenweise. Sagte ich etwas von Sternen? Ja, zweifellos. Und dort, wo sie sich häufen und verdichten ringsum, liegen zwischen Wald und Hügeln die nächsten und entfernteren Dörfer, die, je weiter ich gehe, nur umso ferner rücken, bis sie zuletzt kaum mehr auszumachen sind. Laut ist das Knirschen des Schnees unter meinen Füßen, die ich mir nackt vorstelle, ja, fast leichtfüßig bewege ich mich fort zwischen dem Glitzern. Manchmal meine ich den Weg zu kennen, manchmal staune ich vor dem gigantischen Eindruck einer enormen Weite.
An einer Abzweigung kurz vor dem Wald denke ich nicht darüber nach, welcher Pfad der richtige ist, ebenso wenig frage ich mich, ob es Rück- oder Hinwege sind, die ich gehe, und nur manchmal bleibe ich stehen und horche. Nichts. Kein Auto, kein Wind, kein Tier, nicht einmal mein Puls oder Atem.
Als ich schon denke, das Waldstück, das ich durchlaufe,

müsse das eigentliche Ziel sein, sehe ich am Himmel durch die Äste ein großes grünliches Leuchten. Sehr lange gehe ich darauf zu. Am Ende führt der Weg steil hinab und endet vor einer Mauer, der ich folge. Durch ein offen stehendes Tor gelange ich in einen Park. Polarlicht, denke ich, und gehe ihm nach durch einen Irrgarten aus meterhohen Hainbuchen- oder Eichenhecken, deren Äste und Zweige noch immer vollhängen mit gestorbenen Blättern. Ich trete auf einen breiten Weg, schließe, geblendet, die Augen, gehe ein ganzes Stück weiter und mache erst vor einer riesigen gläsernen Halbkugel Halt. Mit steifgefrorenen Händen greife ich nach der Klinke und trete aus dem Winter durch eine Glastür in einen Garten.

Sogleich beschlägt meine Brille, sodass ich sie abnehmen und abwischen muss, auch die Glaswände sind von innen stark beschlagen, die Luft ist schwül, Gewächshausklima. Wasser rinnt von den Seiten oder tropft von oben und von den Blättern, versickert in den Beeten, ein unentwegtes, leises Rieseln. Ich drehe mich noch einmal zum Eingang um, an der Tür hängt ein Schild mit der Aufschrift: ›Tür bitte geschlossen halten!‹, daneben eine kleinbedruckte Tafel, der ich mich gerade zuwenden will, als ein Schwarm Schmetterlinge an meinen Augen vorüberschwirrt, in allen möglichen Farben und Größen flattern sie umher, lassen sich mit zitternden Fühlern auf Blüten nieder, auf meinem Arm oder auf kleinen Tellern mit Ananas-, Melonen- und Maracujastücken. Auf einem gepflasterten Rondell stehen, mit dem Boden fest verschraubt, weiße Eisentische und stühle im Jugendstil, auch einige Liegen und Bänke. Seitlich versetzt erscheinen auf einer Leinwand Bilder von Schlössern und Gärten zur Frühlingszeit, dazu, im Hintergrund und sehr leise, vielleicht täusche ich mich, Musik von Arvo Pärt.

Ich ziehe mir die Jacke aus, die beiden Winterpullover, die

Mütze vom Kopf, den Schal vom Hals und lege alles über eine Stuhllehne, gehe einige Schritte über knirschenden Kies, bis der Eingangs- und Sitzbereich im vagen Grün verschwunden ist.
Vor mir eröffnet sich ein Blick wie quer über einen Park im Frühling: über Schneeglöckchenfelder, gelbe, orange und lila Krokusbeete und Narzissen, vorbei an Kornelkirschen, Birken, Flieder, Schneeball in leichtem, warmem Nieselregen, über eine Holzbrücke wie hinüber zum Schloss, an Buchsbäumen, Orangenblüten vorbei zur Straße und zur Piazza hin. Ich wende meinen Blick wieder dem Park zu, dem Wintergarten mit seinem übergrünen Leuchten, immer durch den frühlingshaften Regen, wo niemand sonst, und der Garten nimmt ja kein Ende: Rascheln, fallende Tropfen, der Geruch von Erde, Kies und Steinen, glänzend vor Nässe, Stufen hinab durch Tulpen zum Pavillon. Aus verborgenen Lautsprechern dringen, kaum hörbar, Melodien, Vogellaute wie Flötenspiel, Flötenspiel wie der Gesang fremder Vögel, elektrisch verzerrte Klänge, verlangsamter Flügelschlag. Zwischen Rhododendren sitzen zwei Pfauen, weiter hinten ein Fasan, auf Ästen oder Stangen Rotkehlchen und Meisen, dann auch leuchtendgrelle Paradies- und Kanarienvögel, winzige Kolibris im Innern riesiger Magnolienblüten. Von einer nassen Brücke aus blicke ich über die Oberfläche eines Sees, die zittert, fast unmerklich, unter den Tropfen und Klängen eines fernen Klaviers, darin Brokatkarpfen liegen, verschwommene, nur farbige Flecken.
Steine zum Werfen sehe ich nicht, auch kein Werkzeug, nichts Herumliegendes aus Metall. Die Zerstörung, auch nur Beschädigung dieses Raumes scheint weder vorgesehen noch möglich. Ich lasse das grüne Licht sich in meinen Augen spiegeln, drehe mich, lasse mir Blätter durchs Gesicht streifen, Tropfen die Haut hinabrinnen, als liefe, wie

man es seit jeher nicht weiß, aber doch immerzu glaubt, alles doch noch auf ein gutes Ende hinaus. Kaum bereit, mich auf etwas anderes einzulassen, befinde ich mich auf dem Trottoir unter Birken, beginnt es zu regnen, ein birkengrüner, phosphoreszierender Regen, der einem nichts Böses wollen und anhaben kann, und mir schweben noch einmal Gesichter vor, die mir entgegenlachen im Einvernehmen und wie zum Gruß, kaum anders als das Überblühende ringsum, als Sonnenblumen im April.

Ich folge den Wegen, die sich immer tiefer hineinwinden in einen Dschungel von Zweigen, Stängeln, Blüten, fremden Lauten und Gerüchen. Die Schildchen mit den botanischen Bezeichnungen der Pflanzen nehme ich dabei nur flüchtig wahr, ebenso wie die sonstigen, hier und dort gegebenen Hinweise.

Hinter Bananenstauden und Blumenampeln mit hängenden Karnivoren erblicke ich schließlich eine Gruppe von Hochbeeten in der Form und Größe schmaler Betten oder Liegen, nur dass sie deutlich höher sind, mir etwa bis zum Po oder gar zur Hüfte reichen und, sich leicht nach oben wölbend, über und über bewachsen sind mit pink-, violett- oder altroséfarbenblühenden Bodendeckern und Rankgewächsen. Nur ein einziges Beet ist noch unbepflanzt, sein Material, graues Lärchenholz, noch zu erkennen, bis zum Rand ist es befüllt mit lockerer schwarzer Blumenerde. Daneben befindet sich ein kleiner Nachtschrank, darauf ein Kopfhörer, dessen Kabel in eine der beiden unteren Schubladen führt, sowie ein mit Tesafilm befestigter, mit kindlicher Hand beschriebener Zettel: Mindmashine.

Ich knie mich hin, öffne sehr achtsam meine Schnürsenkel. Richte mich wieder auf, um, mich an der Beetkante abstützend, erst die Winterschuhe, dann die Woll- und die Baumwollsocken mit den Zehenspitzen abzustreifen, spüre das Piksen und Stechen des Kieses unter meinen Sohlen, die

das Barfußlaufen nicht gewohnt sind, befreie mich von meinem letzten Pullover, auch von meinem T-Shirt, der Cord- sowie der Unterhose und lasse mit einem Gefühl des Behagens und in leichter Erregung das nackte Gesäß bequem auf die nachgebende Erde des Hochbeets sinken. Nach einigen Momenten des Ausmirhinausspürens, die mir ziemlich lang erscheinen, hebe ich, das Gewicht nach hinten verlagernd, die Beine an und komme, nach einer Vierteldrehung, angenehm zum Liegen. Die Erde ganz nah an meinen Ohren, höre ich, wie es dort sehr, sehr leise zischt und knistert, wie sich der warmweiche Untergrund sich hier und dort verdichtet, sich ganz und gar der Form meines Körpers anpasst. Ich nehme, indem ich den linken Arm zur Seite hin ausstrecke, den Kopfhörer vom Tisch, setze ihn mir auf, lege die Arme neben mir ab, die von jetzt an nur noch schwer werden, kein Anspannen, keine Bewegung mehr vollziehen, aus dem Kopfhörer erklingt Pachelbels Kanon in endlosen Schleifen, vielleicht ist es auch wieder Pärt: ›In Memoriam‹ oder ›Festina Lente‹, gespielt von einer moldawischen Panflöte.
Um mich herum ist es warm. Ich lausche, versunken und gleichzeitig hellwach und gegenwärtig, der Musik, konzentriere mich auf mein Ausatmen, immer nur auf mein Ausatmen, das nun schon ewig anhält, und nur ganz flüchtig streife ich den Gedanken daran, einzuatmen, Lungen und Blut mit Sauerstoff zu versorgen, mag mich dann aber doch nicht aufraffen dazu, atme einfach weiter aus, verströme mich wie eine einzige große Umarmung, ohne dass sie jemals endete, erlange einen Zustand vollkommener Entspannung.
Der natürliche Atemreflex setzt aus.
Allmählich werde ich nun doch unruhig und versuche, durch Anspannen des Zwerchfells die Luftbewegung umzukehren, aber es geht nicht, die betreffenden Muskeln reagieren nicht mehr. Ich möchte mich aufrichten, doch

auch alle übrigen Muskeln versagen, liegen nur schlaff und schwer und reglos. Ich beginne, nach Hilfe zu rufen, zu schreien, doch der Schrei gerät nicht einmal mehr zu einem Seufzer, es ist, so sehr ich mich anstrenge, nichts zu hören, da sowohl Kehlkopf als auch Stimmbänder ihre Funktionstüchtigkeit zur Gänze eingebüßt haben, da alle Luft den Körper oder zumindest die Lungen längst verlassen hat.

Ich ahne, dass ich in wenigen Augenblicken sterben werde, bemühe mich, die nächsten Sekunden dafür zu nutzen, mich darauf einzurichten, mich damit abzufinden, doch es gelingt mir nicht, einen Gedanken zu fassen, Angst steigt auf, ich gerate in Panik, kann mich nicht konzentrieren, denke nur, vorbei, es ist so weit und wird bald vorüber sein, warte auf den erlösenden Verlust des Bewusstseins: der aber nicht kommt. Stattdessen erlebe ich das Ersticken, das sich gerade vollzieht, bewusst, ja geradezu achtsam, und zwar ausdrücklich nicht als Vorgang, sondern als anhaltenden panischen Zustand.

Angstgelähmt vernehme ich im Blättergrün über mir, wie ein Vogel, vielleicht ein Spatz, herbeiflattert. Verfolge, anhand des hastigen Luftfächelns über meinem Bauchnabel, seine Landung, anhand leicht kratzender Sprünge auf meiner Haut seinen Weg zur linken Brustwarze hin, sein Zupicken, ein Brennen, einige rinnende Tropfen, Blut wahrscheinlich, vielleicht Vogelkot. Dann die Augen, die, zum Glück, geschlossen sind, die Lider halten einiges ab, Zwicken, Stechen, dann Ablassen und Fortflattern, Stille. Letztmalig lassen sich die Augen öffnen, die Lider rasten ein, fortan starre ich nach oben, eine Befeuchtung der Hornhaut findet nicht länger statt, das restliche Bild bleibt trübverschwommen. Allmählich sinken die Augen nach hinten weg, versickern in ihren Höhlen. Etwas läuft braunmatt die Wangen herunter.

Mit dem Erschlaffen der Muskeln setzt auch ein Brennen in Speiseröhre, Rachen und Mund ein, ungehindertes Umherschwappen der Magensäure, Blase und Darm befreien sich von letzten Inhalten, hörbar entweichen letzte Gase. Zerfall der Eingeweide, des Gewebes, verschwimmende Körperformen, die Haut hört auf, Grenze zu sein, wird durchlässig in alle Richtungen, sinkt zusammen, erhält Blasen, bläht sich auf, die Seite reißt ein Stück weit auf, etwas Glibberiges quillt heraus, Pudding, Götterspeise, der Vogel kehrt wieder, weitere folgen ihm.
An Rücken, Gesäß und Beinen beginnt ein Kitzeln und Kribbeln, Zwicken und Stechen, ein Hineinkringeln durch feinnervige Öffnungen, tausendfach. Wie die Erde lebt. Schmatzen und Gesumme ersetzen Flötenspiel, die Ohren, braun und ledrig, kräuseln sich und nehmen nichts mehr auf. Fliegen, Maden, Würmer: flächig und überall dringen sie in mich ein.
Ich warte auf das große Finale, den großen Arm, der alles fortwischt, leerfegt und anzeigt, dass alles nun zu Ende ist. Doch es endet nicht.
Es ist nicht einfach die Reproduktion eines bereits gehabten Gefühls. Das ist, zweifellos, etwas Neues.
Man sagt, es tut nicht mehr weh. Eine makabre Lüge. Ich verwese. Ich verwese bei vollem Bewusstsein und unter entsetzlichen Schmerzen.

15.

1. Februar – 17:00

Die Tür geht auf, sie poltern mir entgegen. Ich gehe in die Hocke, um sie zu begrüßen, ihr Ansturm wirft mich um. Ich liege im Eingangsbereich des Kindergartens, andere Kinder treten hinzu, und wir lachen. Nele kommt mit den Jacken und Schneehosen der Kinder aus der Garderobe, bleibt überrascht vor mir stehen: »Du bist schon da?« Sie streckt mir lächelnd die Sachen entgegen: »Los, du Sportskanone!«
Ich stehe auf, helfe den Kindern beim Anziehen.
»Ich habe die Schlitten gleich mitgebracht, sie stehen vorne bei den Fahrradständern.«
»Du bist unser Held.«
»Ja, das bin ich wohl.«
Draußen findet die Dämmerung heute kein Ende. Ein kaltnasser Wind kommt uns entgegen. Wir nehmen den Weg am Friedhof vorbei zum Park. Tauwetter. Auf den Rasenflächen, den Beeten, zum Teil auch auf den Wegen liegt noch reichlich Schnee, doch es ist kein schöner, sondern ein triefender, schmutziger Schnee, es ist gut, dass er forttaut, für heute aber wird er noch reichen.
Im Park laufen sie gleich los, bücken sich nach dem Schnee, formen Bälle, werfen sie in unsere Richtung. Sie wollen einen Schneemann bauen, zu Recht, der Pappschnee eig-

net sich bestens dazu. Andere Schneemänner auf der Wiese krümmen sich bereits, als würden sie ohnmächtig, gesichtslos zur Seite. »Schaut, den Kopf hier kann man noch verwenden, er wird das neue Unterteil.«
Wo der Verkehr zu einem hintergründigen Rauschen schrumpft, hört man das Tropfen in den Ästen und Zweigen. Gleichzeitig beginnt es zu schneien.
Dann werden beide Schlitten hintereinander gebunden, ich soll sie, die Kinder vorne, Nele hinten, durch den Park ziehen. Ich lege mir das Seil um den Bauch und stemme mich mit ganzem Gewicht dagegen. Mit einem Ruck geht es los, sie feuern mich an. Mit Mühe schaffe ich es bis zu dem kleinen Abhang, von hier aus fahren sie alleine, doch nach einigen Metern überholt der hintere den vorderen Schlitten, sie geraten aneinander, kippen zur Seite. Erschrocken laufe ich zu ihnen, doch Nele lacht und bedeutet mir, dass alles in Ordnung sei. Rasch hole ich ihre Kamera heraus, nehme die Kappe des Objektivs ab, schalte sie ein, lege sie vorsichtig auf den Rucksack, sodass sie nicht fällt, rufe: »Alle herschauen und so bleiben!«, denke: die drei, aber nein, ich denke: wir vier, vielleicht ergeben wir ein Bild, fixiere, drücke ab: und laufe.

16.

2. Februar – 0:00

Ein Blitz, wie vor die Augen gehalten. Sekundenbruchteile, Nachflimmern. Jemand liest mir vor: Ich bin es selbst, raumzeitgekrümmt. Ein laufender Motor, rückwärtsgewunden, leere, dunkle Fläche. Auf entrückten Gegenständen wärmende Schimmer, ein zugezogener Vorhang wie eine Leinwand, dahinter die Sonne. In Lichtfluten ein schwarzes Loch. Man kann es auch umkehren: in der Dunkelheit ein kleiner greller Stern im Überlicht.

Es war wieder so wie damals, als das Licht ausging und auch die E-Mail verschwand, die ich gerade schrieb oder las. An dunklen Zimmern vorbei lief ich und den Flur entlang, sah am Ende ein Leuchten, einziger Bezugspunkt, näherte mich: eisiges Licht eines Kühlschranks, der offen steht, leere Sektflaschen, Salamigeruch, eine Tür, die hinter mir scheppernd zufällt.

FÜNFTER TEIL

Dear darkness …
I've been your friend for many years.

PJ Harvey, ›Dear Darkness‹

17.

15. Februar – 18:32

Liebe Solveig,
beim Fahren mit geschlossenen Augen höre ich, wenn ich an nichts sonst denken will, auf die Fahrgeräusche des Zuges. Ich kenne mich, sooft ich fahre, nicht aus mit Zügen, möchte auch nicht den Anschein erwecken, als täte ich dies, und es interessiert mich auch nicht wirklich, worin diese oder jene akustische Äußerung eines fahrenden Zuges begründet liegt oder welch technische oder sonstige Schlüsse daraus zu ziehen sind. Und doch empfinde ich die An- oder Abwesenheit des mir vielleicht nur scheinbar vertrauten, erinnerten oder doch bloß erlesenen, in jedem Falle aber unglaublich gleichmäßigen und ebenso einschläfernden wie wachhaltenden Ratatam in diesem Augenblick sehr stark. Braunes Kunstleder kommt mir dabei in den Sinn, dazu Nachmittagssonne im Abteil, gemeinsamer Heimweg vom Freibad, noch nasse Haare und brennende Augen, bis zum Anschlag herabgezogenes Fenster, Zugluft, Zigarettenrauch. Plötzliche Durchfahrt eines Güterzuges an einem durchfrorenen, schutzlosen Arbeitsmorgen im November. Ranzige Liegewagen, schattenstarrende Augen zwischen München und Florenz, Omsk und Nowosibirsk. Manche Fahrten sind begleitet von einem Knattern und Kupplungsgepoltere wie in einem LKW, andere

wiederum sind kaum zu hören, elektronisch elegant wie das Dahingleiten einer Straßenbahn oder gar, luftgetragen, eines Segelflugzeugs.
Ich wollte Dir, Solveig, keine Geschichten, sondern, ich habe es nicht vergessen, von einer Reise erzählen. Nun, es ist Februar geworden. Und ich halte mein Versprechen. Auch gehe ich nicht einfach fort, wie es der Nussknacker im Hörspiel zu Will Quadflieg sagt: »Man darf nicht fortgehen, ohne Adieu zu sagen.«
Du wirst nun nicht mehr nach Norden reisen. Ich nehme Dir die Reise ab. Reise Dir nach. Viel zu tun gibt es dabei für mich nicht mehr. Eigentlich muss ich von nun an nur noch fahren. Jeder Bahnhof ist nicht mehr als eine Option. Ich kann auch einfach sitzen bleiben.
Der Zug hielt irgendwann, und ich musste aussteigen. Stieg jedoch, erstmalig, nicht aus, blieb sitzen, fuhr weiter, bis jetzt, und fahre immer noch, gelange, wenn ich es mir denke und vergesse, wie eng es ist in meinem Kopf, ins Weite.
Schwarzes Licht, weiße Dunkelheit, ich fahre, als wäre es meine erste Reise oder meine letzte. Reisende darf man nicht aufhalten. Unter vielem anderen ist mir auch der Blick für Unterschiede abhandengekommen. Im Zug sitzend verwackelt mir die Schrift.
Durch Tunnel fahre ich, durch Tages- und Jahreszeiten. Gelb leuchtet der Nebel, in dem fast unkenntlich weit sich die geschundenen Landschaften wellen. Mir schmerzen die Augen vor Licht, ich schließe sie, sehe nur Gelb, Nebel, Landschaft.
Von Süden nach Norden verschwindet der Schnee, werden Wiesen wieder gelb oder grau, Äcker wieder braun. Es regnet. Manchmal geht auf Feldwegen zwischen knorrigen Obstbäumen ein Spaziergänger in Schwarz, gegen den oder mit dem Wind gekrümmt, manchmal mit, manchmal ohne Hund.

An der Scheibe Regentropfen auf der Flucht. Ich habe Zeit. Eher durch Zufall bin ich auf Valgeir Sigurðsson gestoßen, den Du vielleicht noch nicht kennst, vielleicht aber doch, während ich mir zeitgleich die kleine Meerjungfrau von 1976 anschaute, mit abgestelltem Ton, versteht sich: bläulichweiße Haut, verästelte Haare, wehende Schleier, eiliges Hinab- oder Hinaufgleiten über Stufen in meerischer Zeitlupe. Eine Schönheit, an der ich mich schon als Kind nicht habe sattsehen können. Und jetzt fahre ich ihr entgegen.
Die Kopfhörer im Ohr, schaue ich auf das, was draußen sich befindet oder abspielt und natürlich auch, obschon es nicht viel ist, hier drinnen. Vorhin sagte der Schaffner etwas zu mir, ich sah es an seinen Lippenbewegungen, weshalb ich ihm erneut mein Ticket entgegenhielt, doch er schüttelte den Kopf und redete weiter, war dann aber plötzlich fort.
Wie kann man nur so traurig sein, frage ich mich oder Dich, wenngleich es wohl eher eine Traurigkeit weit hinter der Verzweiflung ist, die einfach nur noch da ist wie ein breites, flaches Land.
Im Bordbistro trinke ich eine Apfelschorle, Hunger habe ich keinen.
Im Großraum befinden sich in etwa zwanzig Personen, die sich ausnahmslos die Zeit, die unerträgliche, mit ihren Smartphones vertreiben. Einen richtigen Gegenvorschlag habe ich aber auch nicht. Ich besitze kein Smartphone und glotze aus dem Fenster.
Manchmal fingiere ich einen Punkt, an dem ich alles nicht für möglich gehalten hätte. Du wirst es nicht glauben, doch als gäbe es diesen Punkt.
In Hamburg steige ich ohne Aufenthalt um. Die Polster im Zug sind blau und wie neu, die Schaffnerinnen sprechen Dänisch, das gefällt mir, obwohl ich kein Wort verstehe.
Ich habe einmal, vielleicht erinnerst Du Dich, eine Rund-

mail an Euch drei geschrieben, saß da und wartete die ganze Nacht, dachte, den Rand des Weinglases zwischen den Schneidezähnen, irgendjemand muss es doch lesen, muss mir doch antworten. Und irrte mich. Eine Erklärung hierfür fehlt mir nach wie vor.
Schlafend sehe ich eine Treppe, deren riesige Stufen mit jedem Schritt die Farbe wechseln. Bald werden Schritte zu Sprüngen. Auch erklingt, mal höher, mal tiefer, ein Xylophon.
Endlos fahre ich durch absolute Finsternis, endlos durch dichter und zur Stadt werdende Siedlungen, Autobahnen, Verkehr, Ampeln, Kinoreklamen, Imbissstände. Abends endet mein Zug in Kopenhagen. An einem Kiosk frage ich, ob ich mit Euro zahlen kann, kaufe eine Zeitung, von der ich nichts verstehe, einige Meter weiter, da mir nichts anderes einfällt, eine Portion Pommes, die ich jedoch nicht herunterbekomme und, so unauffällig wie möglich, auf einer Bank stehenlasse. Ich beschließe, fortan nichts mehr zu essen und überlege, ob ich mir eine Unterkunft suchen soll.

16. Februar – 19:36

Liebe Solveig,
nach etlichen Kilometern durch den Schneeregen habe ich die Meerjungfrau gesehen. Es gelang mir aber nicht, an Andersen zu denken, immer wieder schob sich ein anderes Bild davor: grünbrauner Teppich, Staubsaugerkabel, eine orangegelbe Flasche mit Möbelpolitur, ihr betörender Geruch auf braunem Holz. Auf dem Plattenspieler eine sich endlos drehende Gitte Hænning, die ich mir von da an immer ›Ich will alles‹ singend und mit Stirnband und türkisfarbenem Overall vorstellte, die mir immer irgendwie leidtat und von der ich gar nicht weiß, ob sie noch lebt.

Dann kam sie aber doch noch, die Meerjungfrau. Hastig und zugleich unglaublich verlangsamt eilte sie mir auf grünbraunen Stufen entgegen.
Ich flüchtete in ein Café, blickte, mich an einer Tasse Kakao wärmend, auf farblosroten Backstein. Schaute dem grauen Wellentreiben im Hafenbecken zu. Es schneite, unwirtlich. Ein Bus brachte mich durch die Nacht.

17. Februar – 21:22

Liebe Solveig,
die Zugfahrt übers Meer nach Malmö imaginiere ich als Überschreitung einer Schwelle. Ich begann einmal, Dir zu schreiben und ließ nicht mehr ab davon. Aber stell Dir vor, jäh risse der Himmel auf, gleißendes Meer, begrüßt von mir und zeitgleich verabschiedet, Golden Gate, Sanfranciscoschau, tabakfarbener Seeblick und Wellen, die träge heranschwappen, als wären sie aus Leder.
Zwischen Aus- und Wiedereinsteigen in Malmö bleibt mir Zeit für einen Gang um einen gelben Platz. Im Storchgang bereite ich mich, etwas wackelig auf den Beinen vom vielen Sitzen, auf die unzähligen weiteren bewegungslosen Stunden vor. Kaufe mir eine Flasche Wasser und gehe dem Gleis entgegen, das jetzt in Sonne liegt.
Hinter der Stadt aber verschwindet das Licht spurenlos. Farbverlassene Äcker, deren vollgesogene Erdschollen die nun dick herabfallenden Flocken augenblicklich zum Schmelzen bringen. Doch nicht allzu lang dominieren Braun und Grau, denn hinter der Dämmerung zwischen Schlafen und Wachen wird das Schwarz draußen bald unüberschaubar. Manchmal meine ich, das Sternenleuchten einer Streusiedlung, vielleicht auch das Streulicht einer Sternensiedlung zu sehen, womöglich fahren wir kopfüber, und

die Wagons spiegeln sich in den Tropfen auf den Zweigen des großen Waldes. Eintönig rast der Zug nach Nordost. Wenn es dunkel ist draußen und im Abteil das Licht noch brennt, schaue ich im Fenster auf ein gefrorenes Bild, dem, wie es heißt, »allein die Zeit die Illusion verleiht, noch in Bewegung zu sein.«

Ich habe keinen Appetit, spüre allerdings meinen Magen knurren, nehme einen Schluck aus der Wasserflasche. Ich denke mir isländische Namen aus, spiele mit Endungen und Vokalen, male Sonderzeichen auf ein Blatt. Ich nehme einen Zirkel, ramme mir die Nadel ins Herz, spreize die Schenkel bis an die Ostküste nach Djúpivogur, lasse es dunkeln und schneien, drehe mich dann mit einem Bein um hundertachtzig Grad und lande ziemlich exakt am Hafen von Constanţa, dem alten Tomi, lasse die Sonne auf- und untergehen über dem, zumindest zeitlich, unbegrenzten Meer.

Als mich jemand, kaum merklich, an der Schulter berührt, schlage ich erschrocken die Augen auf. Erwin, der Briefträger steht vor mir, fragt mich oder sagt mir etwas in einer unverständlichen Sprache, und ich antworte ihm so, dass er mich versteht.

Ich stelle mir, wieder zurücksinkend, ein Großraumabteil vor: mit Teppich und Sitzen ganz aus rotem Plüsch, einer Handpan und einer Violine aus verborgenen Lautsprechern sowie einem flimmernden Getränk mit Eiswürfeln und Strohhalm, und ich denke daran, wie wir beide einmal nahezu verabredet waren an solch einem Ort, Du es jedoch nicht wissen konntest, da ich mich nicht getraut hatte, Dich zu fragen, Dich um Hilfe zu bitten, ebenso wenig, wie ich Dir meine Hilfe anbot, weshalb Du dann auch nicht kamst, ich allein herumsaß, so ungefähr wie jetzt, nur mit flimmerndem Getränk in der Hand mit Eiswürfeln und mit Strohhalm. Doch sei ganz beruhigt: Zu unserer letzten Verabredung werde diesmal auch ich nicht erscheinen.

Darauf antwortetest Du, und Deine Sorge war bodenlos. Aber Gefährdung ist doch, hörst Du, ein Grundzustand, über den nicht hinauszukommen ist. Nach dem Ausschalten des Lichtes werde ich mich freuen auf Dich wie ein trauriges Kind. Noch immer fahre ich lautlos, den Kopf vornüber.
Ich sehe mich wieder im Halbschlaf hüpfen, diesmal ist es aber keine Treppe, sondern ein Spielbrett mit quadratischen Feldern, die, springt man auf sie, beginnen zu leuchten, jedes Feld in einer anderen Farbe, auch ein Ton erklingt, letzte Chance vorbei, wie gesagt eine Handpan, oder nein, vielleicht doch wieder ein Xylophon.
Sollte ich einmal die Möglichkeit haben und es hinbekommen, werde ich Dir etwas vorspielen, Dich etwas davon hören lassen, vielleicht etwas von Hildur Guðnadóttir: ein tiefes Hintersichlassen, das nicht mehr aufhört, als zöge man sämtliche grauschwarzen Vorhänge vor und hinter sich zu, um, wenn auch nur notdürftig, den Raum zu weiten.
Während ich aber am ausklappbaren Schreibtisch sitze und über der Eisfläche selbst durch Sterne noch hindurchsehe, vergeht der Himmel, rutscht einfach die Schablone weg. Müdigkeit im Nacken, das Gefühl, zu fallen. Dann höre ich Deine Stimme neben mir flüstern, die meine eigene ist, und bitte sie darum, mich atmen zu lassen bis auf den Grund. Ich verliere den Mond nicht aus dem Sinn.
Adieu.
Ich belege die urinbespritzte Klobrille mit Klopapierblättern und lasse mich, damit nichts verrutscht, vorsichtig sinken. Als sich meine Nase an den Geruch ringsum gewöhnt hat, sehe ich keinen Grund mehr aufzustehen und bleibe, obwohl ich gar nicht muss, sehr lange, die Arme abgestützt auf den Oberschenkeln und zu Boden starrend, sitzen. Da ist es wieder, ewig: ratatam, ratatam.

18.

Vom Quietschen der Bremsen wache ich auf. Es folgt eine Ansage aus den Lautsprechern, ich schaue auf die Uhr, irgendwo unterwegs muss sie stehengeblieben sein. Wir fahren in einen großen Bahnhof ein. Während jedoch die wenigen anderen Fahrgäste bereits in dicke Jacken gehüllt und mit Gepäck in den Händen oder über den Schultern am Ausstieg warten, beginne ich, sehr konzentriert meinen Händen und Fingern folgend, meine Sachen zusammenzusuchen und sie sehr langsam im Rucksack verschwinden zu lassen, als ließe sich das in Kürze bevorstehende und, trotz Ankündigung, nach so vielen Stunden letztlich doch abrupte, allzu abrupte Verlassen des Zuges vielleicht noch, zumindest ein wenig, hinauszögern: eine leere Wasserflasche, meinen MP3-Player, dessen Kabel sich zwischenzeitlich etwas umständlich um meinen Hals gewickelt hat, den Laptop, ein paar Schmierblätter, einen Bleistift, den ich aber nicht finden kann, er muss, als ich eingenickt bin, heruntergefallen sein, da hilft alles Bücken und Hinabstrecken nichts, ich muss schon mit allen vieren hinab auf den Boden, krieche also unter den Sitz, taste im Halbdunkel über den Teppich, finde ihn schließlich zwei Plätze weiter zwischen Butterkekskrümeln, einem geknüllten und nicht mehr ganz weißen Papiertaschentuch und einer Schokoriegelpackung, erhebe mich mit einem unangenehmen Stechen im Kopf und schaue geradewegs dem freundlich lächelnden Schaffner in die Augen. Fragend lächele ich zurück, schaue mich um und sehe sonst niemanden mehr, woraufhin er mir, noch immer sehr freundlich, auf Englisch zu verstehen gibt, dass der Ausstieg nun wirklich unvermeidlich und unaufschiebbar sei, also lasse ich, ohne Widerstand, den Bleistift im vordersten, nein, zweitvordersten Fach meines Rucksacks in die dafür vorgesehene Schlaufe gleiten, nehme Pullover, Schal, Mütze und Jacke aus dem Gepäckfach über mir, ziehe alles an, verabschiede mich und gehe zum Ausgang, die Stufen hinab. Ich bereue es nicht.

Ich lande in Watte. Und es kommt immer mehr von oben, man sieht ja fast gar nichts, nur in Andeutungen noch Konturen und Gegenstände, alles scheint weißdurchlöchert und verzerrt, aber nein, das heißt, ja schon, aber nicht etwa weiß, sondern, als schaute ich durch Braunglas, denn das Licht fällt aus den Straßenlaternen wie aus Duschköpfen goldener Regen, goldgelbe Lichtkegel, die sich nach unten hin überschneiden, aber niemals etwas zum Schmelzen bringen, da, natürlich, Watte nicht schmelzen kann. Sie verschluckt das Geräusch meiner Schritte, den Lärm allerletzter Züge, die ich nur ganz fern noch und dumpf wie durch Ohropax zu hören meine. Auf den Straßen ist der Verkehr längst zum Erliegen gekommen, lediglich hier und dort schleicht vereinzelt ein Auto vorsichtig hinter einem anderen her. Einen Bahnangestellten, der sich gerade von seinen Kollegen verabschiedet, frage ich, in welcher Richtung es zum Vandrarhem gehe, er zeigt nach links, ich bedanke mich und gehe nach links.

Es ist eher ein Vorantasten als ein Gehen, man möchte ja schweben über die stoffleichten Bahnen, und tatsächlich, man schwebt, und wie man schwebt, aber man fällt eben auch, rutscht, wo man gefrorene und verborgene Pfützen nicht gesehen hat und mit dem Schuh nur einige Millimeter zu schräg, das heißt zu früh oder zu spät, aufkommt mit seinem Gewicht, rutscht aus, sinkt und fällt, dass man auf einmal mittendrin liegt, was aber schön und gar nicht schlimm ist, da Fallen hier fast wie Schweben ist, man niemals hart, immer nur weich fällt auf die matratzendicke Schnee-, Watte-, Feder-, Mehl- oder Puderzuckerschicht. Auf schmalen Brücken zwischen, über, unter Flockendurcheinander, Inseln, Wasser, das nur an den Rändern gefroren, sonst flüssig ist und leicht vibrierend, vervielfacht, was sage ich, verunendlicht sich das Lichtspiel, Spiegel im Spiegel, wieder Pärt, aber das klingt viel zu einsam, und das bin ich doch jetzt gar nicht, lehne mich stattdessen ans Geländer und lasse mein Gesicht und mich be-, ein-, ver- und durchschneien, was kalt ist, aber eigentlich auch warm, hexenhaus-, puppenstubenwarm, fast heimelig, sodass ich, ich bin mir nicht sicher, das Gefühl habe einzuschlafen.

Schließlich scheine ich aber doch am Ziel, trete, eine Tür öffnend, aus dem Schneetreiben heraus und befinde mich im Foyer eines kleinen, flachen Gebäudes mit großen gold- und schwarzspiegelnden Fenstern. Links hinter der Eingangstür brummt ein Kaffee-, Tee-, Kakao- und Suppenautomat. Weiter hinten, kaum zu erkennen, ragen vier dunkle Sessel aus dem Halblicht. Auf der anderen Seite deutet eine Schreibtischlampe, neben dem Automaten die einzige Lichtquelle des Raumes, auf die Empfangstheke. An der Wand, welche dem Eingang gegenüberliegt, zeigt eine runde, schwarzumrandete Uhr, wenn ich recht sehe, Viertel nach sechs. Ich warte. Irgendwann folgen ein Gruß, ein Lächeln und die Herausgabe zweier Schlüssel, mit denen ich zurückgeschickt werde ins Kalte, hinüber zum Schiff, einem inmitten von unwesentlichen, orangezittrigen Wellen nur leicht schwankenden Dreimaster. Der Schlüssel passt, einige Stufen führen hinab.

Drinnen auf den Gängen ist es eng und stickig. Wiederum

herrscht nur Dämmerlicht, welches sich als fast traumhafte Klarheit auf die Gegenstände legt, sodass mir leicht schwindelig wird und ich mich schwankend an einem Seil festhalte, als befänden wir uns bereits auf hoher See. Mir ist wie im Halbschlaf, aber auch nicht wirklich, ich meine Brühwürfel zu riechen, Bohnerwachs und Farbe, ich beginne zu schwitzen.

Im Innern der Kabine scheinen die Konturen der Dinge, obschon sie fast im Dunkeln liegen, noch schärfer als zuvor, dabei nehme ich sie bloß optisch wahr wie ein Bild, erst mit Verzögerung weiß das Hirn sie zu benennen. Nur mit Hose und T-Shirt liege ich auf einer unbezogenen Matratze, schaue eine Weile in den Raum. Ich versuche, die Herkunft dieses herabgedimmten Lichtes auszumachen, werde jedoch nicht fündig. Der Geruch ist hier weit stärker als draußen, erzeugt ein leichtes Brennen in Hals, Nase und Nebenhöhlen, ein flaues Gefühl im Magen. Die Kabine ist sehr klein: Fußboden, Decken, Wände, vier Hochbetten, ein kleiner Tisch, ein Stuhl, alles aus Holz, offensichtlich frisch mit Klarlack überzogen, ein rundes Fenster, winzig und geschlossen. Auf einem der unteren Betten entdecke ich erst jetzt, in Jogginghose und weißem Unterhemd, einen älteren Mann mit einer dampfenden Tasse zwischen den Händen. »Hej.« Er deutet auf eine zweite Tasse auf dem Tisch, greift nach ihr, holt, ohne eine Reaktion, die auch nicht folgt, abzuwarten, ein kleines Tütchen hervor, reißt es auf, entleert es, gießt heißes Wasser darauf und hält mir das nun ebenfalls dampfende Gefäß entgegen.

Mit tiefer Stimme und jedes englische Wort einzeln und unglaublich langsam artikulierend, beginnt er, entgegen meinem Schweigen und mich, vielleicht auch meine oder seine Tasse oder den Boden oder nichts von alledem, fixierend, zu erzählen: vom nördlichen Luleå, unweit des Polarkreises, wo das Licht im Sommer unendlich, im Win-

ter hingegen ganz und gar abwesend sei und nichts als die ewige Dunkelheit bleibe, vor der er, seit der Pensionierung und dem Tod seiner Frau, beides Ereignisse eines Jahres, bis hierhin in den Süden fliehe. Ob ich unterwegs sei und wohin. Weit sei es bis zum Nordmeer, unerreichbar auf dem Landweg die fernen Inseln. Wir trinken, den Dampf im Gesicht, gemeinsam, ich bitte ihn, Schwedisch zu reden, und er redet, einschläfernd tief und langsam, Schwedisch, mein Magen füllt sich angenehm mit Wärme, dann verfällt er ins Deutsche, bewegt jedoch nur die Lippen, sodass ich nichts höre, aber sicher bin, alles schon zu wissen, ich bin müde, schließe die Augen, befinde mich schon wieder auf der Reise, während von dem beißenden Geruch nur ein leichter Druck auf den Schläfen bleibt.
Die Tür geht auf, ich höre Schritte, Stimmen, auf den Boden gleitende Rucksäcke. Beine und Hüften bleiben vor meinem Bett stehen, irgendetwas, vermutlich Bettwäsche und Handtücher, landet mit einem dumpfen Geräusch auf der Matratze über mir. Ich richte mich auf, mache mich sichtbar, erwidere den Gruß der beiden Neuangekommenen. Der Alte hingegen ist verschwunden, keine Spur mehr von ihm und seinen Sachen, er wird sich mit ihnen auf die dunkle, lichtferne Seite seiner Matratze zurückgezogen haben.

Zu dritt gleiten wir durch die Stadt über den Schnee, der nicht aufhört, vom Himmel zu fallen, nicht müde wird, von der Erde in die Luft zu wirbeln, landen an einem kleinen Platz in einer kleinen Bar an einem kleinen runden Tisch mit einer Kerze und schauen, während wir reden oder zumindest, leise und fließend, unsere Lippen bewegen, immer wieder hinaus auf das goldtanzende Glitzern hinter den großen Scheiben. Teeschlürfend folge ich einer Erzählung wie einer Diashow, die nur manchmal durch einen Schluck unterbrochen wird, lasse mir ihre Reise vor Augen rücken,

von Düsseldorf mit dem Zug in diese Stadt zwischen Seen und Meer, lasse sie, als wäre sie End- und Ausgangspunkt für so vieles Unbestimmte, wieder und wieder, whiskyfarben, an mir vorüberziehen, doch auch die beiden wollen nach einigen Tagen weiter, allerdings in östliche Richtung, nach Helsinki und bis hinauf nach Finnisch-Lappland. In Stockholm seien sie schon einmal gewesen, doch da war es Sommer. Abwegig, sie nach Sten zu fragen.
Später versuchen sie, mich zu überreden, doch ich lasse mich nicht überreden, obwohl es mir ein wenig leidtut um den Abend, und weil ich nicht gerne nein sage, sage ich eben ja, also dass ich bleibe, es keinen Grund gibt, sich zu verabschieden oder doch nur für die Zeit des Schlafens oder, je nachdem, des Wachens, denn was es noch alles anzusehen gibt in dieser großen schönen Stadt, der letzten für so viele hundert Kilometer, Kirchen, Museen und, natürlich, die Universität, schwärmt der eine der beiden, schwirrt es mir nachher durch den Kopf, als ich unter meiner Decke liege, mich bemühe, nicht an die schlechte Luft um uns herum zu denken, lieber dem gleichmäßigen Schnarchen des unsichtbaren Alten lausche, dem Flüstern der beiden über mir, das jedoch bald verstummt und abgelöst wird von einem leisen zweifachen Atmen, das aber kaum mehr zu unterscheiden und daher eigentlich nur noch einfach ist.
Noch einmal und dann nimmermehr starre ich auf ein Bild an der Wand, das alles Gewesene in einem Moment zusammenfasst: eine riesige Fläche in Orange, lachende Gesichter. Vielleicht aber fletschen sie auch die Zähne. Ich werde es, denke ich, hängen lassen, wenn ich gehe, mag es jemand anderem nützen oder ihn erfreuen oder ängstigen, und rolle mich, die Augenlider herunterziehend, aus dem blassgelben Schimmer heraus auf die Schattenseite der Matratze und mit ihr der Welt.

19.

Der Zug verlässt den Bahnhof und die Stadt, stielt sich davon und rast, nahezu lautlos, hinein in unsichtbare Landschaften. Auf der Flucht vor dem Tageslicht lässt er es hinter sich und, da man ihn nicht mehr sieht und im Fenster nichts als sich selbst, scheinbar auch den Schnee. Von jetzt an geht es immer nur noch weiter.
Ich wechsele, todmüde, hinüber ins Abteil, schalte das Licht aus. Nach drei und vor neun Uhr und mit jedem weiteren Kilometer darüber hinaus ist es dunkel. Es scheint nur Wald zu folgen, Feenwald. Manchmal wird der Mond sichtbar durch Schneewolken und die Wipfel der Nadelbäume, und ich fixiere meinen Blick, damit nichts herausfällt aus dem vorgegebenen Rahmen des Fensters.
Ratatam, ratatam.
Zunächst hört man sonst nichts über der Ebene, doch dann von fern ein Schallen, allmählich klingen Töne heran, verwirren sich, dass ich weinen möchte, da sie so bedrohlich sind und schön. Der Mond, fällt mir Stunden später auf, steht unverrückt im Fenster, und ich dachte, er würde wandern, wenn ich ihn nur ließe. Dabei verschlafe ich alle Dämmerungen, Tage oder Nächte.
Als ich abermals erwache, hängt eine rote Blase prallgefüllt über dem Wald, die sich öffnet, um zu verbluten, deren Licht rosa die vereinzelten Schneewiesen flutet, um sich bald wieder horizontfern zurückzuziehen, sich vorüber-

gehend in breiten Farbpfützen zu sammeln, in Rinnsalen den Rändern zuzufließen und in ihren Schatten zu versickern. Mit halbgeöffneten Augen, den Blick unscharf gestellt, folge ich den draußen auf- und absteigenden blutschiefen Kreisen und Fäden. Erst allmählich wird mir klar, dass kein Morgen ist und schon wieder Abend wird, sodass ich das Abteil verlasse und beginne, dem gehenden Licht hinterherzulaufen, und tatsächlich sind im Großraumwagen die Farben noch nicht vorüber, liegt zwischen ockerrotgestreiften Polstern noch für Augenblicke zähflüssig und staubgesättigt das Licht, Gelatinelicht, als ließe es sich behutsam in Passform schneiden, sich aufbewahren und nutzen als Ruhepol, als Matratze oder Liege. Im Abgelegenen streckt es sich schließlich, ein letztes Mal, doch schon vergebens, nach Wirklichkeit.
Eine neue Nacht bricht an. Ich fühle mich unglaublich müde. Ich stelle mir vor, ich sitze an einem Schreibtisch vor einem kleinen Fenster und starre hinaus über eine dunkle Eisfläche. Zwischen meinen Händen befindet sich ein Buch, das ich rückwärts und, als es beginnt, mich zu langweilen, auch kreuz und quer durcheinanderlese. Ich habe keinen Sinn mehr für die Einhaltung einer Reihenfolge. Als beunruhigend empfinde ich dabei vor allem das regelmäßige Klacken dort draußen. Ich öffne das Fenster und höre es ganz deutlich: Es ist das Ticken einer riesigen, nicht weiter lokalisierbaren Uhr, oder nein: Es ist der irrsinnig laute Aufprall tropfenden Tauwassers aus der Dachrinne auf irgendeinen Punkt im Ungefähren. Es ist, so erkläre ich es mir, beides, und beide stehen in untrennbarem, wenngleich nicht weiter durchdringbarem Bezug zueinander.
Passend zur Abwesenheit des Horizonts umgebe ich meinen Kopf mit einem Musikstück, bestehend aus einem unendlich langen, schiefen, einzigen und immer gleichbleibenden Schlussakkord. Der Anfangs- ist immer auch der

Schlussakkord. Ich werde, immer herum und herum, von ihm umsponnen, hänge schließlich, wie in einem Kokon, in einer Ecke und vertrockne.
Schrecke auf. Natürlich werde ich vernünftig sein und mit den Leuten reden und alles tun, wie es die anderen tun. Die Leere wird dabei unermesslich sein. Reibe mir die Augen, schiebe mich ein Stück weit die Lehne hoch und schaue mich um, sehe aber niemanden. Hier ist überhaupt keiner, denke oder rufe ich, und zwar laut, da es ohnehin niemand hört, nicht einmal ein Schaffner scheint sich im Zug zu befinden. Lasse mich wieder in die Polster sinken. Sollte das Dach des Wagons jetzt wegfliegen, würde ich den Mund aufsperren und die Nasenflügel und den Wind in mich hineintrinken, und dann hörte ich nichts mehr als einen einzigen Ton, ganz weit und ganz leise.
Die Abteilbeleuchtung beginnt zu flackern, ich schaue auf die Lampe schräg über mir, sehe darunter, zwischen allem möglichen Gekritzel, das ich bisher nicht wahrgenommen habe, einen Aufkleber mit Elchgeweih sowie einem schwarzen Männchen mit Cowboy- oder Rangerhut, daneben, hingeschmiert mit rotem Filzstift: ›2 more times‹. Wieder flackert die Beleuchtung, diesmal fünf, sechs Sekunden lang, und erlischt. Ich klappe mein Notizbuch zu und verlasse mein Abteil, schreite durch die dunklen Wagons, die unverändert und allesamt leer sind. Mit der Hüfte stoße ich gegen etwas Hervorstehendes, ich umfasse einen Griff und schiebe ihn nach vorn. Der Zug nimmt an Fahrt zu, erreicht schwindelerregende Geschwindigkeiten, doch der Raum wird dadurch nur größer, leert sich rückwärtig in wunderbare, unerreichbare Fernen.
Eine alles umgebende und durchdringende, spiegelblanke Nacht, ein winterliches Raunen, ich bin mir nicht sicher, ob wir überhaupt noch fahren. Noch einmal erlischt das Licht, obwohl es schon längst erloschen war. Wie damals.

Am Ende sehe ich ein ganz anderes Licht, das, in Zeitlupe, aber unaufhaltsam, größer wird und auf mich zukommt. Ein Rumpeln folgt, ich stoße gegen etwas Hartes, Kühles, die Zugtür springt auf, von hinten schiebt mich ein Maschinenseufzen nach draußen. Aus dem Dunkel trete ich, während die Tür sich hinter mir, aufatmend und klirrend, schon wieder schließt, in ein eiskaltes Licht. Der Zug fährt an, beschleunigt, verschwindet. Mir bleibt nichts anderes übrig, als den Laternen des Bahnsteigs zu folgen, und ich folge ihnen. Menschen sehe ich keine, auch keine Tiere, es ist fürchterlich kalt und das Gehen im Schnee sehr mühsam. Das Bahnhofsgebäude ist, es wundert mich nicht, verschlossen. Ich drehe mich um, sehe aber nur in ein trübes Weiß, es schneit unaufhörlich, beleuchtete Häuser oder gar ein Ort sind nicht auszumachen. Ich erwäge, zum Gleis zurückzugehen, um nach dem Namen des Bahnhofs zu schauen, vergesse den Gedanken jedoch wieder, als mein Blick an einem blauweißschwarzen Schild haften bleibt mit einem Nadelbaum, einem Haus, einem Pfeil und einer Entfernungsangabe.

Es ist nicht weit, doch es dauert gefühlte Ewigkeiten. Ich komme kaum voran, habe ja auch Zeit und mich seit Stunden und Tagen kaum bewegt. Nun stemme ich mich gegen den Wind, der mir in den Ohren pfeift, mit halbgeschlossenen Augen gegen die Schneeflocken, die mir wie kleine harte Sandkörner ins Gesicht schnellen. Hinter mir weiß oder denke ich mir noch eine Lichtspur des Bahnhofs, versuche, meine Schritte nach vorn so voreinander zu setzen, dass die Profile meiner Schuhe, theoretisch, das heißt bei anderen Licht- und Witterungsverhältnissen, eine Linie ergäben, schiele also nur auf meine Füße, die ich aber nicht sehe, aber doch spüre, und male mir aus, irgendwohin werden sie mich schon führen.

Was war das? Waren das Glocken, irgendwo aus dem Undurchdringbaren, das Läutewerk eines Zuges, die Hupe eines Autos oder, noch abwegiger, das Signalhorn eines Schiffes? Aus irgendeiner Richtung dringt schließlich ein Schimmer, und fast meine ich, mich die ganze Zeit im Kreis bewegt, mich gar nicht von der Stelle gerührt zu haben, stehe dann aber vor einem nach beiden Seiten langgestreckten und dem Bahnhofsgebäude so gar nicht ähnlichen Haus. Von Straßenlaternen und Gleisen keine Spur, nur über der Holztür eine winzige, im Wind flackernde Funzel. Die Tür ist offen, ich trete ein. Beim plötzlichen Wechsel von laut und kalt zu warm und leise fallen mir, meine Hände auf einem Heizkörper, die Augen zu.

Über einer cremeblauen Kommode hängen an der beblümten Wand zwei kleine lichtgebende Lampenschirme. Sie sind nicht sehr hell, doch ihr Schein genügt, um die Nummern der in einem hellen Körbchen auf der Kommode aufbewahrten Schlüsselanhänger unterscheidbar zu machen. Daneben befinden sich auf einem durch Falten zum Stehen gebrachten Papierschildchen ein Willkommensgruß sowie die Bitte, das Geld bei der Abreise in einem der gelben oder beigen Umschläge in der obersten Schublade der Kommode zu hinterlegen. Ich wähle einen Schlüssel, dessen Nummer vermuten lässt, dass sich das Zimmer im zweiten und obersten Stockwerk des Hauses befindet, trete durch eine Tür und schaue zu beiden Seiten in einen langen Flur.

Auf der rechten Seite dringen aus einem der hintersten Zimmer Licht und Stimmen. Ich gehe darauf zu, lese an der nur angelehnten Tür die Aufschrift ›Kök‹, klopfe, öffne, mache, über etwas Großes, reglos auf dem Boden Liegendes hinweg, einen beachtlichen Schritt nach vorn und stehe jäh zwei rotwangigen Gesichtern gegenüber, einem mit und einem ohne Bart, welche mir freundlich entgegenlächeln.

Sie fragen, während sie Lebensmittel aus dem Kühlschrank nehmen und in mehreren Plastiktüten verstauen, woher ich käme und was mich hertreibe zu dieser Jahreszeit. Meine Antwort scheint sie zu freuen, sie selbst seien Tschechen und liebten den Winter im Norden. Sie wollten heute noch weiter, ob sie mir etwas dalassen könnten, Wurst und Butter vielleicht, auch den halben Liter Milch, es sei sonst niemand hier. Ich bedanke mich, schaue dabei, halb unbewusst, halb aus Verlegenheit, seitlich zum Fenster. Das große Schwarze da draußen, fährt der Mann fort, sei der See. Man sehe ihn jetzt nicht, doch er sei fantastisch. Man könne, wenn es einmal hell sei, auf ihm herumlaufen. Zwar habe man Tauwetter vorhergesagt, doch keine Sorge, das Eis halte noch eine ganze Weile, es würden sonst auch Warnschilder aufgestellt. Noch einmal bedanke ich mich, verlasse die Küche und gelange über eine enge knarrende Holztreppe ins erste und zweite Obergeschoss.

Abermals gehe ich einen Flur entlang, höre ich dem Knarren meiner Schritte nach. Irgendwann bleibe ich vor einer Tür stehen und versuche recht umständlich, ihre Nummer mit der Schlüsselnummer in meiner Hand abzugleichen, doch vergeblich, es ist zu dunkel. Der Schlüssel gleitet mir aus der Hand, ich bücke mich, streiche mit den Fingerkuppen über den Teppichboden, taste umher, meine für einen Moment, eine Hand zu berühren. Greife den Schlüssel und richte mich auf. Ich drücke die Klinke, die Tür ist unverschlossen, ich trete ein, nehme Harzgeruch wahr, betätige den Lichtschalter, und ein Zimmer wird sichtbar, ganz und gar aus hellem Holz, offensichtlich unbelegt und in allem geradezu miniaturhaft winzig: neben der Tür ein Regal mit einigen Büchern, zwischen den beiden Hochbetten ein Heizkörper, ein Schreibtisch, ein Stuhl, ein quadratisches Fenster, allerhöchstens fünfzig mal fünfzig Zentimeter. Ich lade meine Sachen ab, drehe die Heizung auf, nehme mein Handtuch aus dem Rucksack und trete wieder auf den Flur hinaus.

Die zwei Duschen befinden sich im Keller des Gebäudes, die Tür des Badezimmers ist nicht verschließbar. Jedes meiner Kleidungsstücke lege ich, damit sie nicht herunterrutschen, einzeln und sorgfältig auf den einzigen Hocker und steige in die Duschwanne. Ich dusche sehr heiß und sehr lange, lasse mit geschlossenen Augen das heiße Wasser über Haare und Gesicht gleiten, spüre es auf fast jedem äußeren Punkt meines Körpers. Ich atme heißen Wasserdampf, atme ihn ein und atme ihn aus.
Als ich das Zimmer wieder betrete, ist es angenehm warm. Ich hänge das nasse Handtuch über den Rahmen eines der oberen Betten, streiche in Gedanken über die Buchrücken im Regal, nehme willkürlich einen Band heraus und beginne zu blättern. Recht flüchtig schaue ich mir, den Text nicht weiter beachtend, die Illustrationen an, bleibe jedoch im selben Moment, in dem ich den Muskel meines rechten Unterarms bereits anspanne, um mit dem rechten Ringfinger dem rechten Buchrücken von unten einen leichten Stoß zu geben, das Buch zuzuklappen und mit der linken, nein, wahrscheinlich doch mit der rechten Hand zurückzustellen, bei einem Satz hängen, lese ihn ein zweites und auch ein drittes Mal, präge ihn mir ein. Erst jetzt schließe ich das Buch und schiebe es wieder zwischen die anderen im Regal, schalte das Licht aus und setze mich, meine Hände auf dem geöffneten Notizbuch, an den Schreibtisch.
Durch das Fenster sind nur sehr schemenhaft einzelne Konturen zu erkennen, jedoch keinen Dingen, keinem Himmel und auch keinem See eindeutig zuzuordnen. Im Haus regt sich nichts, um mich herum herrscht absolute, völlige Stille. Sehr lange sitze ich auf diese Weise, den Blick auf das Fenster gerichtet, ohne meine Haltung zu verändern.
Da, plötzlich, da war etwas. Ich höre etwas, noch einmal: etwas Schrilles, Vielstimmiges, etwas wie ein Schreien. Es

muss von draußen kommen. Ich erhebe mich und öffne das Fenster, beuge mich, über den Schreibtisch hinweg, weit nach vorne und weite die Augen. Und da, tatsächlich, jetzt sehe und höre ich ihn ganz deutlich, mit bebendem Flügelschlag zieht er durchs Bild: vor einer dunklen Wand ein Schwarm schneeweißer Krähen.

Ich sinke zurück auf meinen Stuhl und bleibe wiederum sehr lange reglos sitzen. Irgendwann beginne ich, ohne Stift und ohne etwas zu sehen, den vorhin gelesenen Halbsatz vor mich hinzuschreiben: »men det är ett vänligt mörker« – »doch es ist eine freundliche Dunkelheit«.

Ich ziehe mich an und verlasse das Haus. Die Lampe über der Tür ist erloschen. Ich taste mich an der Hauswand entlang, um zwei Ecken herum und gehe los. Es hat aufgehört zu schneien, doch Nebel minimiert die Sicht. Der Schnee sackt zusammen unter meinen Schritten, der Weg ist holprig und leicht abschüssig, zweimal stolpere ich, jedoch ohne zu stürzen. Dann passiere ich ein kaum sichtbares Schild und stehe auf einer Fläche. Ich wende den Kopf und sehe einzelne verwaschene und in sich geisterhaft verschränkte Silhouetten, weiter hinten tatsächlich Andeutungen weniger Lichter. Ich gehe, ohne mich noch einmal umzusehen, weiter über die schneebedeckte, hier und dort auch schwarz- und blankpolierte Fläche. Daran, dass ich sie schon bald nicht mehr erkenne, merke ich, dass es um mich noch dunkler geworden ist.

Auf unkenntlichem Grund gehe ich einem Weiß und einem Schwarz entgegen. Gehe und gehe. Lange noch sehe ich mir nach. Bis ich im Bild verschwunden bin.

Zitatnachweise

S. 36 Annette Pehnt: *Der Bärbeiß – Herrlich miese Tage.*

S. 186 Andreas Gryphius: *Menschliches Elende.*

S. 254 Christoph Ransmayr: *Die letzte Welt.*

S. 258 Hans Jakob Christoffel von Grimmelshausen: *Der abenteuerliche Simplicissimus Teutsch.*

S. 284 Mathias Enard: *Der Kompass.*

S. 299 Astrid Lindgren: *Madicken.*

Wir über uns

Wir sind die Schubladensprenger, wir sind die Idealisten – ein 2019 gegründeter, unabhängiger Buchverlag mit Sitz im grünen Herzen Deutschlands. In unserem Programm finden Sie Titel verschiedenster Couleur.

Ob tiefschürfende Lyrik, Großstadtsatire, philosophischer Roman oder Science-Fiction-Novelle, wir verlegen, nicht auf ein spezifisches Genre festgelegt, sondern in unbändiger Freiheit, Geschichten, die uns faszinieren, die uns auf eine sprichwörtlich magische Reise schicken und uns und der Welt um uns herum den Spiegel vorhalten, Geschichten, die uns nicht mehr aus dem Kopf gehen, die authentisch sind, einen Wiedererkennungswert haben und in denen wir auch nach mehrmaligem Lesen noch Neues entdecken können.

Dabei ist es uns ein besonderes Anliegen, alles im Verlag selbst umzusetzen: Vom Lektorat und Korrektorat über den Satz bis hin zu den Covern gehen wir, bis auf den Druck, sämtliche Schritte in Eigenverantwortung.

Auf den nächsten Seiten haben wir für Sie exklusive Leseempfehlungen zusammengestellt. Wir wünschen Ihnen viel Vergnügen mit den Büchern von kul-ja! publishing.

Empfehlungen aus unserem aktuellen Programm

Mayjia Gille
Landgang

Autofiktionaler Streifzug durch die Landschaften deutsch-deutscher Wirklichkeit.

Robert Schade
Fanta

Anstoß für eine Jagd vor (alb-)traumhafter Kulisse.

Peter Zemla
nach noch. Letzte Balladen

Gedichttürme als ein Unumstößliches, wie schwarze Federn in Pullovermaschen.

Arno Dahmer
Ein Mythos von mir

Ein Roman über die Freuden und Abgründe des Alleinseins.